...으키고 이름 앞에 항상 '천재'... 한국을 비롯해 미국, 프랑스, ...역되었으며, 국경을 넘어 수많... 고등학생 때 부모님에게 선물 받은 책에서 '배를 바다에 내던질 수 있다면 그것만큼 행복한 일은 없다'라는 문장을 보고 작가가 되기로 결심했다. 일본 추리소설계의 전설 니시무라 교타로西村京太郎의 이름과 같은 획수의 한자를 조합한 필명 이사카 고타로는 베스트셀러 작가를 닮으라는 바람을 담아 가족들이 지어 주었다고 한다.

2000년 『오듀본의 기도』로 신초미스터리클럽상을 수상하며 등단했고, 2002년 『러시 라이프』로 평단의 주목을 받기 시작했다. 2003년 추리소설 독자를 넘어 대중적인 인기를 얻은 『중력 삐에로』를 시작으로 2004년 『칠드런』 『그래스호퍼』, 2005년 『사신 치바』, 2006년 『사막』, 2008년 『골든 슬럼버』로 여섯 차례 나오키상 후보에 올랐으나 '집필에 전념하고 싶다'는 이유를 들어 이를 고사한다. 2004년 『집오리와 들오리의 코인로커』로 요시카와에이지 문학신인상을 수상한 데 이어, 같은 해 『사신 치바』로 일본추리작가협회상 단편 부문에서 수상. 2008년 『골든 슬럼버』로 야마모토슈고로상과 서점대상뿐만 아니라 2009년 '이 미스터리가 대단하다!' 1위에 올라 3관왕을 달성했다. 서점대상 제1회부터 제6회까지 매회 최고작 10위권에 선정된 유일한 작가로, 2017년에는 『화이트 래빗』 『AX』, 2018년에는 『후가와 유가』, 2019년에는 『고래머리의 왕』을 발표했고, 2020년에는 『역소크라테스』로 시바타렌자부로상을 수상하는 등 변함없이 왕성한 작품 활동을 이어 가고 있다.

기상천외하고 독창적인 세계관을 중층적이고 정교한 구성력과 경쾌한 필치로 풀어내는 것이 작품의 특징이다. 『아이네 클라이네 나흐트무지크』를 비롯해 13개 작품이 영화화되는 등 이사카 고타로의 작품은 영화나 연극, 만화, 드라마 같은 다른 분야로도 확장되어 독자들에게 또 다른 재미를 선사하고 있다.

**명랑한 갱의
일상과 습격**

Youkina Gang no Nichijo to Shugeki

by Kotaro Isaka

Copyright © 2006 Kotaro Isaka / CTB
All rights reserved.

Originally published in Japan by SHODENSHA Publishing Co., Ltd.
Korean translation rights in Korea reserved by Hyundae Munhak Publishing Co., Ltd.
under the license granted by Kotaro Isaka arranged through CTB, Inc.
and JM Contents Agency Co.

명랑한 갱의
일상과 습격

이사카 고타로 장편소설

김선영 옮김

H
현대문학

2인조 은행 강도는 그다지 바람직하지 않다.
너는 오른쪽, 나는 왼쪽, 그럴 바에야 차라리
각자 행동하자고 순식간에 해산하게 된다.
그럼 혼자 행동해 보면 어떻게 될까?
말다툼도 배신도 없고, 선택은 언제나
자기 마음대로, 무엇보다 자유롭다.
하지만 혼자 움직이는 강도에게는 고독이 따른다.
대화가 없으니 기분이 가라앉고
자칫하면 혼잣말이 몸에 밴다.
세 명은 어떨까? 확실히 나쁘지 않다.
다수결에도 적합하고 두 사람이 싸우기
시작하면 한 명이 말릴 수도 있다.
하지만 3인승 자동차는 찾아보기 힘들다.
도주 차량에 셋이 타나 넷이 타나 마찬가지라면
넷이 더 이득 아닌가? 다섯 명은 갑갑하다.
다수결의 이점은 잊어버리자.
그런 이유로 은행 강도는 네 명이다.

제1장

악당들은 각자 일상을 보내며,
때때로 남을 돕는다

'거인 위에 올라타면
거인보다 멀리 볼 수 있다'

관리 ①직책을 갖고 있는 사람. ②관청에서 공무에 종사하는 사람. 공무원.

1.

"당신 말이야." 창구 너머에서 남자가 일어섰다. "당신 말이야, 나를 시끄러운 영감이라고 생각하고 있지?"

"천만의 말씀입니다." 오쿠보는 욱신거리는 위통을 참으며 응대했다.

가나가와현 시청 4층, 지역생활과 창구였다. 4월 이동으로 이 부서에 온 지 반년이 지났지만 여전히 오쿠보는 찾아오는 시민들을 응대하는 일이 힘들기만 했다.

이동한 지 얼마 되지 않았을 때, "각오 단단히 하는 게 좋아, 이 과에는 온갖 사람들이 찾아오니까. 불만이나 동네에서 일어나는 문제 같은 사소한 트러블은 여기로 돌리거든" 하고 다섯 살 많은 여성 직원이 가르쳐 주었다.

"하지만 상담 창구는 따로 있잖아요?" 그렇게 묻자 그 동료는 무서운 말을 했다.

"상담을 원하는 사람은 상담 창구로 가지만 관청을 계몽하려는 사람은 여기로 오니까."

"매일 계몽당하고 있어." 주말에 만날 연인에게 하소연하자 이런 대답이 돌아왔다. "그럼 나하고 결혼할 때쯤엔 득도할지도 모르겠네."

"스물여덟 살에 위궤양은 너무 이를까?"

"우리 아빠한테 결혼 얘기를 꺼낼 생각을 하면 위궤양이 더 심해질걸?"

"웃지 못할 농담이네." 실제로 그녀의 아버지는 벅찬 상대라, 공무원 따위에게 소중한 딸을 줄 것 같으냐, 공무원이 이 불경기를 만들었다, 그런 부조리한 비난을 하는 사람이다. 그녀는 이래서야 강경책으로 사랑의 도피를 할 수밖에 없다고 했다.

"당신은 일도 사생활도 큰일이네." 그녀는 늘 남 일처럼 말한다.

처음 보는 남자가 눈앞에 있었다. 사무실에 들어오자마자 오쿠보를 부른다. "어이, 당신, 나는 몬마라고 하는데."

3월에 40년을 다닌 식품 회사에서 정년퇴직하고 시내 자택에서 유유자적한 생활을 하고 있다고 했다. "요즘 동네에 이상한 놈이 어슬렁거려."

스포츠 신문을 품에 끼고 아까부터 빨간 색연필을 만지작거리고 있다. 그 이상한 녀석이 당신은 아니겠지요, 라고 묻고 싶다.

"내가 하는 말을 노인네 헛소리라고 생각하겠지?" 몬마의 눈 밑에는 다크서클인지 주름인지 모를 그늘이 보였고 관록이 있었다. 키는 그리 크지 않지만 왜소하지도 않다. 일단 목소리가 컸다.

"그럴 리가요."

"당신네 공무원들은."

왔구나. 오쿠보는 각오했다. 결코 경기가 좋다고는 말할 수 없는 시절이라 공무원에 대한 부정적 의견이 많다. "세금으로 월급을 받는 주제에." "철밥통이라 좋겠어." "시민을 돕고는 있어?" 싫은 소리에 그치지 않고 적의를 드러내는 말도 자주 듣는다. 마치 불경기의 근본적 원인이 공무원이고, 시민 모두가 공무원들을 박멸하려는 것만 같았다. 횃불을 든 시민들이 거리를 활보하며 "공무원은 썩 나오너라! 공무원은 썩 나오너라! 어디 숨어 있느냐!" 하고 마녀를 사냥하듯 집을 뒤지는 꿈을 꾼 적도 있다.

"당신네 관리들이 시민을 위해 동네 순찰 정도는 해야지!"

"하지만 구체적으로 문제가 일어난 건 아니지 않습니까?"

"구체적으로 일이 터져야만 행동하나?" 몬마가 날카롭게 쏘아붙였다. "그럼 경찰하고 똑같잖아."

"경찰에는 이미 가 보셨습니까?"

"그놈들은 말이 안 통해."

"그렇겠지요." 저도 모르게 말을 맞추고 말았다.

"지난 2주 정도 우리 동네에 이상한 놈들이 돌아다녀. 평일 대낮에. 평일 낮에 어슬렁거리며 남의 집을 들여다보는 거야."

"딱 보기에도 수상합니까?"

"그래, 수상해." 몬마는 단언했다. "알다시피 우리 집은 담이 높잖아."

"높습니까?"

"우리 집 담이니까 당연히 높지."

"지당하십니다." 진짜 싫다. 울고 싶다.

"그 담 앞에서 웬 남자가 발돋움을 하고 집을 들여다보는 거야. 그래서 밖으로 나가 봤더니 시치미를 떼고 떠나더라고. 그러더니 얼마 후에 또 그렇게 다른 집을 들여다보는 거야. 수상하지?"

"기묘하네요."

"기묘하네요, 하고 느긋한 소리를 할 때야? 모자에 배낭, 딱 봐도 수상하잖아."

"모자와 배낭이 수상하다면 등산가들은 다 위험한 사람

이게요." 저도 모르게 말대꾸하자 몬마가 노려보았다.

"당신네 관리들은 정말 나 몰라라 하는군. 시민들의 생활은 아무래도 상관없다는 건가? 좋아, 알겠어, 다음에 또 보면 내가 잡겠어."

"그런."

"못 할 것 같나? 이래 봬도 젊었을 때는 육상 선수였어."

"아니, 그게 아니라 위험하잖습니까."

"알다시피 요즘은 험한 사건이 많잖아." 몬마가 입을 비죽거렸다.

"아아." 오쿠보도 바로 수긍했다.

시내에서 지난 두 달 사이 악질적인 강도 사건이 세 건 있었다. 특수한 도구로 문을 따고 가택에 침입해 피해자들을 구속하고 현금과 통장을 빼앗는다. 얼마 전에는 결국 사망자가 나왔다. 피해자가 밖으로 달아나려 했는지, 아니면 큰 소리를 냈는지 모르겠지만 목을 졸려 죽었다.

"몬마 씨가 목격한 수상한 남자가 그 범인일지도 모르겠군요."

"그렇지?" 몬마가 단호한 눈초리로 끄덕였다.

"하지만 요즘은 수상한 사람도 종류가 다양하잖습니까. 알 수 없는 소리를 중얼거린다거나, 이유도 없이 대뜸 여중생 등을 때리는 남자도 있다고 뉴스에서 그러던걸요."

"그런 놈일지도 모르겠군." 몬마가 눈을 빛냈다. 어느 쪽으로 수상한 사람이든 용서할 수 없다는 각오가 넘쳐흘렀다.

그때 발소리가 들렸다. 문 근처에서 말소리가 들린다.

"아, 나루세 씨." 오쿠보는 저도 모르게 안도했다. 다른 층에서 회의하고 있던 나루세 계장이 돌아온 것이다.

나루세는 오쿠보의 표정을 보고 이어서 창구 앞에 서 있는 몬마를 흘깃 쳐다보았다. 책상에 가방을 놓더니 창구로 다가왔다.

"상담하러 오셨습니까?" 나루세가 몬마에게 물었다. 아뇨, 계몽입니다, 하고 오쿠보가 속으로 대답했다.

"당신은." 몬마가 경계하는 눈치로 말했다.

"나루세라고 합니다. 자리를 비워 죄송했습니다. 많이 기다리셨지요. 무슨 용건이십니까?"

나루세의 말투는 온화하기는커녕 오히려 냉담하게 들릴 정도였다. 말씨는 정중하지만 상대를 꿰뚫는 것처럼 날카롭다. 하지만 듣는 쪽은 불쾌하게 느끼지 않는다. 반말을 하는 것도 아니고, 업신여기는 느낌도 없다.

"지금 이 양반한테 말하고 있었는데." 몬마는 오쿠보에게 말한 내용을 한 번 더 반복했다. "낮잠도 편히 잘 수 없는 세상이야. 그런 놈들은 도둑보다 흉흉해. 도적이지, 도적. 산적이랄까, 갱이야."

"저도 그렇게 생각합니다. 그런 범인은 정말 독하죠." 나루세가 혐오감을 드러냈다.

"나는 남에게 나눠 줄 만큼 정의감이 넘쳐." 몬마는 자랑스럽게 어때, 당신도 필요한가? 하고 마치 그 정의감을 이쪽으로 집어 던질 기세였다. "그러니 그런 놈들은 용서할 수 없어. 아파트나 단독주택을 노리는 놈들에 비하면 그 은행 강도가 훨씬 나아. 요새 아무도 해치지 않고 사라지는, 연설하는 은행 강도가 있잖아. 요란하긴 해도 차라리 그쪽이 낫지."

"몬마 씨." 나루세가 여전히 차분한 목소리로 말했다.

"백 번 천 번 동감합니다." 나루세가 희미하게 웃으며 악수를 청하는 자세를 보였다. 그러자 몬마는 당혹스러워하면서도 만족스럽게 끄덕였다.

"경마입니까?" 나루세는 몬마가 들고 있는 신문을 가리켰다. 메모가 있었다.

"정년퇴직한 뒤에는 이런 즐거움밖에 없어." 그는 씨익 웃더니 부탁하지도 않았는데 주머니에서 메모지를 꺼냈다. 빨간 글씨로 숫자가 잔뜩 적혀 있다. 1-3, 2-4, 숫자와 붙임표의 조합이 다섯 개 정도 기입되어 있다.

오쿠보가 시선을 돌리자 신문 바둑과 장기 코너에도 메모가 있었다. 경마뿐만 아니라 바둑과 장기도 즐기고 있잖아요, 라고 반박하고 싶었다.

"돌아가서 또 예상해 봐야지." 몬마는 큰 소리로 말하고 떠났다.

"저 사람 정말 수상한 사람을 봤대요?" 오쿠보는 자리로 돌아가면서 궁금했던 것을 물어보았다.

"거짓말은 아니던데." 나루세가 고개를 살짝 끄덕였다. 단정적인 말투였다.

"나루세 씨는 사람들 거짓말을 꿰뚫어 볼 수 있어요?"

"대충은."

2.

나루세는 대단히 특이한 상사였다. 오쿠보는 시청에서 일한 7년 동안 몇 명의 상사를 경험했지만 그중에서도 유독 이질적이었다.

"우리 계장은 침착해." 예전에 연인에게 그렇게 이야기한 적이 있다. 아버지가 사장이고 외동딸인 그녀는 정사원으로 일한 경험이 없다 보니 부자연스러울 정도로 순수하고 세상 물정에 어두웠는데, 그 때문인지 오쿠보의 직장 이야기를 비교적 좋아했다.

"침착하다니 어떤 식으로?"

"내일 요코하마시가 바다에 잠긴다고 해도 허둥대지 않을 타입."

그녀는 웃었다. "그냥 둔감하고 무책임한 상사가 아니고?"

확실히 그런 상사가 많다는 것은 오쿠보도 알지만 "그렇지 않아"라고 단호하게 부정했다. 전에 외부 자원봉사 조직과 예산을 두고 트러블이 생겼던 일을 이야기했다. 오쿠보는 계산을 잘못한 데다 나루세에게 확인도 받지 않았다. 하지만 나루세는 오쿠보의 실수를 탓하지 않고 자원봉사 조직에 사죄했다. 나중에 오쿠보가 "죄송합니다" 하고 고개를 숙이자 계장은 "내 일은 고작해야 책임을 지는 것뿐이야"라고 말할 뿐, 그 이상 빈정거리거나 잔소리를 늘어놓지는 않았다.

"다정한 것도 아니고 살가운 것도 아닌데, 으스대지 않거든."

"무서운 타입?"

무섭다? 으음, 오쿠보는 고개를 갸웃거렸다. "무섭다면 무서운데, 전부 꿰뚫어 보는 것 같아서 무서운 타입이야."

"꿰뚫어 보다니 무슨 뜻이야?"

"가령 업무 전화를 해야 하는데 깜빡 잊었다고 쳐."

"나는 안 잊는데." 그녀가 유쾌한 듯 말했다.

"나는 잊어." 오쿠보는 쓴웃음을 흘렸다. "그럴 때 계장님이 '전화는 했어?'라고 물으면 '문제없습니다' 하고 거짓말을 할 때가 있잖아."

"나라면 거짓말 안 할 텐데."

"나도 항상 당신처럼 되고 싶어." 오쿠보는 또 얼굴을 찌푸렸다. "그러면 계장님은 그 거짓말을 꿰뚫어 보는 것 같아. 대놓고 말하는 건 아닌데 '한 번 더 전화해서 날짜를 확인하는 게 좋아' 하는 식으로 확인하는 거야. 아무래도 거짓말인 줄 알면서 덮어 주는 것 같아."

"우리 아버지는 흔히 남들 위에 서는 사람은 미움받을 각오를 해야 한다고 하는데."

그건 당신 아버님이 실제로 사원들에게 미움을 받으니까 그렇지. 오쿠보는 무심코 그렇게 말할 뻔했다. 그녀의 아버지가 경영하는 프랜차이즈가 이익을 우선하는 무리한 전국 확장으로 빈축을 사는 것은 오쿠보도 알고 있었다.

"그리고 보니 이런 격언 알아?" 그녀가 불쑥 말했다.

"격언?"

"'거인의 어깨 위에 올라타면 거인보다 멀리 볼 수 있다.'"

"그 거인이라는 게 야구 팀 이름은 아니겠지?"

"자기보다 큰 사람의 힘을 빌려서 성장할 수 있다는 의미일걸? 그러니 당신도 그 계장님 밑에서 경험을 쌓으면 훌륭해질 수 있을 거야."

"어깨에서 굴러떨어지지나 않도록 조심할게."

ㅋ。

오후가 되자 오쿠보는 나루세와 함께 밖으로 나갔다. 지진

관련 강연을 듣기 위해서였다. 관용차 조수석에 나루세를 태우고 시내 시민회관으로 향했다. 강연 내용이 충실해 한 시간 반이 짧게 느껴질 정도였다.

돌아오는 차 안에서 오쿠보는 침묵이 답답해 누가 부탁한 것도 아닌데 애인 이야기를 했다. "실은 사귀는 여성이 있는데"라고 말하자 나루세는 입가를 누그러뜨리며 대답했다. "알아."

"알고 계셨어요?"

"직장 컴퓨터 화면에 그렇게 큼지막한 사진을 띄워 두면 싫어도 알지. 아마 오쿠보 자네 애인하고 거리에서 마주쳐도 알아볼 수 있을걸."

"그건 제가 한 게 아니에요." 오쿠보는 쓴웃음을 흘렸다. 옆자리 직원이 반쯤 재미 삼아 오쿠보의 애인 사진을 컴퓨터 배경화면으로 설정했다. 그것을 주위 사람들이 바보다, 자랑이냐, 부끄러운 줄도 모른다며 야유하는 바람에 허둥지둥 바꾸려 했는데 그러자 이번에는 나약하다, 그 정도로 그만두느냐고 놀려 대서 반쯤 허세로 그냥 두었다. 익숙해지자 딱히 위화감도 없고 제조사에서 원래 준비해 둔 배경화면처럼 느껴질 정도였지만, 설마 나루세도 보았을 줄은 몰랐다.

"결혼하고 싶은데 상대 아버님이 무서워서요."

"세금을 낭비하는 것도 모자라 딸까지 빼앗을 셈이냐고

화를 낼지도 모르겠군."

"그 말, 벌써 들었어요." 오쿠보는 어깨를 으쓱했다. "아버님이 사장님이거든요. 독불장군으로 유명한 사장님이에요." 그 프랜차이즈는 나루세도 알 만한 기업이었다.

"힘들겠군."

"하지만 결혼은 하고 싶지 않겠습니까."

"영탄조로 말하지 마. 부모 허락이 꼭 필요한 건 아니잖아." 그렇게 웃는 나루세가 갑자기 친한 친구처럼 느껴졌다.

"애인은 결혼을 인정해 줄 때까지 집에 돌아가지 않겠다는 막무가내 작전을 생각하고 있어요."

"그런 작전이 효과적일 것 같지는 않은데."

도로가 정체되기 시작한 것은 그로부터 약 10분 후였다. 시청까지 최단 코스를 선택해 상점가 옆을 빠져나가 오래된 주택가로 들어섰을 때 앞쪽 차량이 브레이크를 밟더니 정차했다. 처음에는 신호에 걸린 줄 알았는데 그런 것치고는 타이밍이 불규칙적이고 주행이 느렸다. 전진과 정지를 반복했다.

"사고인가?" 조수석에 앉은 나루세가 중얼거렸다.

오쿠보는 차창을 열고 오른쪽으로 고개를 내밀었다. 약 50미터 앞에서 깜빡거리는 붉은 회전등이 눈에 들어왔다. "순찰차 같은 게 서 있는데요?"

느린 전진과 정지가 한참 이어졌다. 좁은 교차점을 두

개 정도 지났다. 순찰차가 서 있는 곳에 다가가자 인파가 모여 있었다. 도로 오른쪽, 인도에 순찰차 두 대가 서 있고 그 근처에 사람들이 모여 있었다. 제복을 입은 경찰관이 몇 명 보였다. 모두 고개를 갸웃거리며 위를 바라보고 있다.

"아무래도 사고는 아닌 것 같네요." 오쿠보는 사람들의 시선이 향하는 곳을 쳐다보았다. 벽돌색 7층 건물이 있었다. 역사가 20년은 될 듯한, 벽에 금이 간 자그마한 아파트였다. 양쪽 옆에도 같은 높이의 아파트가 있다.

"아." 오쿠보는 저도 모르게 외마디 소리를 내고 브레이크를 밟았다.

"왜 그래?"

"아파트 위에 사람이 있어요." 그렇게 말하며 핸들을 꺾었다.

"오쿠보, 어디로 갈 셈이야?"

계약자 전용 주차장이었지만 낮이라 그런지 주차된 자동차는 거의 없었다. "잠깐이에요. 잠깐만 세우는 거니까."

"관용차를 이런 곳에 주차한 걸 들키면 비난이 쇄도할 거야." 그렇게 말하면서도 나루세는 당황하는 기색이 없었다.

"그런 소리 할 때가 아니에요. 저 아파트 옥상에 사람이 있어요."

"사람?"

"아마 틀림없을 거예요. 저거." 오쿠보는 주차장 끝에 차를 세우고 핸드브레이크를 당겼다. "저 사람, 몬마 씨예요."

4.

차에서 내린 오쿠보와 나루세는 주차장에서 나와 맞은편 아파트를 올려다보았다. 낡은 벽돌색 건물 옥상의 안전장치는 낮은 난간이 전부였다.

"몬마 씨 맞지요?" 옥상에 있는 사람은 틀림없이 오전에 시청을 찾아온 몬마였다. 옥상 가장자리에 서 있다.

"뒤에 서 있는 건 누구지?"

몬마는 혼자가 아니었다. 그 뒤에 야구 모자를 뒤집어쓴 남자가 서 있었다. 체격이 좋았다. 뒤에서 몬마의 왼쪽 어깨를 붙잡고 자꾸 주위를 두리번거리고 있다. 누가 봐도 불안해 보였다. 거리가 멀어 남자의 표정까지는 파악할 수 없었지만 그래도 충분히 수상했다. 무엇보다 몬마에게 칼 비슷한 흉기를 들이대고 있는 게 결정타였다.

"모, 몬마 씨 위험한 것 아닌가요?" 오쿠보는 말을 더듬으며 왼쪽에 있는 나루세를 보았다.

"인질인가."

횡단보도를 건너 맞은편 인도로 가서 인파 속에 섞였다. 무전기를 쓰는 경찰이 있었다.

"대체 무슨 일입니까?" 오쿠보가 묻자 제복을 입은 경찰은 "됐으니까 뒤로 물러나세요"라고 야박하게 말할 뿐이었다. 보아하니 모여든 구경꾼들을 몰아내기 위해 아파트 주위에 밧줄을 치고 있는 참이었다. "물러나세요!" 여기저기에서 큰 소리가 들렸다.

건물 위를 다시 올려다본 오쿠보는 옥상에도 경찰이 있다는 사실을 깨달았다. 경찰들이 몬마와 남자를 멀찍이서 에워싸고 있다. 칼을 든 남자가 초조한 기색으로 소리쳤다. 내용까지는 들리지 않았지만 아마도 "다가오면 이 남자를 찌르겠다"라거나 "다가오면 이 남자를 밀어 버리겠다"라거나, 그런 협박일 게 틀림없다.

"몬마 씨가 위험해요."

"저 남자가 그 수상한 남자일지도 모르겠군." 나루세가 차분한 목소리로 말했다.

"네?"

"뒤에서 칼을 들이대고 있는 남자, 배낭을 메고 있어." 나루세가 손가락으로 가리켰다.

눈에 힘을 주고 나서야 오쿠보도 깨달았다. 배낭과 모자, 몬마가 설명했던 수상한 인물의 특징이었다.

구경꾼들은 경찰의 유도로 아파트에서 멀리 물러났다. 방송국인지 신문사인지, 기자재를 운반하는 남자들이 몇명 보였다. 카메라 설치에 애를 먹고 있다.

오쿠보는 나루세의 옆얼굴을 살피고 다시 옥상을 올려다보았다. 기분 탓일지 모르지만 몬마의 얼굴이 창백했다. 고소공포증 환자가 발밑을 보지 않는 것처럼 몬마도 아래쪽을 쳐다보고 있지 않았다.

태양은 아파트 뒤에 숨어 있었다. 구름 없는 파란 하늘이 옥상의 위험한 분위기와 어울리지 않게 상쾌했다.

"무서워라." 오쿠보 앞에 서 있던 부인이 옆 사람에게 말을 걸었다. 장을 보고 돌아오는 길인지 왼손에 슈퍼마켓 비닐봉지를 들고 있다. 봉지 밖으로 튀어나온 부추 냄새가 오쿠보의 코를 찔렀다.

"저게 무슨 상황입니까?" 오쿠보는 그 부인에게 물어보았다.

40대로 보이는 부인은 오쿠보가 갑자기 말을 걸자 깜짝 놀라 뒤를 돌아보았지만, 이 자리에 있는 구경꾼은 모두 동지라는 동질감이 있는지 친근하게 대답해 주었다. "내가 아까부터 보고 있었는데 말이야."

"어째서 저렇게 된 겁니까?"

"저 젊은 남자가 저쪽 길을 걷고 있었어." 부인이 가리킨 곳은 바로 옆쪽 길이었다. 건물 블록 담 사이에 낀 통로였는데 차는 못 다니는 길이었다. 길 안쪽에 비슷한 외관의 단층 주택이 몇 채 있었다. "자꾸 두리번거리는 게 수상하더라고. 남의 집을 들여다보는 거야. 아마 그걸 거야. 요새 수상한 사람이 돌아다닌다는 소문이 있잖아. 아마 미심쩍은 약을 먹었을 거야. 왠지 멍한 게 이상해 보이더라고."

"그래서요?" 나루세가 뒷말을 유도하며 옥상을 물끄러미 쳐다보고 있다.

"그런데 저 양반이 다가가서 호통을 쳤지."

"아아." 오쿠보는 침울한 표정으로 중얼거렸다. "몬마 씨라면 그러고도 남았겠죠."

"저 사람 이름이 몬마 씨야? 어쨌거나 '뭘 들여다보는 거야!' 하고 고함을 쳤어. 그랬더니 저 모자 쓴 청년이 달아났지. 보통은 그걸로 끝이잖아. 그런데 저 양반, 어쨌을 것 같아?"

"달려서 쫓아갔겠지요." 오쿠보는 바로 대답했다. 육상 선수였다더라고요.

"맞아. 그래서 저 아파트 위로 쭉쭉 올라가더니."

"어느새 옥상으로 나갔단 말입니까?"

"맞아."

"그러고 나서 어떻게 되었어요?"

"몬마 씨가 칼을 꺼냈겠지." 나루세가 끼어들었다.

"모, 몬마 씨가요?" 오쿠보는 놀라서 큰 소리를 냈다. "반대가 아니고요?"

"맞아요." 대사건의 산 증인 같은 관록을 드러내며 부인이 고개를 끄덕였다. "저 양반, 칼을 꺼내서 청년에게 호통을 치더라고. 아마 달아나지 못하게 하려고 그랬겠지."

그렇지만 결국 청년에게 칼을 빼앗긴 것이리라. 체격으로 봐도 몬마 씨에게 승산은 없어 보였다.

"그러는 사이 경찰이 와서 이런 상태가 된 거야."

"아주머니께서 경찰에 신고하셨군요." 오쿠보가 이해했다는 듯 끄덕였지만 부인은 입을 비죽거렸다. "아니야. 맞은편 아파트 주민이 전화했나 봐." 그렇게 말하며 이웃 아파트를 가리켰다. "나는 바빠서 전화할 겨를도 없었어."

"그러셨군요." 바쁘다니, 대체 무엇 때문에 바빴느냐고 묻고 싶은 것을 꾹 참았다.

"맞은편 아파트에서는 이쪽 옥상이 잘 보이니까, 당연히 신고 의무도 저쪽에 있지."

이 부인이 언젠가 시청에 불만을 신고하러 온다면······ 생각하기도 싫었다.

5。

나루세와 오쿠보는 그 자리에서 한동안 상황을 살폈다. 같은 자세로 오래 있어서 그런지 목이 아파서 오쿠보는 중간에 몇 번 고개를 숙이고 어깨를 쓸었다.

5분이 지나도록 상황은 변하지 않았다. 진전도 없지만 악화되지도 않았다. 옥상에서 청년이 몬마에게 칼을 들이

대고 있고 경찰이 그들을 포위하고 있다.

"확실히 저 배낭 멘 남자는 약물을 복용한 것 같네요. 몽롱해 보인달까."

"그러니까 뒷일도 생각하지 않고 저런 일을 벌였겠지."

"어떻게 될까요?"

"저건 끝이 안 나겠어." 나루세는 타자의 스윙을 평가하는 해설자처럼 침착했다. "저리 되면 달아나긴 어려워. 교착상태에 빠지면 달아날 수 없어. 경찰에 포위당하기 전에 달아났어야지."

"그 말씀은 범인 편을 드는 것처럼 들리는데요."

"듣고 보니 그러네." 나루세는 그렇게 말하더니 변명하듯 슬쩍 쓴웃음을 지었다. "나는 해야 할 일을 재빨리 처리하고 바로 사라지는 범인이 좋아."

"그게 무슨 말씀이에요?" 오쿠보는 고개를 갸웃거렸다. "몬마 씨는 괜찮을까요?"

"겁에 질려서 상당히 긴장하고 있어." 나루세의 말투가 단정적이라 어떻게 아느냐고 물어보았다. "저건 정말로 겁먹은 표정이야." 당연하다는 듯이 대답이 돌아왔다.

오쿠보는 시계를 보았다. 오후 3시가 지났다. "신경은 쓰이지만, 슬슬 복귀할까요?"

"그러네."

"저희가 있어 봤자 도움도 안 되고요."

나루세는 몸을 옆으로 돌려 인파 사이를 빠져나가려 했다. 오쿠보도 뒤를 따랐다. 구경꾼은 더 늘었다. 간신히 사람들을 헤쳐 가며 뒤를 돌아 다시 한번 옥상을 쳐다보았다.

그때 오쿠보는 몬마의 변화를 깨달았다. "어라?"

"왜 그래?"

"몬마 씨, 뭔가 할 작정일까요?"

범인에게 뒤로 붙들린 자세 그대로 왜소한 몬마가 고개를 두리번거리고 있었다. 겁에 질린 것처럼 보였다.

나루세도 다시 아파트를 보았다. 그러더니 수풀 속을 들여다보듯 눈에 힘을 주었다. "아까하고는 표정이 달라."

"설마 찔릴 바에야 뛰어내리려는 건 아니겠지요?" 그 완고한 몬마 씨라면 그럴 수도 있겠다 싶었다. 아까까지는 포위하고 있는 경찰을 보고 있었는데, 지금은 아파트에서 낙하할 경로를 찾듯이 아래쪽을 보고 있었다. "뛰어내리진 않겠지요?"

"그런 분위기도 아니야. 표정이 바뀌었어."

"표정?"

"저건 연기 같은데."

"거짓말을 하고 있다는 건가요?"

"거짓말인지는 잘 모르겠지만 뭔가를 숨기고 있는 표정이야."

"저 상황에서 뭘 숨기겠어요?" 오쿠보는 기가 막혀 나루세를 쳐다보았다. 하지만 계장이 하는 말이니 꼭 엉뚱한 소리는 아닐지도 모른다고 생각을 바꾸었다. 마치 줌업하는 기분으로 눈을 가늘게 뜨고 옥상을 보았다. 범인이 쥔 칼이 여전히 몬마의 오른쪽 뺨에 닿아 있었다.

"제 눈에는 그냥 겁먹은 걸로 보이는데요."

"아까가 더 그랬어. 지금은 조금 다른 걸 신경 쓰고 있어."

"진짜예요?"

"진짜야."

"그런 것까지 알 수 있어요?"

나루세는 대답하지 않고 다시 몬마가 있는 곳을 바라보았다. 손목시계도 힐끗 쳐다본다.

그때 "오오" 하는 함성이 일었다. 축구 시합을 관전하는 관객들이 응원하는 팀의 절묘한 패스에 흥분하는 것 같았다. 깨닫지는 못했지만 오쿠보 역시 환성을 질렀는지도 모른다.

배낭 청년이 칼을 떨어뜨린 것이다. 이유는 모른다. 주정뱅이가 넘어지는 것과 같은 이치일지도 모른다. 소리는 들리지 않았지만 남자가 당황한 듯 허리를 숙이는 게 보였다.

몬마 씨, 지금이에요!

오쿠보는 속으로 그렇게 외쳤다. 정년퇴직한 몸이라고는 해도 육상 선수였다고 자랑할 정도이니 범인이 칼을 줍기 전에 재빨리 그 자리에서 탈출할 수 있을 것 같았다.

옥상의 경찰도 지금이 기회라는 듯 포위망을 좁혔다. 조금만 더 시간이 있었다면 범인에게 달려들었을 것이다.

하지만 범인은 예상보다 더 빨리 칼을 주워서 바로 원래 자세로 돌아갔다. 그리고 몬마의 뺨에 칼을 들이대며 고함쳤다.

가까이 다가온 경찰들을 보고 범인도 위기감이 강해진 게 틀림없다. 아까보다 더 험악한 표정이다. 경찰들은 슬금슬금 뒤로 물러났다.

구경꾼들이 한숨 섞인 신음을 흘렸다. 이번에는 응원하는 팀의 슛이 빗나가기라도 한 것처럼 낙담이 묻어났다.
"몬마 씨, 지금이라면 달아날 수 있었는데. 무서워서 얼어붙은 걸까요?"

"무서워하는 건 아니야."

"예?" 어떻게 단언할 수 있는지 궁금했다.

"몬마 씨는 뭔가 다른 생각을 하고 있어."

"다른 생각? 몬마 씨가요?"

"방금 전 그 기회에 뭔가를 했어. 잘 보이진 않았지만 몸을 움직였어."

"뭘 했을까요?" 저 상황에서 달아나는 것 외에 할 일이 있을 것 같지는 않았다.

"아까부터 한눈을 팔고 있어."

"그렇긴 해요." 오쿠보도 몬마의 동작을 바라보면서 끄덕였다. "사방을 두리번거리더라고요."

그렇게 말하며 또 목이 아파 오쿠보는 위를 올려다보는 자세를 그만두고 발밑으로 시선을 돌렸다. 오른손으로 목덜미를 주물렀다.

"떨어뜨렸다." 바로 그때, 나루세가 속삭이듯 말했다.

6。

"떨어뜨리다니, 뭘 말입니까?" 오쿠보는 다시 한번 옥상을 올려다보았다. 주위 구경꾼들도 "뭔가 떨어진다"라고 외쳤다.

"쓰레기야?" 누군가가 묻자 "종이야, 종이"라고 다른 누군가가 대답했다. "뭐야, 쓰레기야?" 사람들은 시시하다는 듯 중얼거렸다.

"몬마 씨 옷에서 떨어진 겁니까?"

옥상에서 하얀 덩어리 같은 게 수직으로 낙하했다. 바람에 나부낄 여유도 없이 주위 구경꾼들의 시선을 받으며 아파트 앞 수풀 속으로 떨어졌다.

"둥글게 뭉친 종이야." 나루세는 그 종이가 떨어진 곳을 보고 있었다. 아파트 1층 집 바로 앞, 베란다 바로 바깥쪽인 것 같았다. 진달래 화단 부근이다.

"종이가 왜요?"

"몬마 씨가 뭔가 써 놨을지도 몰라."

"예?" 깜짝 놀란 오쿠보는 황급히 고개를 들었지만 칼을 쥔 청년이 방향을 바꾸었는지 범인에 가려서 몬마는 잘 보이지 않았다. "뭘 썼을까요?"

"잘은 모르겠지만 아까 달아날 기회가 있었잖아. 그때 몬마 씨가 움직이는 게 보였어. 종이에 메시지를 썼을지도 몰라. 그리고 그걸 던졌다. 그렇게 생각해 볼 수는 없을까?"

"생각해 볼 수 없냐고 물으셔도." 오쿠보는 당혹스러웠다. "대체 무슨 메시지일까요?"

"뭘까?" 나루세도 정말 모르는 것 같았다.

"설마 저 상황에서 '살려 줘'라고 쓴 건 아니겠지요?"

"그거 재밌네." 나루세가 웃었다. "저 종이를 가져올 수 없을까?"

"제가요?" 오쿠보는 집게손가락으로 자기 코끝을 가리켰다. "그거, 저한테 하는 말씀이세요?"

나루세는 그렇다고 말하지도 않았지만 아니라고 말하지도 않았다.

"하지만 경찰이 밧줄을 치고 출입을 통제하고 있는데요." 종이 쪼가리가 떨어진 곳은 그 밧줄 안쪽이었다.

"어려운 건 알고 있는데."

"안타깝지만." 오쿠보는 그렇게 대답하면서도 마음에 걸렸다. "저 종이, 뭔가 상관있을까요?"

"단언할 수는 없지만." 그렇게 대답하는 나루세의 눈은 이미 단언하는 것이나 마찬가지라, 오쿠보는 고민에 빠졌다.

'거인의 어깨 위에 올라타면 거인보다 멀리 볼 수 있다.'

애인이 가르쳐 준 그 격언이 머릿속을 스쳤다. 거인 나루세가 무슨 생각을 하는지, 그는 알 길이 없다. 그렇다면 그 말을 따라야 하지 않을까? 일단 어깨에 올라타야 하지 않을까? 그렇게 생각한 것이다. 각오를 굳히고 대답했다. "일단 해 볼게요."

대답하기가 무섭게 오쿠보는 구경꾼 인파 속으로 파고들었다. 허리를 숙이고 몸을 비스듬히 비틀어 전진했다. 반원을 그리고 있는 밧줄을 따라 오른쪽으로 돌았다. 들어가지 말라는 제복 경찰의 경고를 듣고도 못 들은 척했다.

간신히 인파를 헤치고 아파트 출입구 바로 옆까지 갔다. 정면에 화단이 보였다. 10미터쯤 떨어진 곳이었다. 앙증맞은 잎이 우거진 진달래 화단에 종이가 하얀 먼지처럼 얹혀 있었다. 저거다.

"물러나세요."

오쿠보가 몸을 내밀려는 것을 민감하게 감지했는지 경찰이 손을 저었다.

"저기에 물건을 떨어뜨렸는데요." 화단을 가리켰다.

"어허." 경찰은 듣는 시늉도 하지 않았다.

"시민에게 그 태도가 뭡니까?"라는 말이 목구멍까지 튀어나왔다. 그러고도 공무원이냐?

경찰이 오쿠보 앞을 가로막았다. 이거 곤란한데. 팔짱을 끼고 고민했다. 능력을 시험당하는 기분이었다.

오쿠보는 옥상을 보았다. 아까와는 달리 거의 수직 각도였다. 정면 돌파를 결심했다. 경찰은 제지하겠지만 힘으로 뿌리치면 된다. 대학생 때 미식축구로 이름을 날렸던 오쿠보라면 불가능한 일은 아니었다.

경찰의 얼굴을 보니 뺨이 홀쭉하니 허약한 인상이었다. 이 남자가 상대라면 가능할지도 모른다. 도움닫기 준비를 하고 밧줄을 돌파할 타이밍을 쟀다.

그때, 상황이 바뀌었다.

밧줄 안쪽의 경찰들이 일제히 움직이기 시작했다. 이유는 간단했다. 안전그물이 도착한 것이다. 만약 옥상에서 사람이 뛰어내릴 경우에 대비해 준비했으리라. 구급대원들이 대형 트램펄린 같은 도구를 끌어안고 밧줄 안쪽으로 뛰어들었다. 거기에 맞춰 경찰들이 그들을 유도하며 자리를 터 주고 도구 운반을 도왔다.

이때다. 경찰이 안전그물을 운반하려고 눈앞에서 사라진 순간을 노려 오쿠보는 땅을 박찼다. 허리를 굽히고 밧줄 밑으로 고개를 집어넣어 달렸다. 화단으로 달려갔다. 이러다가 들키면 잡혀갈까? 그런 의문이 머릿속을 스치자 다리에서 힘이 탁 풀릴 뻔했지만 버텼다. 징계면직이라는 글자가 머릿속에 큼직하게 박혔다. 애인의 얼굴이 떠올랐다. 거의 동시에 애인의 아버지, 독불장군 사장의 얼굴이 떠올랐다. 죄송합니다, 아버님. 고개가 절로 숙여졌다.

손을 뻗자 종이는 쉽게 잡을 수 있었다. 바로 몸을 돌려 빠져나왔다.

"어이, 거기!" 누군가의 호통 소리가 들렸다. 멈춰서는 안 된다. 경찰들이 달려들어 붙잡히는 건 아닌가 걱정했지만 겨우 원래 자리로 돌아왔다. 밧줄을 뛰어넘어 인파 속에 숨었다. 이랬는데 나루세 씨가 없으면 어쩌지, 무서운 생각을 하며 돌아갔지만 쓸데없는 걱정이었다. 나루세는 늘 그렇듯 여유로운 태도로 서 있었다. "고생했어" 하고 격려해주었다.

"이 종이는 뭘까요?" 움켜쥔 종이 쪼가리를 나루세에게 건넸다.

나루세가 그것을 펼쳐 주름을 펴자 작은 메모지라는 걸 알 수 있었다.

"어지간히 소중한 메모인가 보네요." 기다리지 못하고 말했다. 이만한 위험을 무릅쓰고 가져왔으니 중요한 가치가 있어 마땅하다고 생각했다.

나루세가 종이를 보았다. 오쿠보도 서둘러 시선을 돌렸다. 별것 아니었다. 백지 한복판에 지저분한 글씨로 숫자가 적혀 있을 뿐이었다.

'3, 2'라고 가로로 낙서처럼 적혀 있었다.

"이거, 경마 예상 아니에요?" 오쿠보는 온몸의 힘이 풀려 그대로 주저앉을 뻔했다.

¶。

크게 실망한 오쿠보 옆에서 나루세는 종이를 바라보고 있었다. 종이를 뒤집어 보더니 오쿠보에게 "이것 좀 봐" 하고 들이밀었다. 혹시 뒷면에 중요한 정보가 있었나? 얼른 보았지만 역시 숫자의 나열뿐이었다.

"마권 예상 번호 아니에요?"

"아니야." 나루세는 그렇게 말하고 '3, 2'라고 적힌 쪽을 위로 뒤집었다. "저런 상태에서 경마 예상을 하겠어?"

"저라면 안 하겠지요." 몬마 씨라면 할지도 모르지만.

"아까부터 몬마 씨는 다른 곳을 보는 것 같지 않았나?"

칼에 위협당하면서도 몬마는 때때로 고개를 돌리거나 뒤쪽을 쳐다보았다. 눈에 띄지 않는 동작이었지만 유심히 관찰하면 확실히 보였다. "맞아요. 뛰어내리려는 분위기는 아니었어요."

나루세가 왼쪽을 바라보았다. 그러더니 종이를 내려다보고 고민에 빠졌다. 그러다가 갑자기 이렇게 말하는 것이었다.

"오쿠보, 이런 외국 격언을 알아?"

"왜 그러세요, 갑자기?"

"거인 위에 올라타면 거인보다 멀리 볼 수 있다."

"아 그거." 제 애인이 가르쳐 준 격언이에요, 하고 말하려 했지만 그 전에 나루세가 말했다.

"저 아파트 위에 올라간 몬마 씨는 우리에게는 보이지 않는 것을 본 거야."

오쿠보는 갑자기 뛰어나가는 나루세의 뒤를 황급히 쫓았다.

8.

나루세는 구경꾼들을 뒤로하고 이웃 아파트로 달려갔다. 몬마가 올라간 아파트 옆에 있는, 거의 비슷한 높이의 건물이다. 같은 시기에 지었을지도 모르지만 외관은 약간 달랐다. 주민으로 보이는 부인 몇 명이 입구에 모여 구경하고 있었다. 그 옆을 지나 건물로 들어갔다.

"어디 가시는 거예요?" 오쿠보는 뒤처지지 않으려고 속도를 올려 걸음을 맞추었다. "이쪽 아파트는 상관없는 것 아닙니까?"

나루세는 구겨진 종이를 보여 주며 말했다. "어느 쪽부터 가야 할까?"

"뭐가 어느 쪽인데요?"

엘리베이터 앞에 도착해 올라가는 단추를 눌렀다. "왼쪽일까, 오른쪽일까."

"무슨 말씀이세요?"

"이 숫자 말이야. 몬마 씨는 옥상에서 이 아파트를 몇 번이나 보았어. 자기 상황보다 이쪽이 신경 쓰이는 것처럼 보였어."

"그랬나요?"

"그냥 넘길 수 없는 걸 목격한 거야." 그렇게 단언하는 나루세의 표정은 차분했다. 내려오는 엘리베이터를 조용히 기다렸다.

"목격? 뭘 말입니까?"

"몬마 씨는 사람들에게 알리고 싶었어. 그래서 일단 종이에 그 장소를 적어서 떨어뜨린 거야."

"그게 그 숫자란 말씀인가요?"

"이 아파트의 어느 집인지, 아마 그 위치를 나타낸 게 아닐까? 봐, 이 종이에는 붙임표가 아니라 쉼표를 썼어. 아마 이건 바둑이나 장기 좌표일 거야."

오쿠보는 나루세가 하는 말을 퍼뜩 이해하지 못해 갸우뚱거리다가 잠시 후에 물었다. "몬마 씨가 저기에서 집 위치를 알려 주었다는 뜻입니까?"

"저 건너편에서 호수까지는 알 수 없을 테니 위치를 알려 주려 해도 한계가 있어." 나루세가 그렇게 말했을 때 엘리베이터가 도착했다. 땅 소리가 울리며 문이 열렸다. 빈엘리베이터라 바로 올라타 6층 버튼을 눌렀다.

"위에서 두 번째라는 뜻인가요?" 오쿠보는 불이 들어온 6층 램프를 바라보면서 물었다.

"장기도 바둑도 가로 다음에 세로 좌표를 말하지. '3, 2' 니까 위에서 두 번째, 6층이야."

"대체 거기에서 무슨 일이 벌어지고 있다는 거예요?"

"가능성으로 보면 무단 침입 강도."

오쿠보는 숨을 삼켰다. "혹시 소문의?"

몬마와 이야기할 때도 화제에 올랐는데, 지금 시내에 흉악한 강도 사건이 연속으로 일어나고 있었다.

"몬마 씨가 저 상태에서 자기 안전보다 걱정한다면 그 정도로 중대한 사건이 틀림없다고 생각했을 뿐이야."

"저 옥상에서 무단 침입 강도가 보였다는 거예요?"

"처음에 몬마 씨는 겁에 질려 있었어. 범인이 칼을 들이대서 벌벌 떠는 것 같았어."

"그랬지요."

"그런데 어느 순간부터 표정이 바뀌었어. 다른 일이 자꾸 마음에 걸린다는 표정이었지."

"맞아요, 확실히."

"아마 그때 이쪽 아파트의 어느 집을 보았을 거야. 저 옥상에서 딱 보였을지도 모르지. 묶여 있는 주민이라거나, 방을 뒤지는 범인이라거나. 어쨌거나 범행 현장을 보았어. 책임감 넘치는 몬마 씨는 어떻게든 그걸 알리려 한 게 아닐까?"

"저런 상태에서요?"

"몬마 씨는 남에게 나눠 줄 정도로 정의감이 넘치잖나."

"아무리 그래도." 오쿠보는 고개를 갸웃거렸다. 나루세가 진실을 알고 있는 것처럼 막힘없이 이야기하니 아무래도 당혹스러웠다. 대체 계장님은 뭘 어디까지 알고 계신 겁니까? 그렇게 묻고 싶었다. "그렇다면 좀 더 알기 쉬운 방법을 썼으면" 하고 나루세가 들고 있는 종이 쪼가리를 가리켰다.

"몬마 씨도 처음에는 소리를 질러서 옥상에 있는 경찰들에게 알리려 했을지도 몰라. 하지만 그럴 상황이 아니었겠지. 아무도 들어 주지 않았을 거야."

"그렇다면 몬마 씨가 직접 그 현장을 가리켜 주면 차라리 알기 쉬웠을 텐데요."

"저런 소동이 벌어졌으니 이 아파트에 있는 무단 침입 강도도 주목하고 있을 거야. 손가락질을 하면 당황해서 달아날지도 모르고, 자칫하면 피해 주민에게 위해를 가할 수도 있어."

오쿠보는 대번에 오전에 몬마와 나누었던 대화를 떠올렸다. 무단 침입 강도에게 교살당한 피해자의 이야기도 나왔다. 몬마는 그런 사태를 우려한 걸까? 그래서 몰래 누군가에게 전하려 한 건가?

엘리베이터가 6층에 도착하자 기계음과 함께 문이 열렸다. 나루세가 성큼성큼 밖으로 나갔다. 그때 뭔가 중얼거린 것 같아 물어보았다. "뭐라고 하셨어요?"

"뭐가?"

"지금 뭔가 말씀하시지 않았습니까?" 오쿠보는 옆에 나란히 서서 "뭐는 어디에, 하고 말씀하지 않으셨어요?" 낭만인지 넝마인지, 그런 말을 한 것처럼 들렸다.

나루세는 그 질문에는 대답하지 않고 서둘러 세 번째 문 앞으로 다가갔다.

"왼쪽에서 세 번째가 맞겠지요?"

"모 아니면 도야." 나루세는 그렇게 말했다. "장기는 바라보는 방향에서 오른쪽부터 헤아려. 바둑은 왼쪽부터."

"어, 반대예요?"

"일단 바둑부터."

주저할 새도 없이 나루세는 벨에 손을 뻗었다. 실내에 울리는 소리가 들렸다.

"범인이 있다 해도 설마 나올까요?" 오쿠보는 작은 목소리로 물었다. 맞은편 아파트에서 큰 소동이 벌어지고 있는 가운데, 무단 침입 강도가 어떤 태도를 취할지 알 수 없었다.

"반반이야." 나루세는 어찌 보면 무책임하게 들리는 소리를 했다. "내가 범인이라면 실내에서 가만히 있겠지."

그럼 안 되잖아요, 하고 지적하려는 순간에 철컥 문이 열리는 소리가 났다.

남자가 고개를 내밀었다. 수염이 덥수룩하고 눈매가 사나운 청년으로, 청바지에 긴팔 서츠를 입고 있다. 체인은 풀지 않고 문 틈새로 귀찮다는 듯이 "뭐야?" 하고 물었다.

"시청 직원입니다만." 나루세는 언제 꺼냈는지 분리수거 안내문을 내밀었다. "이 댁 주민이십니까?"

이 남자가 바로 강도범이 아닐까? 오쿠보는 흥분했다. 수상쩍은 표정과 집 안에 있는 것치고는 옷차림이 단정하다는 점이 의심스러웠다.

"그런데?" 청년이 입을 비죽거리더니 나루세에게서 전단지를 받아 들었다.

"생활에 불편한 점은 없으십니까?"

"없어." 남자는 문을 닫았다.

오쿠보는 흥분을 억누르며 "있었네요"라고 말했지만 나루세에게서 돌아온 것은 다른 대답이었다. "여기는 아니야."

"예?"

"거짓말이 아니었어. 다음으로 가 보자." 나루세는 그렇게 단정했다. 오쿠보는 아무 반박도 하지 못하고 간신히 "장기였어요?"라는 말만 했다.

"그래. 저쪽 끝에서 세 번째."

오쿠보는 방금 전 그 남자가 아니라면 대체 누구를 의심해야 하는지 도저히 이해가 가지 않았지만 어쨌거나 나루세의 뒤를 따라갈 수밖에 없었다.

다음 집에서 나온 것은 수수한 옷을 입은 여성이었다. 안경을 쓰고 피부가 하얀, 키도 몸집도 평균인 여성으로 연령은 외모로 판단하기 어려웠다. "예" 하고 체인을 건 상태로 고개를 내밀었다.

나루세는 아까와 마찬가지로 전단지를 건네며 "시청 직원입니다만" 하고 인사했다. 여성이 "예" 하고 대답했다. 나루세가 두세 마디 분리수거 안내를 하고 "불편한 점은 없으십니까?"라고 물었다. 그녀는 똑똑한 목소리로 "아뇨, 아무 문제 없어요"라고만 대답했다.

아무리 봐도 그 여성이 강도범 같지는 않았다. 그렇다고 겁먹은 피해자 같지도 않아서 오쿠보는 또 빗나갔다고 생각했다.

"다음은 오셀로인가요?"

"아니." 엘리베이터로 돌아가면서 나루세가 차분한 목소리로 대답했다. "저 집이야."

"예?"

"저 여자는 거짓말을 하고 있었어. 뭔가 문제가 있는데 숨기고 있어."

"그걸 어떻게 아세요?"

"그걸 어떻게 몰라?" 나루세가 웃었다.

"만약 그렇다면 어쩌죠?"

"경찰에 알려야지." 그게 당연하다는 분위기였다. "뒷일은 경찰이 알아서 하겠지."

일단 아파트 1층으로 내려가기로 했다. 밖으로 나간 순간, 환성과 비명 중간쯤 되는 소리가 들렸다. 응원하는 축구 팀이 갑자기 골을 넣은 듯한 커다란 함성이었다.

깜짝 놀라 옥상을 보니 경찰이 배낭을 멘 청년을 제압하고 있었다.

9。

"그래서 어떻게 됐어?" 그녀가 오쿠보에게 물었다.

그날 밤, 오쿠보는 시청 옆에 위치한 라면 가게에 있었다. 일을 마치고 애인과 만나 함께 저녁을 먹을 예정이었다. 그녀는 세련되고 고급스러운 레스토랑보다 서민적이고 저렴한 라면 가게를 좋아했다. "당신은 어떻게 그렇게 싼 라면 가게를 아는 거야?" 그렇게 감탄할 때마다 마음이 복잡했다.

"인질에서 풀려난 후에 몬마 씨가 긴장한 나머지 쓰러졌어." 오쿠보는 나무젓가락을 가르며 말했다. "구급차로 실려 갔지. 하지만 혈압 때문에 그런 거라 큰 문제는 없다나 봐."

"그쪽 말고."

"아아, 배낭 멘 범인 말이야? 그 남자는 역시 약물중독이었대. 저녁 뉴스에도 나오더라." 아파트 옥상에서 벌어진 체포극은 텔레비전에 크게 보도되었다. 범인이 방심한 틈을 타서 경찰이 달려드는 장면이 몇 번이나 나왔다.

"그쪽 말고, 무단 침입 강도 말이야." 면을 호로록 삼키며 그녀가 말했다. 땀이 맺혀 있다. "그 계장님 예상이 맞았어?"

"아, 그쪽 말이야? 결국 내가 밖에 있는 경찰에 알렸어. 처음에는 귀담아듣지도 않았지만 겨우 믿어 줬지."

경찰은 아파트 주변에 많이 있었다. 오쿠보는 그중 두 사람과 함께 엘리베이터를 탔다. 그리고 마침 위에서 두 번째, 6층에 도착했을 때 그 집에서 나온 체격 좋은 남자와 맞닥뜨렸다. 남자는 제복 경찰을 보고 놀랐는지 달아났지만 금세 붙잡혔다.

어찌 된 영문인지 남자는 헛소리처럼 이런 말을 했다. "차가, 차가 제때 안 왔잖아. 일은 똑바로 해야지!" 마치 고용인을 야단치는 듯한 말투였다.

"나루세 씨는 경찰이 어지간히 싫은지 금방 사라져 버려서."

제대로 듣고는 있는 건지, 그녀는 그릇을 두 손으로 들고 국물을 마시기 시작했다. 그 호쾌한 모습이 왠지 사랑스러워서 새삼 꼭 결혼하고 말겠다는 결의를 다졌다.

"있잖아, 어제도 아버지하고 잠깐 얘기했는데 말이 전혀 안 통해." 그녀가 이마의 땀을 훔쳤다. 결혼 이야기를 꺼낸 순간 콧김을 뿜어 대며 들은 체도 하지 않았던 모양이다.

"그렇구나."

"역시 조금 세게 나가야겠어." 세상 물정 모르는 그녀는 항상 현실과 동떨어져 있다. "2주쯤 가출할까 봐."

"우리 집에 올래?"

"그러면 아버지한테 금방 들킬 거야. 얼마나 대단한데. 진심으로 하면 못 알아낼 게 없어."

"무섭다."

"비즈니스호텔이나 여기저기 옮겨 다닐까? 한 번쯤 묵어 보고 싶었거든."

"그렇게 기대할 만한 곳은 아니야." 오쿠보는 넌지시 말하며 젓가락을 입으로 가져가 라면을 먹었다. "그나저나 오늘은 정말 최악이었어. 오전에 시민 불만이 두 건이었는데 먼저 신호등 빨간불이 너무 길다고 불평하러 온 사람이 있었어. 그다음에는 파란불이 너무 길다고 화내는 사람이 왔는데 말이야."

오쿠보는 옆에 앉은 애인이 그랬던 것처럼 그릇을 들었다. 라면의 뜨거운 김이 짙은 안개처럼 얼굴을 뒤덮었다.

'유리 집에 사는 사람은
돌을 던져서는 안 된다'

환상 ① 실재하지 않는데 그 모습이 실재하는 것처럼 보이는 것. 환영. 허망한 것, 극히 손에 넣기 힘든 것에 대한 비유. ② 환술을 행하는 사람. 마법사. ○○의 여인 : 윌리엄 아이리시가 쓴 서스펜스 소설의 제목. "『환상의 여인』의 첫 문장은 인상적이야. 잊어버렸지만."

1.

"그러니까 내가 파에야를 먹으라고 했지." 카운터 안쪽에서 컵을 씻으며 교노가 말했다. "내 말을 안 들으니 그런 환상의 여인이나 만나잖아, 성가시게."

"하지만 파에야가 메뉴에 없었다고요." 후지이가 반박했다.

이 가게 주인은 어째서 항상 소방대가 물을 뿌리듯 말을 쏟아 내는 걸까? 더군다나 손님을 상대로. 나이는 후지이보다 다섯 살쯤 많으니 서른 중반이나 후반에 접어들었을 텐데, 어제 본 텔레비전 프로그램에 대해 떠드는 고등학생처럼 알맹이 없는 대화를 좋아했다. 그 때문인지 후지이도 교노가 연상이라는 사실을 잊고 그만 친구하고 수다를 떠는 것처럼 착각하는데, 그렇다고 해도 이렇게 시끄러운 친구는 없다.

"환상의 여인? 그게 뭐야?" 교노 옆에 있던 쇼코가 끼어들었다. 조금 전에 외출에서 돌아온 그녀는 카운터 안에서 오목한 그릇을 들고 오른손으로 거품기를 젓고 있다. 능숙하게 치즈 케이크를 준비하고 있었다.

"잘 들어, 파에야의 노란 쌀은 사프란이라는 향신료 때문이야. 사프란에는 크로신이라는 영양소가 들어 있는데, 그 크로신이 기억에 좋아."

"뭐에 좋은데?" 쇼코가 귀를 기울였다. 손에 든 거품기가 규칙적인 소리를 냈다. 빠르고 경쾌한 그 소리는 교노가 말하는 템포와 흡사했다.

"기억이라니까, 기억. 해마의 신경세포에 크로신이 자극을 주는 거야."

"그게 후지이 씨가 말한 환상이 여인 이야기하고 무슨 상관이야? 그보다 후지이 씨, 평상복 차림인데 오늘 회사 안 갔어요?"

오후 4시가 넘은 시각이었다. 후지이는 외근 영업 중간에 휴식이나 거래처 상대와 회의할 때 이 카페에 들르기 때문에 어느 쪽이든 항상 양복 차림이었으니 사복을 입은 모습에 그녀가 위화감을 느끼는 건 당연했다.

"아침에 전화해서 쉬겠다고 했어요. 왠지 출근할 마음이 들지 않아서."

"출근할 마음이 들지 않았어요?"

"어제 술을 마셨더니 기억나지 않는 게 많아서 머리가 혼란스러워요."

"그래서 내가 술을 마시기 전에 파에야를 먹으라고 충고했는데." 교노가 말했다.

"충고?" 쇼코가 물었다.

"어제저녁에 후지이 씨가 와서 이제부터 술을 마시러 간다기에 알코올성 건망증에는 파에야가 잘 든다고 가르쳐 줬거든. 그런 귀중하고 유익한 충고를."

"파에야가 없어서 파프리카를 먹어 봤는데." 후지이는 쭈뼛쭈뼛 말했다.

교노는 눈을 휘둥그레 뜨고 보란 듯이 한숨을 쉬었다. "내 말을 듣기는 한 거야? 중요한 건 파에야에 든 사프란의 크로신이야. 해마를 자극하니까. 파프리카에 사프란이 들어 있어? 아니면 파프리카가 혹시 파에야 친구야?"

"하지만 똑같은 '파'로 시작하잖아. 친구일지도 모르지." 쇼코가 끼어들었다.

"맞아요."

"뭐가 맞아? 그렇게 따지면 귀여운 안나 카리나도 무서운 안나 카레니나도 똑같게?" 교노는 영문 모를 소리를 중얼거렸다.

쇼코가 후지이를 돌아보며 물었다. "하지만 기억을 잃었다면서 환상의 여인이라는 건 무슨 소리예요?"

"아침에 일어나 보니 메모가 있더라고요." 후지이는 망설이다가 이야기했다.

"메모?"

"후지이는 사실 아주 바람둥이야. 술을 마시러 가면 여자를 유혹해서 집으로 데려가거든. 늘 그래. 그런 주제에 이튿날 아침이면 기억을 못 한다는 거야. 배가 부르다고 해야 할지, 아깝다고 해야 할지, 낭비라고 해야 할지."

"어머나." 쇼코가 거품기를 젓던 손을 멈추었다. "후지이 씨, 그런 사람이었어요? 몰랐네."

"그런 사람이라니요." 후지이는 쓴웃음을 흘렸다.

"그런 말을 들으니 사람이 달라 보여."

"그렇지?" 어째선지 교노가 자랑스럽게 말했다. "어쨌거나 후지이는 어제도 술을 마시러 갔다가 똑같은 짓을 한 거야."

"똑같은 짓?"

"어제, 동료인 모모이하고 마시다가." 그대로 교노에게 맡겨 두면 핵심보다 곁가지가 강조된다는 사실을 깨달은 후지이는 직접 간략하게 설명하기 시작했다. "저희 회사에는 영업 사원에게 가혹한 가을 영업 강화의 달이라는 게 있는데, 그 기간이 끝나서 둘이서 회포나 풀 겸 한잔하러 갔거든요. 처음에는 기억을 잃지 않으려고 교노 씨의 고마운 조언대로 파프리카를 잔뜩 먹었는데."

"내가 말한 건 파에야였어."

"그래서 그 후에 낯선 여자하고 잔 거예요?"

"후지이는 기억 못 하는데 일어나 보니 메모가 있었던 거지."

후지이는 지금 입고 있는 면바지에 손을 뻗어 뒷주머니에서 접힌 종이를 꺼냈다. 그것을 펼쳐서 쇼코에게 보여 주었다.

"후지이 씨가 잠들어서 그냥 돌아가요. 노조미.'" 쇼코는 소리 내서 읽은 다음 탄식했다. "어머나, 후지이 씨, 이런 일 자주 있어요? 확실히 후지이 씨는 귀엽달까, 여자들이 좋아할 만한 외모니까. 20대처럼 보이기도 하고."

곧이곧대로 듣기 어려운 칭찬이다. "어쨌거나 그 메모 때문에 누군지는 몰라도 여자를 집에 끌어들였다는 건 알았습니다. 전혀 기억은 나지 않지만."

"그게 환상의 여인이에요? 그냥 귀가한 여인 아니고?"

"그 여자는 새벽 4시도 되기 전에 어떻게 돌아갔을까?" 교노가 고개를 갸웃거렸다.

"새벽 4시?" 쇼코가 눈을 휘둥그레 떴다.

"제가 깬 게 새벽 4시였는데 그때는 이미 없었어요." 후지이가 대답했다.

"새벽 4시? 후지이 씨, 그렇게 일찍 일어나요?"

"전화 소리에 깼어요. 모모이가 전화를 했거든요. 교통

사고를 냈다고요."

2.

그날, 후지이는 전화 소리를 듣고 잠에서 깼다. 일어나자 묵직한 두통이 느껴졌다. 필름이 끊겼다는 것을 바로 알아차렸다. 어디까지 기억하는지 눈을 비비며 기억을 더듬어 보았지만 무엇 하나 떠오르지 않았다. 누구하고 마시러 갔더라? 처음에는 그마저도 기억나지 않아 오른쪽 벽에 걸린 달력을 바라보다가 '영업 강화의 달이 어제까지였구나' 하고 기억해 내고, 이어서 '그렇다면 분명 그게 끝난 기념으로 한잔하러 갔을 테지'라고 추측하고, '그런 갑작스러운 회식에 어울려 줄 상대는 동기 모모이뿐일 거야'라는 허술한 삼단논법 같은 사고를 거쳐 모모이와 술을 마시러 갔다는 것을 기억해 냈다.

모모이는 주량이 약해 술은 마시지 않지만 붙임성과 사교성이 좋아서 선술집이든 카바레든 흔쾌히 따라온다.

전화가 울리고 있었다. 시계를 보니 아직 새벽 4시라, 후지이는 불안한 마음으로 전화를 받았다. 새벽 4시에 전화가 통한다는 것 자체가 믿기지 않았다.

"후지이?" 모모이의 목소리였다.

"아, 모모이, 마침 잘됐다." 잠이 덜 깨서 그런지 후지이는 상대가 걸어온 전화인데도 자기 용건을 먼저 말했다.

"나 말이야, 너하고 술 마신 거지?"

"또 잊었어? 1시까지 마셨잖아. 너, 가게에서 나가서 택시를 타고 돌아갔잖아."

"기억이 하나도 안 나." 후지이는 머리를 긁적였다.

모모이는 바로 대답하지 않았다. 뭔가 생각하는 듯한, 기가 막혀 말문이 막힌 듯한, 그런 침묵이 흘렀다.

"어느 가게에 갔더라?"

"처음에는 '덴텐'에 갔고 다음으로 '구로이소'에 갔잖아. 아니, 그런 이야기를 하고 싶은 게 아니야." 모모이의 목소리가 평소와 달리 심각하고 어두운 것을 그제야 깨달았다.

후지이는 그 두 가게를 기억해 냈다. '덴텐'은 전국 프랜차이즈 술집인데 최근 회사 뒤에 있는 좁고 길쭉한 건물 3층에 다락방 같은 형태의 지점이 생겼다. '구로이소'는 거기에서 조금 떨어진 번화가 지하에 있는 바였다. 구로이소라는 이름의 마스터가 혼자 경영하고 있었다.

"너하고 둘이서 마셨어?" 후지이는 모모이의 이야기에 개의치 않고 질문을 거듭했다.

모모이가 잠깐 뜸을 들이더니 강하게 말했다. "우리뿐이었어. 너하고 나. 정말 기억 안 나?"

"민망하지만 전혀."

"어쨌거나 그런 것보다." 모모이가 흥분한 기색으로 빠르게 쏟아 냈다.

참, 그랬지, 이건 네가 건 전화였지. 후지이는 자세를 가다듬었다. 새벽 4시에 네가 건 비상식적인 전화였지.

"망했어." 모모이가 혀를 차며 말했다. "사고를 냈어, 지금."

"뭐?" 그 의미를 이해하는 데 한참 걸렸다. "정말이야?"

반사적으로 옆에 있는 창문을 쳐다보았다. 커튼이 반쯤 닫힌 상태였지만 밖은 보였다. 어둡다. 새벽이라기보다 심야에 가깝다. 어디선가 물방울 떨어지는 소리가 들렸다. 가랑비가 내리는 건지도 모른다. "어디에서?"

"시청 뒤에서." 모모이는 떨리는 목소리로 장소를 말했다. 후지이도 아는 도로였다. 편도 1차선으로 그럭저럭 폭이 넓은 도로였지만 가로등도 적고 어두운 길이다. "망했어, 오토바이야, 오토바이."

"오토바이? 상대는 무사해?"

"몰라. 달리고 있는데 갑자기 모퉁이에서 튀어나왔어. 브레이크를 밟았지만 늦었어."

"잠깐만. 그 오토바이 탄 사람, 아직 병원에 안 데려간 거야? 구급차도 안 불렀어?" 후지이는 잠이 확 깼다. "어쨌거나 구급차를 불러. 경찰도. 살 수 있을지도 모르잖아."

"역시 그렇지?"

"뭐가 역시야? 그게 당연한 거잖아." 이 남자는 역시 상식이 없다. 후지이는 새삼 그렇게 생각했다.

모모이의 부친은 대형 연예 기획사 사장으로, 모모이 역시 언젠가 자기가 그 회사를 물려받을 거라 그런지 도락과 사회 견학 차원에서 잠시 회사원을 경험해 보는 것처럼 보였다. 주말이면 여자들과 노닥거리려고 밤거리를 활보하고 유급휴가를 잔뜩 써서 해외로 여행을 떠난다.

"해외에 그렇게 미녀가 많아?" 그렇게 놀리면 "큰 소리로는 말 못 하지만 일본에서는 구할 수 없는 약을 팔아"라고 큰 소리로 말하기도 한다. 일본에서 구할 수 없는 약이라니, 병을 치료하려고 먹는 약과는 다른 거냐고 묻자 "알 만한 사람은 안다" 하고 으스대며 대답했다.

"사고 원인은 어느 쪽이 어떻게 돼?"

"어느 쪽이 어떻게?"

"사고 원인 말이야. 과실이나 그런 거."

"상대가 신호를 무시하고 꺾어서 내 쪽으로 튀어나왔어." 모모이가 이것만큼은 확실하게 짚고 가야겠다는 듯 단호하게 말했다.

"정말이야?" 모모이가 정직하고 청렴결백한 사람이 아니라는 것은 후지이도 안다.

"정말이야, 도저히 피할 수 없었어."

"네 속도는?"

"좀 밟고 있었어." 모모이도 역시 당황했는지 대답이 불

확실했다.

"어쨌거나 경찰에 연락해. 상대가 신호를 무시한 걸 증명할 수 있으면 그나마 나을 거야." 다행히 모모이는 술을 마시지 않았으니 음주 운전으로 걸릴 우려는 없으리라.

"그렇지? 그렇겠지?" 모모이는 평소의 자신만만하고 남을 업신여기는 태도와는 딴판으로 불안한 기색이었다. 후지이는 일단 생각나는 대로 조언해 보았다. "근처에 누구라도 목격자는 없어? 신호를 무시한 걸 증언해 줄 사람은?" 정말 상대가 신호를 무시했다면 말이야, 라고 말하고 싶은 것을 꿀꺽 삼켰다. "뭐, 이런 시간에 행인이 있을 것 같진 않지만. 그래, 아버지한테는 전화했어?"

"아직."

"연락해 봐. 도와줄지도 모르잖아." 물론 약간은 비아냥거리는 말이었지만 실제로 그의 부친이라면 우수한 변호사를 붙여 줄 터였다.

"그렇지? 너하고 얘기하니 조금 침착해지네." 모모이는 전혀 침착하지 않은 태도였지만 그렇게 말하고는 전화를 끊었다.

모모이의 전화를 끊고 나니 새벽 4시였지만 잠이 완전히 깨 버린 탓에 어쩔까 고민했다. 어쩔 수 없이 어젯밤 술을 마시러 갔을 때의 기억을 자세히 되짚어 보았다.

어제저녁, 카페에 갔을 때 교노가 "파에야를 먹지 않으면 분명히 기억을 잃을 거다"라고 단정한 것은 기억하고 있었다.

'덴텐'에서 있었던 일도 기억에 남아 있다. 바닥이 파여 있는 테이블에 모모이와 마주 앉았다. 메뉴를 펼치고 "파에야, 파에야" 하고 뒤적거린 기억도 난다. 서로 상사를 헐뜯고, 모모이가 얼마 전에 산 외제차 이야기를 들었다. 술이 아직 많이 들어가지 않았을 때였으리라. 모모이가 해외에서 경험한 수상쩍은 약물과 위험한 사건 이야기도 들었다.

하지만 '덴텐'에서 술값을 내는 장면부터 갑자기 기억이 흐릿해지더니 '구로이소'로 향한 기억은 전혀 떠오르지 않았다.

술이 응고되어 가라앉은 것처럼 머리가 무거웠다. 그때, 시선을 돌리자 테이블 위에 메모가 보였다. 혀를 찼다. 전에도 밤을 함께 보낸 여자가 메모를 남기고 간 일이 몇 번 있었다.

아니나 다를까. 테이블 위에 놓인, '노조미'라는 이름이 적힌 짧은 메모를 보면서 후지이는 남 일처럼 그런가 보다 했다.

실내를 둘러보았지만 여자의 모습은 없었다.

메모가 남아 있다는 건 그 여자가 집에 있었다는 뜻이다. 그렇다면 늘 그렇듯 어디서 유혹해서 집으로 데려온 게 틀림없었다. 하지만 전혀 기억이 나지 않았다. 노조미가 어떤 여자였는지도, 집에서 무엇을 했는지도 모른다. 후지이가 데려온 여자는 대개 후지이처럼 술에 잔뜩 취해 있을 때가 많아, 아무 일 없이 침대에서 함께 쿨쿨 자는 경우도 잦았다. 물론 즉흥연주처럼 잠자리를 갖는 경우도 많아 후지이는 자기 몸에 증거가 될 흔적이 있는지 확인하고 사타구니도 만져 보았지만 역시 알 수 없었다. 술 냄새만 풍겼다. 다만 문맥으로 보건대 잠든 후지이를 보고 흥이 깨져 여자가 나간 건 확실해 보였다.

ㅌ。

"그 여자가 대체 누구고 대체 어디에서 만났는지, 전혀 모르겠어요." 후지이는 얼굴을 찌푸리며 한탄했다.

"그 여자에 대해 실컷 고민하려고 회사를 쉰 거로군." 교노가 아는 척 말했다.

"뭐, 그렇죠." 후지이도 인정했다. "모모이가 낸 사고도 마음에 걸리고."

"두 번째 가게에서는 모모이 씨하고 둘만 마셨어요?" 쇼코가 물었다. "그렇다면 어차피 그 가게에서 나온 뒤에 꼬셨다는 뜻이잖아요."

"어차피라니 너무하시네요, 어차피라뇨." 후지이는 쓴웃음을 지었다. "하지만 모모이 말로는 가게에서 나온 직후에 택시를 탔다던데."

"후지이 씨, 지금 생각났는데 그 모모이 씨라는 사람, 전에 우리 가게에 한 번 데려왔던 키 큰 사람 맞죠?" 쇼코가 가볍게 손뼉을 쳤다. 방금 전까지 들고 있던 그릇과 거품기는 어디론가 사라졌다.

들고 보니 후지이도 생각났다. "아, 맞아요, 맞아. 한 번 데려왔어요."

"나는 기억 안 나는데." 교노가 미간을 찌푸렸다.

"왔잖아. 비싸 보이는 양복에 세련된 안경을 쓰고. 커피에도 박식해서 이렇게 내려라 저렇게 내려라 했잖아."

"아!" 교노가 순간 환한 표정으로 외치더니 다시 얼굴을 찌푸렸다. "그 시건방진 남자? 커피를 주문해 놓고 '마스터, 그라인드는 굵은 메시로'라고 말했던 그 녀석인가?"

"'이 원두, 워시드야?'라고 물었지. 원두 처리 방법을 묻는 사람은 드문데."

"워시드라고 잘난 척하지 말고 수세식이냐고 물었으면 그나마 나았을 텐데. 게다가 어째서 워시드를 쓰냐고 했지."

"당신 행동에는 이유가 없는데 말이야." 쇼코가 웃었다.

"아무튼 그 남자가 사고를 냈다는 거군. 가엾게."

"표정은 꼴좋다는 얼굴인데?"

"교노 씨는 오히려 기뻐하는 것 같은데요."

"인상이 썩 좋은 남자는 아니었으니까." 교노가 바로 인정해서 후지이도 무심코 맞장구를 치고 말았다. "뭐, 상류에 속한 타입이니까요."

"상류?" 쇼코가 물었다. "윗물?"

"모모이는 상류 계층이랄까, 위에서 사람들을 굽어보는 구석이 있거든요."

"맞아, 있어. 그렇게 잘난 일부 녀석들이 세상을 엉망으로 만드는 거야. 그런 녀석이라도 술친구는 되나 보군." 교노가 놀리듯 말했다.

"그 녀석은 술을 못 마시지만 일단은 그래요, 사이는 좋습니다." 후지이는 얼굴을 일그러뜨리며 끄덕였다. 영업부에서는 후지이와 동기에 나이도 비슷하고 '특정한 연인을 만들지 않고 자유로운 연애를 즐긴다'는 자세도 비슷했다.

"결점이 있는 사람을 친구로 사귀는 것도 일종의 선행이다." 쇼코가 갑자기 성서의 한 구절을 읊듯이 말했다.

"그게 뭐예요?"

"전에 이 사람 친구가 한 말이에요." 쇼코가 교노를 가리켰다. "나루세 씨라는 동급생."

"아하." 후지이는 힘차게 고개를 끄덕였다. "그 심정 이해해요."

교노가 귀를 후비는 시늉을 했다. "그 모모이라는 녀석

아버지는 뭐 하는 사람인데? 뭐 하는 회사야?"

"연예 기획사예요. 여러 탤런트하고 가수를 데리고 있는."

"수상쩍은데." 교노가 말했다. "왠지 의심스러운 접대나 합법적이지 않은 약물이 연상되는군."

"편견이야." 쇼코가 웃으면서 타이르듯 손가락을 들이댔다.

"그런데 모모이의 경우 꼭 편견도 아니에요." 후지이의 얼굴이 굳었다. "실제로 해외에서 수상한 약물 파티를 즐기는 모양이에요."

"그건 연예 기획사하고는 상관없잖아요." 쇼코가 말했다. "연예 기획사가 악의 소굴은 아니니까."

"확실히. 그렇긴 하네요." 모모이 본인의 인간성과 도덕 관념의 문제에 가깝다.

"옛날부터 생각했는데, 애초에 진짜로 약물을 끊게 하려면 마약을 복용하면 사형, 마약을 소지하면 사형, 그렇게 정해 두면 되잖아."

"극단적이야." 쇼코가 또 교노에게 집게손가락을 들이댔다.

"진짜 단속하고 싶으면 그러라는 얘기지."

"하지만 실제로 그런 나라도 있다면서요." 후지이는 전에 들은 이야기를 떠올리며 말했다.

"그런 나라라니 뭐야, 그런 나라라니."

"마약을 조금만 가지고 있어도 바로 실형이고 여차하면 사형하는 나라요."

"그건 너무한데." 교노는 자기가 제안한 아이디어인데도 "현실적이지 못해"라고 비판했다.

"남미 어느 나라라던데. 바로 어제 모모이하고 갔던 가게, '구로이소' 마스터가 그런 이야기를 해 줬어요." 가게 마스터는 여행을 좋아해 현지 언어도 유창하고 종종 경험 담인지 괴담인지 모를 이야기를 해 주었다. "모모이 말로는 최근 어느 일본 배우가 그 나라에서 붙잡혀서 아직도 못 돌아오고 있다더라고요." 그렇게 말하고 나서야 어젯밤 갓 들은 이야기였다는 것이 기억났다.

"일본 배우가? 뉴스에 나왔던가?"

"사무소에서 압력을 넣어 보도를 막았다나 봐요. 이미지가 실추될 테니까."

"그 사무소에서 범죄자를 다 받아 주면 되겠네. 하지만 그 녀석은 어째서 굳이 그렇게 엄격한 나라에서 약물 복용을 한 거야?"

"스릴을 즐기고 싶었나 보죠."

"설마 그러겠냐고 얕잡아 본 것 아닐까?" 쇼코가 웃었다.

"하지만 진짜 엄격하대요. 변명도 전혀 안 통하고, 소문으로는 사형은 면해도 징역 20년은 나올 거래요. 소지만 했을 뿐인데."

"남미는 약물에 관대할 것 같은데."

"편견이에요, 교노 씨. 게다가 나라마다 다르다고 하고."

"어쩌면 음모일지도 몰라." 교노가 불쑥 손가락을 튕겼다.

"음모요?"

"그 배우를 음해하려고 약물을 숨겨 놓은 거야. 그래서 그 나라에서 체포되게 만든 거지. 20년이면 배우 한 사람의 존재를 지우기엔 충분하니까."

"왜 그런 짓을."

"그 배우가 거슬렸겠지. 그 배우가 사라지고 배역을 이어받은 사람이 범인이야."

"하지만 약물을 숨겨 놓아도 그 나라에 도착하기 전에, 일본에서 출발할 때 들키지 않겠어?" 쇼코가 물었다.

"기본적으로 그런 짐은 입국할 때 걸리는 법이야." 교노가 대답했다.

"그래." 쇼코가 대뜸 말했다. "당신, 다음에 그 나라에 혼자 가 보면 어때?"

"왜?"

"느긋하게 쉬다 오면 좋잖아."

"여행 가방에 약을 숨길 속셈이로군."

"의외로 예리하네."

"그래서 그 오토바이에 탄 사람은 정말 신호를 무시했던 거야?" 교노가 화제를 바꾸고 싶었는지 그렇게 물었다.

"상대는 의식불명 상태인 것 같지만 목격자가 있대요."

"목격자가 있었어?"

"실은 방금 전에 모모이가 전화를 했어요. 경찰에서 계속 조사를 받은 것 같은데 일단 마무리되었다고요. 그때 들은 이야기로는 우연히 지나가던 사람이 증언해 줬대요."

"그거 다행이네." 교노는 말과는 달리 몹시 아쉬운 표정이었다.

"모모이 씨 사고 얘기는 그만하고 후지이 씨가 만난 환상의 여인 이야기로 돌아가면 안 돼요?" 쇼코가 그릇을 일단 카운터에 내려놓았다. "그쪽이 더 궁금한데."

"궁금하세요?" 후지이는 쓴웃음을 흘렸다. "그 노조미라는 여성하고 언제 만났는지 전혀 기억이 안 나요. '텐텐'에 있었을 때는 그럭저럭 기억하는데 그때는 분명 여자가 없었어요. 모모이 말로는 '구로이소'에서도 저희 둘뿐이었다고 하고."

"그럼 역시 두 번째 가게에서 나온 다음이겠네. 택시를 탄 후에 신호를 기다리는 차 안에서 길 가는 여자한테 말을 건 것 아니야? 저기요, 제 택시를 같이 타고 갈래요? 이렇게."

"어디서 만났는지도 모르니까 환상의 여인이라고 한 거예요?" 쇼코는 앞치마에 손을 닦았다.

"뭐, 그런 셈이죠." 후지이는 어깨를 움츠렸다. "실제로 그 여자가 정말로 있었는지도 모르다 보니."

"그럼 이런 것 아닐까?" 교노가 집게손가락을 세웠다. 자신만만한 그 표정이 어디로 보나 "황당무계한 이야기를 하겠습니다"라는 선언처럼 보여서 후지이는 경계했다.

그러자 아나나 다를까, 교노의 입에서 튀어나온 것은 엉뚱한 소리였다. "노조미는 말 그대로 환상 아닐까?"

"그게 무슨 말입니까?" 후지이는 즉각 되물었다.

"후지이가 직접 메모를 쓴 거야."

"제가요?"

"알코올성 건망증뿐만 아니라 몽유병 체질인 것 아닐까?"

"딱히 알코올성 건망증인 것도 아니에요."

"자기 생각이야 그렇지. 원래 건망증이 심해지면 이야기를 지어내는 증상이 나와. 기억하지 못하는 부분을 직접 날조하는 증상이지. 작위적인 게 아니라 무의식적으로 그러는 거야. 그런 식으로 여자를 만들어 낸 것 아니야?"

"하지만 제가 왜 그러겠어요?" 잘난 척이 아니라 소박한 의문이었다.

"여성이 자고 갔으면 좋겠다는 무의식적인 욕구가 있는 것 아닐까?"

"자랑은 아니지만 여자가 아쉬웠던 적은 없어요." 후지이는 반론했다. 실제로 술을 마시지 않을 때도 번화가에서 여성에게 말을 걸어 아파트나 호텔에 가는 일은 자주 있었다. 무의식이라고는 해도 애타게 여성을 갈구했을 것 같지는 않다.

"어머나!" 쇼코가 반쯤 장난스레 감탄하는 시늉을 했다.

"그래서 그런 걸지도 모르잖아." 교노는 기죽지 않고 거듭 말했다. "평소에 여자하고 자니까 어쩌다 아무도 없으면 허전한 걸지도 몰라. 그래서 메모까지 써 가면서 날조했을지도 모르지."

"하지만 이건 제 글씨하고 영 딴판이에요." 후지이는 카운터에 올려놓은 메모를 가리켰다.

"무서워라." 교노는 의미심장하게 고개를 저었다. "다른 인격이 나타나서 필적까지 바꿨군."

"교노 씨, 그만 놀리세요." 후지이는 난처한 기색으로 말했다.

"당신, 놀리지만 말고 조금은 멀쩡한 추측 좀 말해 봐."

"마치 내 추측이 멀쩡하지 않은 것처럼 그러네."

"후지이 씨, 다음부터는 어디 갔는지 알 수 있도록 발신기를 달아 두는 게 좋겠어요. 이동한 장소가 전부 기록에 남도록."

"발신기요? 애들 만화도 아니고." 후지이는 뒤로 자빠지는 시늉을 했다.

"그게 진짜로 있다니까요? 나도 깜짝 놀랐는데 이렇게 작은 스티커 같은 걸 붙여 두기만 해도 전파를 발신한대요."

"그런 편리한 물건이 있어요?" 후지이는 무심코 옆에 있는 교노에게 물었다.

"요컨대 GPS를 극단적으로 소형화, 경량화한 거지. 얼마 전에 내 친구가 사 왔어. 액정 수신기 같은 걸로 위치도 확인할 수 있고, 이동 결과를 기록해 인쇄도 할 수 있다나 봐."

"그걸 어디에 씁니까?"

"그 녀석은 은행 강도거든. 자기가 훔친 돈 가방을 누가 이상한 곳으로 가져가지 않을까, 그걸로 확인하는 거야."

"교노 씨, 하나도 재미없어요." 후지이는 얼굴을 찌푸렸다.

"어쨌거나 후지이 씨가 찾는 환상의 여인이 정말로 환상인지, 아니면 실존 인물인지 확인해 주면 되잖아요?" 쇼코가 손뼉을 딱 쳤다. "당신의 그 풍부한 지식을 빌려주면 어때?"

"내가? 이 풍부한 지식을? 왜?"

"나는 오늘 밤 유키코 씨를 만날 거야. 그러니 당신도 볼일이 있으면 좋잖아. 후지이 씨하고 어제 갔던 가게나 가 보지?"

"오늘 밤에 유키코를? 금시초문인데." 교노의 말에 쇼코는 태연히 대꾸했다. "지금 말했잖아." 그런 부부를 바라보며 후지이는 솔직히 교노 씨가 아니라 쇼코 씨의 지혜를 빌리고 싶다고 말하고 싶었다.

4.

쇼코가 가게에서 쫓아냈을 때는 부루퉁했던 교노도 번화가에 들어섰을 때는 이미 마음이 풀려 휘파람을 불고 있었다.

"속 편하게 노래라뇨."

"〈아베마리아〉야, 〈아베마리아〉. 슈베르트의 곡이지. 구노의 〈아베마리아〉가 듣고 싶었어?"

"그게 아니라."

"그나저나 환상의 여인을 찾는다니 재미있네." 교노가 의욕을 불태웠다.

"최근의 기억부터 거슬러 올라갈까요? 먼저 '구로이소'에." 후지이는 말했다.

"후지이 자네는 술을 마실 때 지금 몇 단계인지 알아?" 교노가 옆에서 걸음을 떼며 물었다. "취해서 기억을 잃는 지점을 정상이라고 한다면 거기까지 올라가는 감각이 있잖아. 지금은 몇 부 능선이라거나."

후지이는 손으로 콧등을 긁적이며 술집에서의 자기 상태를 돌아본 다음 "아니요"라고 대답했다. "그냥 갑자기 찾아와요. 멀쩡히 첫 잔을 마신 기억과 아침에 일어난 기억은 확실히 남아 있는데."

"등산길에 들어선 순간 정상에서 깃발을 흔드는 느낌인가?"

보행자 전용 아케이드를 가로질러 좁은 길로 들어가 20미터 앞 모퉁이에서 멈추었다. 오른편에 지하로 이어지는 계단이 있다. 지하 1층이 '구로이소'였다.

"이 가게에는 자주 오나?" 교노가 물었다.

"예." 후지이는 그렇게 대답했다. "여기 마스터 구로이소 씨가 편의를 많이 봐줘서요."

"편의?"

"말하긴 좀 그렇지만 여자를 소개해 주거나, 누군가를 꼬실 때 말을 맞춰 주기도 하고."

"말을 맞춰 준다니 무슨 뜻이야?"

"아니, 같이 간 여자에게 자연스럽게 저나 모모이가 성실한 남자라고 설명해 준다거나."

"성실해? 거짓말이잖아."

"그러니까 편의라고 하잖아요." 후지이는 자기가 말하면서도 찜찜했다. "변명하는 건 아니지만 모모이는 그런 아이디어를 잘 내놔요."

"그리고 모모이에게는 그 아이디어를 실현할 힘도 있고."

"뭐, 돈으로 도움을 구할 때도 있고요."

"사장 아들이라서?"

"사장 아들이 모두 그런 건 아니지만요."

"사장 아들이면서 근성이 썩어서 그런 거군."

"말씀이 너무 심하네요."

"진짜 썩었는지는 모르겠지만 썩은 것처럼 보이는 건 확실해."

계단 앞에 '구로이소'라는 간판이 있었다. 희고 검은 줄무늬가 그려진 플라스틱 입간판이 맵시 있게 빛나고 있다.

"아."

"왜 그래?" 교노가 시선을 돌렸다.

"어제, 이 간판에 부딪쳤던 것 같아요." 그렇게 말하며 무릎을 문지르자 멍든 것처럼 부어 있었다. "역시 맞아, 부어 있어요. 어젠 여기 왔던 거예요."

"시작이 좋군." 교노가 만족스럽게 끄덕이며 지하로 내려가는 계단으로 걸음을 뗐다. "그럼 더 나아가 볼까?"

가게 안으로 들어가자 구로이소가 행주로 목제 테이블을 닦고 있었다. "어라, 안 취한 후지이를 만나다니 별일이네." 수염이 자란 턱을 쓰다듬으며 입을 비죽거렸다. 첫 마디가 저거라니. 후지이는 쓴웃음을 지었다.

"운수 대통하겠어."

"사람을 무슨 행운의 아이템처럼 말씀하시네요. 아, 구로이소 씨, 이쪽은 교노 씨라고 제가 자주 가는 카페 마스터예요."

"오늘은 후지이를 따라서 기억을 찾는 여행을 해 보렵니다." 교노가 연극적으로 말하더니 조용히 가게 안을 둘러보기 시작했다. 마치 형사가 범행 현장을 살피는 듯한 태도였다.

"기억을 찾는 여행?" 구로이소가 굵은 눈썹을 꿈틀거렸다. "혹시 후지이, 자네 어제 일 잊어버렸어? 또?"

"맞아요. 늘 그렇듯이요." 후지이는 한숨을 쉬며 입술을 비죽거리다가 시인했다. "그러고 보니 구로이소 씨, 모모이 녀석이 사고 낸 건 아세요?"

"어?" 구로이소가 눈을 크게 뜨고 입을 떡 벌렸다. 얼어붙은 것처럼 한참 그대로 있다가 잠시 후에 입을 열었다. "어젯밤에 자네들 둘이서 마셨잖아?"

"그 후에요. 오늘 아침 일찍, 아니 4시쯤인 것 같던데."

"그러고 보니." 구로이소가 마치 거기에 과거의 기록이 남아 있어 그것을 읽는 것처럼 천장을 바라보았다. "어제 모모이가 혼자서 드라이브를 가겠다는 말을 했어."

"그 녀석이 혼자서 아침에요? 왜요?"

"자네가 모모이하고 그런 이야기를 했잖아. 여전히 하나도 기억 못 하는군."

"사고는 그렇다 치고 어제 여기에 노조미라는 여자가 있었습니까?" 가게 안쪽까지 둘러본 교노가 카운터로 돌아와서 물었다. 영화 속 탐정처럼 손바닥을 문지르는 시늉을 한다.

"교노 씨, 뭘 조사했어요?"

"가게가 얼마나 깊은지 살펴봤어. 내 보폭으로 몇 걸음인지."

"그게 제 기억하고 상관있어요?"

"내 가게하고 어느 쪽이 더 넓은지 궁금해서."

"아, 그래요."

"어제는 자네들 둘뿐이었잖아." 구로이소가 강조하듯 단호하게 말했다. "노조미라니 대체 누구야?"

"어디선가 제가 여자를 꼬셨다거나 모모이가 화장실에 간 사이에 다른 여자 손님에게 말을 걸지는 않았고요?" 후지이는 재차 확인했다.

구로이소는 팔짱을 꼈다. "쭉 둘만 있었어. 손님이 거의 없어서 나도 똑똑히 기억해. 돌아갈 때도 자네는 가게에서 나가서 바로 택시를 탔으니까."

"그렇군요." 후지이는 신음했다. "어느 자리에 앉았죠?"

"저쪽 4인석 테이블." 구로이소가 바로 알려 주었다. 벽쪽으로 붙은 제일 구석진 자리였다. 바로 오른쪽 옆의 벽에는 추상화 액자가 걸려 있다. 듣고 보니 저 그림을 떨어뜨릴까 봐 조심조심 자리에 앉았던 기억이 났다. "제가 이쪽에 앉았던가요?"

"그래, 맞아."

"어렴풋이 기억이 나요."

"내가 아는 한 후지이 자네는 계속 모모이하고 마주 앉아서 떠들었어. 모모이가 한마디 하려 들면 말을 끊고 계속 혼자 연설했는데."

"예? 그랬어요?"

"후지이, 커뮤니케이션의 첫걸음은 남의 말을 듣는 거야." 교노가 엄숙한 표정으로 아버지처럼 말했다. "자기 이야기는 안 할수록 좋아. 생각의 7할 정도만 말하는 게 딱 좋지. 상대의 이야기를 열 들었으면 셋만 말한다, 그 정도가 딱 알맞아."

후지이는 미간을 찌푸렸다. "그러는 교노 씨는 남 이야기를 들어 준 적이 없잖아요. 열을 떠들고 들어 주는 건 제로잖아요."

"이런 격언을 아나?" 교노가 손가락을 세웠다. "'내 말을 따르라. 내 행동이 아니라.'"

"이기적인 격언인데요."

"뭐 그렇지." 교노가 가슴을 펴고 당당하게 말했다.

후지이는 발밑에 시선을 떨어뜨렸다. 노조미라는 여자는 정말 내가 만들어 낸 사람인가? 그런 생각을 하고 있는데 바닥의 얼룩이 눈에 들어왔다. 바닥 재질은 마루 판자였다. 물이 스민 것처럼 테이블 앞쪽 다리 부근만 색이 달랐다. 후지이는 고개를 갸웃거렸다. 빛 때문에 그런 것처럼 작은 차이였지만 한참 보다 보니 그 부분만 불룩 튀어나온 것처럼 느껴졌다. 그와 동시에 희미한 기억이 되살아났다.

"아, 그렇지." 교노가 구로이소에게 따지듯 물었다. "마약에 유난히 엄격한 나라가 진짜 있습니까?"

갑작스런 질문에 구로이소도 당황했지만 직업상 어떤 화제에도 따라가는지 바로 대답했다. "예, 엄격한 나라가 있어요. 제가 그쪽 말을 할 줄 아는데, 한번 가 보시겠습니까?"

교노가 미간을 찌푸렸다. "오호라, 나를 함정에 빠뜨릴 셈이로구나."

5。

"어때, 다음에는 어디로 갈까? 하지만 이 가게에서 모모이하고 둘만 있었다면 여기서 나간 다음에 환상의 노조미 씨를 만났다는 뜻이겠네." 교노는 '구로이소'에서 나와 계단 위까지 올라가서 말했다. 혼자서 쭉쭉 고찰을 이어 나가고 있다.

후지이는 멍하니 대답했다. "뭐, 그렇죠." 그러면서도 머릿속에 뭔가 계속 걸렸다. 수면에 비친 풍경처럼 윤곽이 불

확실한 그림 같은 것이 보였다. 시선이 저도 모르게 아래로 향해 정신을 차리고 보니 구두코를 바라보고 있었다. 가죽 구두의 오른쪽 끝이 약간 변색되어 있다.

"왜 그래?" 교노가 얼굴을 들이댔다.

"아뇨." 후지이는 스스로도 확신할 수 없었지만 일단 말해 보기로 했다. "아까 가게 테이블을 보는데 문득 생각이 나더라고요. 와인을 쏟았는데."

"와인을 쏟아?"

"어제 모모이하고 술을 마시다가 옆에 와인을 쏟았어요. 테이블 위 접시에 젓가락을 뻗다가 팔꿈치로 글라스를 치는 바람에."

"그래서?"

"제 옆에 여자가 있었던 것 같아요. 그 여자가 '어머나!' 하고 소리치는 걸 들은 기억이 나요."

"수상쩍은데."

"그래서 그 여자가 허둥지둥 글라스를 세우고 테이블에 쏟아진 와인을 닦았어요. 아까 바닥에 얼룩이 있었는데, 그걸 보니 생각났어요. 우리 말고도 여자가 있었어요."

"하지만 아까 가게 주인 얘기로는."

"봐요, 제 구두에도 얼룩이 남아 있어요." 후지이는 오른발을 앞으로 내밀어 교노에게 보여 주었다. "이것도 그때 쏟은 와인이 묻은 걸 거예요. 분명해요."

"이봐, 주정뱅이가 갑자기 떠올린 기억은 수상쩍은 법이야." 교노가 미간을 찌푸렸다. "끈질기네. 그만 인정하면 어때?"

"인정요?"

"노조미라는 여자는 자네가 만들어 낸 가공의 존재였다는 사실 말이야. 그러면 편해져. 고집부리는 바보보다 잘못을 인정하는 현자가 되어야지."

"교노 씨도 잘못을 인정하지 않는 타입이면서."

"'내 말을 따르라. 내 행동이 아니라.'" 어지간히 좋아하는 격언인지 교노는 또 되풀이했다.

그 순간 후지이의 머릿속에서 마치 전기 충격처럼 뭔가가 번득였다. "우물 안 개구리"라고 중얼거렸다. "또 생각났어요. 후지이藤井, 모모이桃井, 둘 다 이름에 '우물 정'이 들어가니 두 사람 사이에 있는 나는 우물 안 개구리네."

"그게 무슨 소리야?"

"그 여자가 어제 그렇게 말했어요. 아마도 와인을 쏟았을 때 들은 비명 소리하고 같은 목소리예요. 역시 그 여자는 환상이 아니에요."

"그렇게 시시한 소리를 하는 여자가 실제로 존재할 것 같진 않은데. 그야말로 환상의 여인이야. 환청급 대사야."

"하지만 기억이 나요." 그렇게 말하면서도 무의식중에 이야기를 지어내고 있는 건 아닌지 불안했다. "교노 씨는 노조미라는 여자가 없었다고 생각해요?"

"유감이지만 그렇게 결론지을 수밖에 없어."

그때 후지이의 주머니 속에서 휴대전화가 울렸다. 허둥지둥 휴대전화를 귀에 댔다.

"아, 후지이 씨?" 전화에서 들리는 목소리는 젊고 살가웠다. 게다가 경박하기까지 해서 이 가벼운 태도는 내 후배 중 하나겠구나 싶었는데 아니나 다를까 상대가 "저예요. 다미야입니다"라고 말했다. 회사 옆자리 후배. 일의 성과보다 단골 거래처에 있는 여직원들에게 관심이 많아 경박함의 표본 같은, 즉 후지이나 모모이와 같은 부류에 속하는 후배였다.

"미안해. 오늘 갑자기 쉬어서."

"아니요, 괜찮습니다. 안 봐도 어제 술을 잔뜩 드셨겠죠?" 다미야는 친근하게 말했다.

"잘 아네."

"후지이 씨가 어제 '구로이소'에서 전화했잖아요. 늘 그렇듯이."

"그랬어?" 당연히 기억나지 않았지만 그래도 술을 마시다가 후배에게 전화를 거는 버릇이 있다는 건 후지이도 자각하고 있었다. "몇 시쯤?"

"어……." 다미야는 거기서 잠시 생각하는 것처럼 뜸을 들였다. "밤 12시쯤이었나? 맞을 거예요. 게다가 가게 전화로 걸었다고요."

"가게 전화로?"

"당연하죠. 벌써 익숙해져서 한밤중에 후지이 씨가 휴대 전화로 연락하면 아무도 안 받아요. 요즘엔 발신 번호 숨기는 것도 다들 눈치챘다고요. 그래서 전화번호를 알 수 없게 가게 전화를 쓴 거잖아요. 치사하게."

"아아." 후지이는 쓴웃음을 지으며 대답했다. 그러고 보니 마스터에게 낡은 검은색 전화기를 빌린 듯한 기억도 난다. 물론 빌리지 않은 것 같기도 하다. 기억이 아리송하다. "그래. 그때 내가 무슨 말 안 했어?"

"모모이 씨하고 둘이서 마셔도 재미없다고 투덜거렸어요."

"정말이야?" 후지이는 저도 모르게 큰 소리를 냈다. "내가 정말 그렇게 말했어?"

"예?" 다미야가 후지이의 기세에 동요하는 것 같았다. "늘 그랬잖아요. 후지이 씨, 농담처럼 모모이 씨에 대한 불평을 늘어놓잖아요."

"아니, 그게 아니라. 우리가 단둘이 마셨다는 거지?"

"예. 그렇게 말씀하셨는데."

수습하듯 업무 이야기를 몇 마디 나누고 후지이는 전화를 끊었다.

교노에게 다미야와 나눈 대화 내용을 이야기했다.

"이걸로 결론이 났군. 노조미라는 여자는 자네 상상 속 인물이야."

6.

교노가 혹시 모르니 첫 번째 술집에도 가 보자고 제안했다. "어쩌면 첫 번째 가게에서 노조미를 만났을 가능성도 부정할 수는 없잖아. 그때 나중에 만나기로 약속했을지도 모르지. 그랬다면 '구로이소'를 건너뛰고 다른 장소에서 만났을 수도 있어."

"하지만 첫 번째 '덴텐'에서 마신 건 대충 기억한다고요." 여자는 없었다.

"일단 가 보기나 해."

어느새 상점가 아케이드 통로로 들어섰다. 저녁 6시가 지나 하교하는 학생들도 많이 보였다. 빌딩 사이로 보이는 하늘도 벌써 제법 어두워졌다.

오른편에 대형 가전제품 가게가 있고 슬림 텔레비전이 잔뜩 늘어서 있었다. 지나가는데 교노가 "엇" 하고 걸음을 멈추었다.

"예?" 후지이도 시선을 돌렸다.

교노는 말없이 텔레비전 속 뉴스를 보기 시작했다. 어쩔 수 없이 후지이도 멈춰서 화면 쪽으로 몸을 돌렸다. 저녁 뉴스 프로그램으로 마침 지방방송국에서 들어온 소식이 나왔다. 지역 뉴스다. 요코하마 시가지가 나왔는데, 어딘가 불온한 기운이 감돌았다. 화면 오른쪽 구석에 '옥상 위 남자 체포. 인질은 무사'라는 자막이 있었다. "이런 흉흉한 사건이 있었네요."

보아하니 바로 몇 시간 전에 일어난 사건 같았다. 상습 약물 복용자가 아파트 옥상에서 초로의 남자에게 칼을 들이대고 경찰과 대치했다는 모양이다. 교착상태 끝에 경찰이 빈틈을 노리고 뛰어들어 범인을 체포했다고 한다.

"촌스러운 범행이야." 교노가 드물게 진지한 목소리로 말하기에 후지이는 조금 놀랐다. "촌스럽다고요?"

"옥상에서 인질을 잡아 봤자 경찰에 포위당하면 어차피 사면초가라 못 빠져나가. 저런 방식은 너무 꼴사나워서 마음에 안 들어."

"교노 씨, 묘한 미학이 있네요."

"그렇지." 그러더니 교노는 다시 텔레비전 화면에 고개를 바싹 댔다. 귀를 대고 아나운서 목소리를 듣더니 중얼거렸다. "허, 재미있군."

"뭐가요?"

"이 사건이 일어난 아파트의 옆 아파트에서 같은 시간에 무단 침입 강도 사건이 있었대."

"하아."

"그쪽 범인도 붙잡힌 모양이야."

"우연히?" 후지이는 고개를 갸웃거렸다.

"뉴스에서는 그렇게 말하는데." 교노는 거기서 잠시 말을 끊었다가 눈을 빛냈다. "하지만 이건 우연이 아니야." 이거 또 근거 없는 추측이 튀어나오겠구나. 후지이는 각오했다. "두 사건은 연관이 있어. 옥상에 있던 범인은 아마 옆 아파트에 침입한 강도하고 한패일 거야."

"옥상의 범인이 옆 아파트에 침입한 강도하고 공범이라고요?"

"그래." 교노는 이미 자기 말이 유일한 진실이라는 듯 단정적으로 말했다. "아마 경찰의 시선을 끌려고 아파트 옥상에서 사건을 일으켰겠지. 그러면 옆 아파트는 아무도 신경 안 써. 공범은 그사이에 달아날 작정이었을 거야."

"하지만 결국 둘 다 붙잡힌 것 같은데요." 후지이가 지적했다. "만약 교노 씨 말대로 공범이었다면 아무리 봐도 역효과잖아요."

아무리 옥상으로 경찰의 시선을 끌어 봤자 그 옥상의 공범이 붙잡히면 본전도 찾지 못한다. 아마도 교노의 지나친 상상이리라.

"어리석은 범죄자는 자기 죄를 숨기려고 말도 안 되는 짓을 하는 법이야. 당당하게 굴면 되는데. 그거 알아? '유리 집에 사는 사람은 돌을 던져서는 안 된다'라는 격언."

"못 들어 봤는데요."

"유리 집에 사는 사람이 돌을 던진다고 생각해 봐. 상대가 맞서 던지면 집은 바로 박살 나겠지? 약점이 있는 사람은 상대를 비판하면 안 돼. 반대로 비판받을 가능성이 있다는 교훈이 담겨 있어."

"헤에."

"다만 이건 내 생각인데, 유리 집에 사는 사람일수록 돌을 던지거든."

"무슨 뜻입니까?"

"자기 약점을 감추고 싶어서 쓸데없는 짓을 저지른다는 뜻이야. 사람 심리가 그래. 그러니 저 범인들도 아무 짓도 안 했어야 했는데, 굳이 옥상에서 소동을 벌여서 결과적으로 전멸한 거지. 뒤가 구린 놈일수록 엉뚱한 짓을 하거든."

"일리가 있는 것도 같고 없는 것도 같고." 후지이는 그렇게 대답하면서 화제를 바꾸었다. "그보다 제 사건을 고민해 주세요."

"사건이라니?"

"환상의 여인."

"다, 당신." 옆에서 누가 우악스럽게 불러서 후지이는 고개를 돌렸다. 거기에는 긴 파마머리에 피부가 하얀 남자가 서 있었다. 고등학생이나 대학생이라고 하기에는 너무 나이가 많았고 사회인치고는 너무 자유분방한 차림이었다. 가죽점퍼를 입고 귀와 코에 피어싱을 했다. 누구지? 후지이는 미간을 찌푸리고 고민했다. 기타 케이스를 멘 걸로 보아 십중팔구 뮤지션이리라.

"혹시." 교노가 옆에서 끼어들더니 진상을 알아냈다는 듯 거친 콧김을 내뿜으며 말했다. "당신이 노조미야?"

후지이는 너무나 황당무계한 지적에 화들짝 놀랐다. "서, 설마요! 장난하지 마세요. 제가 왜 이런 남자하고 하룻밤을 보냅니까?"

"그래, 노조미라는 이름 때문에 여자라고 믿었던 게 실수였어. 맹점이었어."

"무슨 소리야?" 파마한 뮤지션은 짜증을 내다가 곧바로 싹싹한 표정을 지었다. "어이, 당신, 나 몰라?"

"혹시 어젯밤?"

"그래그래. 당신이 내 연주를 칭찬해 줬잖아." 그렇게 말하며 파마머리 뮤지션은 뒤를 가리켰다. 셔터가 닫힌 술집이 있었다. 아마 그곳이 남자의 연주 무대이리라.

"당신하고 또 다른 남자, 태평해 보이는 경박한 여자, 셋이서 여길 지나갔잖아. 아, 나쁘게 말해서 미안. 하지만 즉석에서 꼬신 여자라고 했으니 별로 상관없지? '지금 막 낚였어요!' 하고 시끄럽게 떠들어 대는 그런 여자는 답이 없어. 어쨌거나 당신이 '록 스피릿이 살아 있네'라고 내 연주를 칭찬해 줬잖아. 기뻤어."

전혀 기억나지 않는다. 후지이는 튀어나오려는 말을 꾹 참았다. 아마도 '구로이소'로 향하는 길이었으리라. 술에 취해 길거리 뮤지션에게 떠들어 댄 것이다. "지금 그 말이 사실이야?"

"사실이고말고, 당신이 날 칭찬해 줬다니까."

"아니, 그게 아니라 나하고 또 다른 남자하고, 여자, 셋이서 이 앞을 지나갔어?"

"당신, 자기 일인데도 몰라?" 파마머리 뮤지션이 찜찜하다는 듯 쳐다보았다.

"실은 이 남자가 어제 기억을 통째로 잃어버려서 말이야." 교노가 옆에서 당당하게 끼어들었다.

"기억을?" 뮤지션이 눈을 휘둥그레 떴다. "진짜?"

"진짜로." 교노가 힘차게 끄덕였다.

"록 스피릿이네." 뮤지션이 영문 모를 소리를 하며 감탄했다. "어쨌거나 여자도 있었어. 당신하고 어깨동무를 하고 뒤뚱뒤뚱 걸어갔어."

"뒤뚱뒤뚱!" 교노가 유쾌하게 웃었다.

"교노 씨." 후지이는 머리를 긁적이며 힘겹게 말했다. "너무 혼란스럽네요. 환상의 여인은 정말로 있었을까요?"

"그렇게 어려운 걸 왜 나한테 물어?"

7。

교노의 카페로 돌아온 것은 저녁 8시 반이 지나서였다. '텐텐'에도 들렀지만 새로운 발견은 없었다. 어젯밤 여자가 함께 있었다는 증거는 없다.

"교노 씨, 전 이제 저를 모르겠어요." 카페 카운터에 앉아 후지이는 두 손을 들었다. "여자가 있었다는 사람도 있고, 없었다는 사람도 있고."

"아마도." 맞은편에 선 교노가 컵에 커피를 따르며 말했다. "트릭아트라고 생각하면 될 거야."

"트릭아트?"

"그래. 어떻게 보느냐에 따라 사람 얼굴로도 보이고 그릇으로도 보이는 그런 그림 있지? 그거하고 똑같아."

"어떻게 보느냐에 따라서 여자가 나타나거나 사라진다고요? 그런 일이 있을까요?"

"좋아, 알았어. 그렇다면 하나씩 정리하자." 마치 아이처럼 입술을 비죽거린다. 핵심 정리가 취미라는 듯 기쁜 표정이다. "지금까지 나온 증언을 나눠 볼까? '여자는 존재했다'파와 '환상의 여인'파로."

"'존재했다'고 말하는 건 저하고 아까 그 길거리 뮤지션." 뭐야, 이것밖에 안 되나? 손가락으로 꼽아 보니 의외였다. "'환상'파는 모모이와 구로이소 씨, 그리고 후배 다미야."

"그리고 나까지. 나도 '환상'파에 넣어 줘."

"당사자도 아니잖아요."

"당사자는 아니라도 알 수 있어. 애초에 나는 주정뱅이 후지이의 말을 신용하지 않으니까."

"그렇게 단언할 건 없잖아요."

"증인 수에 따라 다수결로 정한다면 '환상의 여인'파의 승리로군."

"이기고 지는 문제가 아니라니까요."

"뭐, 냉정하게 생각하면 '존재했다'고 주장하는 두 사람이 노조미 씨를 날조했다고 생각해야 마땅하지 않겠어?"

"저하고 아까 그 파마머리 뮤지션이 날조했다는 거예요? 그렇다면 굳이 교노 씨한테 의논할 리 없죠. 긁어 부스럼이잖아요."

"하지만 아까도 말했잖아. 유리 집에 사는 사람은 돌을 던져서는 안 되지만, 그럴수록 던지고 싶어지거든."

"엉터리예요." 후지이는 한숨을 쉬었다. "솔직히 쇼코 씨한테 의논하고 싶었는데. 쇼코 씨는 어디 간 거예요?"

"유키코라는 친구하고 외출했어. 제멋대로라니까."

"정말 그럴까요?" 후지이는 심통을 부렸다. "정말일까요? 실은 교노 씨가 모르는 남자하고 식사하러 간 거 아니에요?"

"말도 안 돼!" 살짝 동요하는 기색을 보인 교노의 말이 빨라졌다. "그럴 리 없잖아. 그거야 함께 있을 유키코에게 확인해 보면 바로 알 수 있어."

필사적으로 반론할 필요는 없는데. 후지이는 그런 교노에게 호감이 갔지만 추가 공격을 가했다. "하지만 그런 건 말만 맞추면 얼마든지 속일 수 있잖아요. 그 유키코 씨라는 사람의 증언을 어디까지 믿을 수 있을지 어떻게 알아요?"

그러자 교노가 움직임을 멈추었다. 입을 헤벌리고 후지이를 쳐다보더니 천장을 바라보며 생각에 잠겼다.

"농담이에요, 교노 씨." 후지이는 황급히 손을 저었다. "쇼코 씨가 그럴 리 없잖아요."

"그거다."

"그거라뇨? 아니, 쇼코 씨는 결백해요."

"아니야. 말을 맞춘 거야." 교노가 천장을 보던 시선을 후지이에게로 돌렸다. "단순한 문제였어. 우리는 사람들이 하는 이야기를 들었을 뿐이야. 한 사람의 여인을 환상으로 몰아가는 것쯤 몇 명만 말을 맞추면 어렵지 않아."

후지이는 교노의 말뜻을 이해하지 못하고 계속 미간을 찌푸리고 있었다.

"잘 들어. 잘 생각해 보면 '환상의 여인'파의 증인은 전부 연결되어 있어. 모모이, '구로이소'의 마스터, 그리고 자네 후배. 모두 아는 사람이야."

"교노 씨도 '환상의 여인'파였잖아요?"

"나는 처음부터 '후지이를 믿어요'파였잖아." 뻔뻔하게 그런 소리를 한다. "잘 들어 봐, 모모이가 '구로이소' 마스터나 후배에게 부탁할 수는 있어?"

"무슨 부탁요?"

"노조미라는 여자는 없었다, 그렇게 말해 달라고 부탁할 수 있느냐는 뜻이야. 자네는 술에 취해 여자를 전혀 기억 못 해. 그걸 안 모모이가 여자의 존재를 지우려고 그 두 사람을 회유한 거지."

"가능성으로 말하면 못 할 건 없겠죠. 저를 놀리려고 그런다고 하면 구로이소 씨도 다미야도 흔쾌히 들어줄지 모르고, 그게 아니더라도 굳이 부탁한다면 불가능한 건 아니에요."

"결론이 났군. 모모이는 노조미가 있었다는 사실을 감추려는 거야. 그 여자도 공범이야."

"공범요?"

"그 뮤지션의 증언이나 자네가 발견한 얼룩은 전부 모모이가 예상하지 못한 일이야."

"모모이는 대체 무슨 생각으로 그랬을까요?"

"예기치 못한 일이 생겨서 허둥지둥 계획을 짰겠지. 급하게 짠 계획은 대개 실패하는데. 유리 집에 사는 사람일수록 돌을 던지고 싶어지는 법이니까. 자네를 끌어들이지만 않았어도 나한테 이렇게 들키지도 않았을 텐데."

"모모이는 대체 뭘 한 거죠?"

"사고야." 교노가 대답했다. "오늘 새벽에 모모이가 교통사고를 냈잖아. 오토바이하고 충돌했고, 그래서 모모이는 당황했어."

"하지만 상대가 신호를 무시한 거라던데요. 분명 벌은 받겠지만 목격자도 있다고 했고."

"목격자가 없었다면 어쩔 건데?"

"이번에는 또 뭐예요, 환상의 목격자예요?"

"모모이가 만들어 낸 목격자일지도 몰라."

"예?"

"여기서 예제를 내지. 조수석에 탄 여자의 증언과 우연히 길을 지나가던 여자의 증언, 어느 쪽을 더 신뢰할까?"

"그야 지인의 증언은 신뢰성이 떨어지니 당연히 행인이." 후지이도 그제야 깨달았다. "아."

"아마 이렇게 된 걸 거야. 노조미라는 여자는 자네 아파트에 들르긴 했지만 곯아떨어진 자네를 보고 정이 떨어져 그냥 나왔어. 모모이에게 연락해서 이쪽 남자는 쿨쿨 잠들었으니 대신 어울려 달라고 했을지도 모르지. 드라이브라도 가자고 말이야."

"하지만 그렇다면 왜 메모를?"

"화가 난 건지 화풀이인지는 몰라도 한마디 타박하고 싶었던 것 아니겠어? 그 후에 그것 때문에 일이 복잡해질 줄은 꿈에도 몰랐겠지."

"모모이는 그 후에 사고를 낸 건가요? 노조미라는 여자를 태우고 가다가?"

"그래. 오토바이가 정말로 신호를 무시했는지는 알 길이 없어. 어쨌거나 모모이는 동요해서 자네에게 전화를 걸었지. 그리고 자네가 기억을 잃었다는 걸 알았어."

"늘 그렇듯이."

"그래. 그때 아이디어가 번쩍 떠오른 것 아닐까? 조수석에 탄 여자를 아는 건 자네뿐이야. '구로이소' 마스터도 있지만 그쪽은 회유할 수 있을 거라 생각했겠지. 그 여자를 우연히 지나가던 목격자로 위장시키기로 한 거야."

'구로이소' 마스터는 돈으로 회유할 수 있었으리라. '편의'의 일환이었을지도 모른다.

"하지만 언제 그런 계획을."

"사고를 내고 자네가 아무것도 기억하지 못한다는 걸 안 다음이겠지. 경찰을 부르기 전에 말을 맞췄을 거야."

"새벽 4시에요?"

"'구로이소'는 아침까지 영업한다면서? 연락하는 건 가능하지. 애초에 지금 생각해 보면 그 '구로이소' 마스터는 모모이가 낸 사고에 대해서는 아무것도 물어보지 않았잖아? 전봇대를 받았는지, 사람을 쳤는지, 하나도 궁금해하지 않았어. 부자연스럽잖아. 게다가 우리가 가게에서 나온 직후에 후배한테서 전화가 온 것도 너무 타이밍이 잘 맞아."

"다미야한테는 언제 부탁했던 걸까요?"

"모모이가 직접 아침에 부탁했거나, 혹은 '구로이소' 마스터에게 '후지이가 의심하는 것 같으면 다미야에게도 가짜 증언을 부탁해 달라'고 미리 지시했을지 몰라. 어쨌거나 모모이는 조수석에 탄 여자를 행인으로 꾸미고 싶었던 거야. 게다가 아무 상관 없는 제삼자, '신뢰할 수 있는 목격자'로 말이야. 여자도 공범이겠지. 증언을 날조했어. 오토바이 운전자는 의식불명이니 그래도 되겠다 싶었겠지."

으음. 후지이는 턱을 어루만졌다. "불가능하진 않아요. 하지만 정말 그런 어리석은 짓을 굳이 할까요?" 들인 고생에 비해 허점이 있어 보인다.

"사람이 당황하면 자칫 섣부른 행동을 하게 돼. 상대가 의식불명인 것도 모모이에게는 유리했겠지만, 뭐 그런 즉석 작전으로 경찰을 속일 수는 없을 테니 조만간 꼬리를 잡히겠지. 여기서 오토바이 운전자가 극적으로 의식을 되찾으면 재미있을 텐데."

"재미있다니, 말조심하셔야죠." 후지이는 커피를 한 모금 마시고 말했다. "그나저나 놀랐어요."

"암, 내 추리력은 경이롭지."

"교노 씨가 끓인 커피는 어째서 이렇게나 맛이 없는지,

그리고 교노 씨가 설명하면 어째서 모든 게 거짓말처럼 들리는지, 놀라울 따름입니다."

"후지이." 교노가 딱딱하게 웃었다. "요즘 일 때문에 피곤하지?"

"예?"

"해외에 가서 좀 쉬고 오면 어때? 남미에 좋은 나라가 있는데 말이야."

'계란을 깨지 않으면
오믈렛을 만들 수 없다'

계란 식용으로 쓰는 알, 특히 닭의 알. 달걀.

1.

"한 주에서 월요일이 제일 피곤한 것 같지 않아요? 월요일 아침이."

아유코가 자리에 앉자마자 옆자리의 미유키가 말했다.

"맞아. 주말에 쉬었는데도 그래." 아유코는 맞장구를 치며 컴퓨터를 켰다.

사실 아유코는 일요일 밤에 요코하마역 근처에 있는 다이닝바에서 일하기 때문에 월요일 아침이라고 해도 엄밀히 말하면 전날 쉬었다고 할 수 없다. 하지만 아르바이트를 금지하는 회사에서 떠벌릴 수는 없다.

"이렇게 나른하니 절대로 금요일까지 일할 수 없을 거예요. 하지만 항상 어떻게든 된다니까요. 아유코 씨, 주말에 어디 다녀왔어요?" 미유키는 입사 2년차로 아유코보다 여덟 살 어리다. 항상 긍정적이고 남자 직원들과도 화기애애

하게 대화하며 실수했을 때 낙담하는 모습도 천진난만해서 부럽기도 했다.

"집에서 빈둥거렸어." 아유코는 그렇게 대답했다. 바로 그때 누가 뒤에서 "저, 아유코 씨, 이거 어떻게 생각해?"라고 물어 깜짝 놀라 돌아보았다.

사토가 뒤에 서 있었다. 아유코보다 세 살 많은 동료다. 업무 외에는 대화를 나눠 본 적이 없지만 성실하게 일하는 자세는 항상 감탄스러웠다. 그는 자료를 인쇄한 종이를 들고 있었다. 요즘 '시어터 C'라는 극장의 홈페이지 디자인을 검토하는 것 같았는데 그와 관련해 현안이 있는 모양이다. "여기 오너가 특이한 사람이라." 인쇄용지에는 극장 내부 인테리어와 관객석 사진과 함께 초로의 남성 사진도 실려 있었다.

"아, 저도 알아요, 이 사람." 옆에서 미유키가 소리를 높였다. "유명하잖아요. 텔레비전에서 본 적 있어요."

"유명해?"

"일류 기업에서 일하다가 경마로 떼돈을 벌어 극장을 열었대요."

사토도 짜증스럽다는 듯이 끄덕였다. "'잔소리 말고 한 판 붙어'가 입버릇이야."

"아, 그거 텔레비전에 나와서도 말했어요. 내기를 좋아한다고요."

"그 말을 홈페이지에 싣고 싶다는 거야. 아예 그걸 홈페이지 타이틀로 삼겠대."

"설마 그 '잔소리 말고' 어쩌고를요? 극장하고는 상관없어 보이는 말인데요." 아유코는 솔직한 감상을 말했다. "센스는 별로네요."

"그렇지? 극장 자체는 굉장히 세련되었는데. 소문에 듣자 하니 남한테 억지를 부리는 게 취미라나 봐. 그냥 심술 부리는 거지."

"호사스러운 취미네요." 미유키가 웃었다.

"원래 심장병을 앓고 있다는데, 그걸 핑계로 여기저기서 쓰러져서는 구급차를 불러 대서 난리인가 봐."

"그것도 취미인가요?" 아유코는 쓴웃음을 흘렸다.

"내 심장이 병들겠어." 사토가 어깨를 늘어뜨리며 자기 자리로 돌아갔다. 나한테 굳이 의견을 물으러 오다니 별일이네. 아유코는 그 모습을 보며 그런 생각을 했지만 사토가 물러나면서 미유키를 의미심장하게 힐끗거리는 것을 보고 이해했다. 미유키에게 마음이 있나 보구나, 내 옆에 오는 척하고 미유키에게 접근하고 싶었나 보네.

"맞아, 아유코 씨, 그거 알아요?" 미유키가 방금 생각났다는 듯이 입을 열었다. "아까 그 극장에서 이번에 오쿠야 오쿠야 공연을 한대요."

"어?" 그게 사람 이름이라는 것도 처음에는 몰랐다.

"티켓 전쟁은 치열하지만요."

"어, 그거." 아유코는 그렇게 말하면서도 놀라움을 감추지 못했다. "혹시 유명한 배우야?"

"요즘 유명해요."

"표 구하기 힘들어?" 실은 지금 그 티켓을 가지고 있는데, 라고 무심코 말할 뻔했다.

"완전히 전쟁이에요. 예약 오픈과 동시에 매진이에요. 정말로 산 사람이 있기나 한 건지. 아유코 씨도 관심 있어요?"

"그건 아니지만." 실제로 알지도 못하는 배우였다. 미유키 말로는 젊은 희극배우로, 우스꽝스러운 연기와 신비한 표정이 독특해서 인기가 있다는 모양이다.

"얼마 전에 인기 탤런트 대역으로 무대에 올랐는데 그게 화제를 끌어서."

"인기 탤런트 대역?"

"소문으로는 그 탤런트, 해외에서 붙잡혔대요. 마약인가 뭔가로." 미유키는 첩보원이 상사에게 보고하는 듯한 표정으로 목소리를 낮추었다. "평생 못 돌아올 거라던데요."

"에이, 설마."

"마약에 굉장히 엄격한 나라래요."

"어머, 그렇구나." 아유코는 적당히 관심 있는 척하면서 컴퓨터 화면에 비밀번호를 입력했다. 잘못 입력하는 바람에 다시 했다. 최근 외부에서 사내 데이터베이스에 침입한 사건이 발생해, 그 이후로 비밀번호 입력 절차가 복잡해졌다.

아유코는 가까이 적어 둔 메모를 보았다. 지난주 금요일, 퇴근하기 전에 직접 적어 둔 것이다. 주말에 쉬고 나면 '그나저나 이번 주에는 무슨 일을 하려고 했지?' 하고 끙끙대는 일이 많아서 한 주가 끝나 갈 때 이어서 할 작업을 전부 기록한 '월요일에 우선 처리할 일' 메모를 책상에 두기 시작했다.

의뢰처 담당자에게 이메일을 보낸다, 광고 대리점에 확인 전화를 한다, 이런 식으로 항목별로 정리해 두었다. 맞아, 그랬지, 하고 지난 주말의 자신에게 마음속으로 대답했다.

"그러고 보니." 미유키가 갑자기 큰 소리를 냈다. 고개를 돌리자 그녀가 몸을 내밀고 이쪽 컴퓨터 화면을 들여다보고 있었다.

"어, 뭐야, 왜 그래?"

"아까 과장님이 아유코 씨를 불렀어요."

"과장님이? 무슨 일이지?" 40대 중반 과장이 머릿속에 떠올랐다. 과장의 자리를 보았지만 모습은 보이지 않았다. 담배를 좋아하는 과장은 매일 아침 같은 층 가장 구석진 곳에 있는 흡연실로 간다. 한번 가면 몇십 분은 돌아오지 않는데, 그래도 비난받지 않는 것은 아마도 과장의 인망 때문이리라. "가 보는 게 나을까?"

"왠지 그런 분위기였어요."

아유코는 자리에서 일어나 사무실 밖으로 나갔다.

2。

내가 자네를 불렀다고? 안 불렀는데. 흡연실에서 벽에 기대어 담배를 피우고 있던 과장은 아유코에게 그렇게 대답했다.

"아, 하지만." 아유코는 미유키에게 들은 대로 설명하려 했지만 괜히 이야기가 복잡해질 것 같았다. 흡연실에 가득한 엄청난 연기도 견디기 힘들어 그만 물러났다.

고개를 갸웃거리며 사무실로 돌아오자 미유키가 맞은편 자리의 사토와 즐겁게 담소하고 있었다.

"무슨 용건이래요?" 자리에 앉자 미유키가 물었다. 아주 조금이지만 표정이 어색해서 아유코는 어라 싶었다. 거짓말이었나 하는 의심이 스쳐 지나갔다.

"과장님은 나를 부른 적 없다던데?"

"어머." 미유키는 손으로 입을 가렸다. "제가 잘못 들었나? 아유코 씨, 죄송해요." 연극적으로 보이기는 했지만 의심하기도 애매했다. 아유코는 괜찮다고 대답하고 컴퓨터로 고개를 돌렸다. 그리고 이메일을 쓰려다가 왼쪽 대각선 자리에 앉은 여직원을 쳐다보았다. 정사원이 아니라 석 달

전에 파견 회사에서 온 사무 전문 계약 사원이었다. 30대 중반이라고 들었는데 짧은 머리가 잘 어울려 젊어 보이는 데다가 가느다란 목이 고혹적이라 미인 타입은 아니지만 '멋진 어른'으로 보였다. 대화는 많이 나누어 보지 않았지만 저 사람이라면 진지하게 들어 주지 않을까, 그런 예감이 아유코의 머릿속을 스쳤다.

유키코 씨, 오늘 한잔하러 가지 않을래요? 의논하고 싶은 일이 있어서요. 그날 점심시간, 아유코는 큰마음을 먹고 말을 걸어 보았다.

ㅋ。

"그래서 아유코 씨는 어떻게 생각했는데?" 바 카운터에 나란히 앉은 유키코가 아유코의 이야기를 듣고 나서 그렇게 물었다.

"미유키가 거짓말을 했나 하고."

"과장님이 부른다는 거짓말을? 왜?"

아유코는 칵테일이 든 글라스에 손을 뻗으며 "이런 상상은 정말 부끄럽고 거북하지만" 하고 고개를 숙이고서 "예를 들어 과장님하고 저에게 접점을 만들어 주려고 그랬다거나"라고 말하며 글라스에 입을 댔다. 스스로 생각해도 주책맞은 추측 같기는 했다.

"과장님이 독신이었나?"

"네, 몇 년 전에 헤어진 모양이에요."

"미유키 씨가 멋대로 아유코 씨하고 과장님을 붙여 주려 한다는 거야?"

"하나의 가능성이지만요."

"하지만 그렇게 금방 들킬 거짓말을 할까?"

"들켜도 둘이 잘되면 그만이라고 생각했을지도 모르죠." 아유코는 웃었다.

"아유코 씨는 과장님이 마음에 들어?"

"생각해 본 적도 없어요." 아유코는 진지하게 대답하고 나서 웃음을 터뜨렸다. 유키코도 그런데 왜 미유키 씨가 그러겠느냐고 말했다.

"전 연애에는 관심이 없어요."

"불쾌한 경험이라도 있어?"

"옛날에 같이 살던 남자에게 속아서요."

"저런." 유키코가 입가를 누그러뜨렸다. "나하고 똑같네. 내 경우엔 애 아빠지만."

유키코에게 중학생 아들이 있다는 이야기는 들은 적이 있다. 유키코의 나이로 역산해 보면 상당히 어린 나이에 얻은 아이다.

"유키코 씨도 속았어요?"

"나는 남들에게 기대도 하지 않고 의심도 많은 성격이지만, 그렇게 구제 불능일 줄은 몰랐거든."

유키코의 말이 우스워서 아유코는 또 웃었다. "전 한 살 많은 뮤지션 지망생이었는데, 로큰롤러가 남의 돈을 들고 튈 줄은 몰랐어요. 애초에 슬슬 헤어질 때가 됐다는 예감은 있었는데."

"로큰롤러라는 말 자체가 굉장한데." 유키코가 쓴웃음을 흘렸다. "실러캔스 같은 느낌이야. 연애에는 관심 없어?"

"규슈에 계신 아버지가 입원하게 되어서 고향으로 돌아가야 하니 돈을 빌려달라는 말을 끝으로 돌아오지 않는 남자는 절대 사양이거든요." 아유코는 씁쓸하게 웃었다. "지금 생각해 보면 얼굴을 보고 헤어지자는 말을 차마 꺼낼 수 없어서 그랬던 것 같기도 하고."

"오호라."

"게다가 애초에 제가 젬병이고."

"젬병?"

"재미가 없달까요, 남자들이 별로 안 좋아해요." 아유코는 자조적인 웃음을 지었다.

"피해망상이야." 유키코가 날카롭게 손가락을 들이댔다. "아유코 씨, 웃으면 귀엽잖아."

"아니에요."

"아니라고 말하는 얼굴도 귀여운데?"

"놀리시는 거죠?"

"놀린다기보다 부러워하는 건데." 그렇게 말하는 유키코는 말투와 표정이 담담해서 차가워 보였지만 그래서 오히려 진실미가 있었다. "그래서 의논하고 싶다는 게 미유키 씨 거짓말이야? 과장님하고 친해지고 싶은 거야?"

"아니에요." 아유코는 손을 저었다. "그게 아니에요. 그거하곤 완전히 다른 문제인데."

아유코는 원래 목적을 떠올리고 가방에서 봉투를 꺼냈다. 카운터 위에 내려놓고 유키코 앞으로 밀었다. '아유코 님'이라고만 적힌 흔해 빠진 흰 봉투였다. 유키코는 말없이 봉투를 들여다보다가 안에서 한 장의 종이를 꺼냈다. "티켓?"

"희극배우의 연극이래요. 이번에 요코하마에서도 한다고."

"유명해?"

"미유키 말로는 인기가 굉장하대요. 티켓을 구하기 힘들 정도로."

"그럼 이건 어떻게 구했어?"

"어제 받았어요."

"구하기 힘든 티켓을? 누구한테?"

"그게." 아유코는 난처한 표정으로 도움을 청하듯 대답했다. "모르겠어요."

"몰라?"

"네." 아유코는 고개를 끄덕였다. "처음부터 설명할게요.

일단 저는 아르바이트를 하고 있어요."

"회사 일 말고?"

"네, 회사 일 말고." 아유코는 자기가 일하는 다이닝바에 대해 말했다. 기본적으로는 웨이트리스에 가까운 업무로 평일 퇴근 후와 일요일 밤에 일한다. "비밀이에요. 들키면 큰일이니까."

"괜찮아. 난 그냥 사무 파견 사원이고, 나도 아르바이트는 하니까."

"그래요?" 아유코는 그렇게 말하면서 확실히 파견 회사 월급만으로는 아이를 키우기 힘들겠다고 생각했다. "무슨 일을 하세요?"

"강도." 유키코가 진지한 얼굴로 그렇게 대답하기에 아유코는 웃음을 터뜨렸다. "구인 광고에서 찾은 거예요? 저한테도 소개해 주세요."

"건강보험이나 국민연금 혜택은 없지만."

"괜찮아요. 아르바이트니까." 아유코는 맞장구를 쳤다.

"그래서 그 다이닝바가 왜?"

"어젯밤 퇴근하려는데 점장님이 이 봉투를 주더라고요. 계산대에 놓여 있었다면서."

"놓여 있었다? 그 안에는 귀중한 티켓이 한 장 들어 있었고? 한 장밖에 없다는 건 당일 현장에서 만나자는 뜻일까?"

"그럴까요?" 아유코도 알 수 없었다. "하지만 좀 오싹하죠?" 그렇게 말하며 유키코가 돌려준 티켓을 받아 날짜를 보았다. 공연 날짜는 정확히 일주일 후였다.

"짐작 가는 건?"

"없어요. 그 가게 아르바이트는 딱히 손님하고 대화를 나누는 일도 아니라서 별로 접점이 없어요."

"그런데 아유코 씨한테 마음을 둔 손님이 있었다?"

"아." 그때 아유코는 문득 생각난 일이 있어 짤막하게 소리쳤다.

"짐작 가는 일이 있어?"

"별로 기쁘지 않은 짐작인데." 그렇게 단서를 달았다. "전에 같은 아르바이트 친구한테 들은 적이 있어요. 저에 대해 꼬치꼬치 캐묻는 남자가 있었다고."

동안에 머리가 노란 그 점원이 아르바이트를 마치고 옷을 갈아입는 아유코에게 말했다. "있잖아요, 아유코 씨, 조심해요. 아유코 씨를 노리는 손님이 있으니까."

"그럼 티켓을 준 건 그 사람이겠네." 유키코는 이걸로 해결됐다는 듯이 말했다. "어떤 사람이었대?"

"별로 멋지지 않은 아저씨요." 아유코는 미안하게 생각하면서도 웃고 말았다. 실제로 노란 머리의 그녀는 그 남자를 설명할 때 "좀 기분 나쁘게 생겼어요. 분명 친구 하나 없을 중년 남자"라고 말하며 혀를 쏙 내밀었다.

"상당히 매서운 평가네."

"그렇게 이상한 남자라면 별로 기쁘지 않죠."

"봉투가 직접 놓여 있었다면 적어도 어젯밤에 온 손님이라는 뜻이잖아. 어떤 사람들이 왔는지 기억나?"

"어제는 드물게 굉장히 붐볐어요. 유명인인지 권력자인지 모르겠지만 그런 손님이 왔나 보더라고요."

"그 시끌벅적한 틈을 타서 아유코 씨 팬이라는 남자가 봉투를 두고 갔다는 뜻이네."

"그래서 의논드리고 싶은데." 아유코는 유키코의 얼굴을 뚫어져라 바라보았다. "이 티켓을 어떻게 해야 할까요? 가 봐야 할까요?"

유키코는 조금 고민하면서 오른쪽 눈썹을 집게손가락으로 긁적였다. "가 보면 어떻게 될지 궁금하기는 하지만 수상한 사람이면 무서운데."

"제 생각도 그래요."

"아마 그 티켓 좌석의 오른쪽이나 왼쪽 옆자리에 그 상대가 오겠지?"

"연석 티켓 중 한 장을 보내고 극장에서 우연처럼 만납시다? 그런 연출이 멋지다고 생각하는 걸까요?" 아유코는 봉투를 쳐다보았다.

"낯선 남자가 그런 짓을 하면 소름만 끼치는데." 유키코가 입술을 비죽거렸다. "그런 것도 이해 못 하는 시점에서 그 남자는 이미 비상식적이야. 착각이 심하고 자의식이 과해. 위험할지도 모르겠네. 그러고 보니 얼마 전 텔레비전에서 우연은 사람을 무방비하게 만든다고 하던데."

"그게 무슨 소리예요?"

"예를 들어 평소에는 의심 많은 사람이라도 비행기에서 우연히 옆자리에 앉은 사람이나 치과 대기실에서 우연히 마주친 사람은 의외로 쉽게 믿는대."

"아, 알 것 같아요." 운명적인 만남까지는 아니지만 그런 인연을 좋게 해석하고 싶은 심리는 이해할 수 있을 것 같았다.

"해외에서는 마피아 보스가 우연히 동승한 손님에게 범죄에 가담한 일을 털어놓았는데, 그 손님이 형사라서 체포된 일도 있다나 봐."

"그건 상당히 모자란 보스네요."

"보스가 체포된 뒤에 주변에 적이나 아군, 가족밖에 없다 보니 우연히 옆에 앉은 상대에게는 긴장을 풀고 말았다고 변명했대. 적도 아군도 가족도 아닌, 그냥 친구를 갖고 싶었다고."

"눈물 나는 이야기네요." 아유코는 웃으며 눈물을 훔치는 시늉을 했다.

"그러니까 아유코 씨도 극장에 가 보면 어때?"

"하지만 이건 일부러 보낸 티켓이니 우연도 무엇도 아니에요. 가 봤는데 옆에 앉은 사람이 알 파치노라면 기쁘겠지만."

"확률이 제로는 아닐 수도 있지." 유키코가 글라스를 비웠다.

"가능하면 젊은 시절의 알 파치노가 좋은데." 아유코는 진지한 얼굴로 대답했다.

"그럼 제로일지도 모르겠다."

"그렇죠?" 아유코는 웃었다.

"일단 가 볼래?" 그때 유키코가 강한 어조로 물었다.

"가 보다니요?"

"그 티켓으로 극장에. 뭔가 있을지도 모르잖아."

아유코는 당혹스러웠다. "잠깐만요. 지금 막 위험할지도 모른다는 얘기를 했잖아요?"

"아무 행동도 하지 않으면 아무 일도 일어나지 않아. 계란을 깨지 않으면 오믈렛을 만들 수 없다는 말 알아?"

"그게 무슨 말이에요?"

"상처 없이는 아무것도 얻을 수 없다는 뜻이야. 오믈렛을 만들고 싶으면 계란 껍데기를 깨야만 하지. 의역하면 두려워하지 말고 뭐든 해 보라는 뜻 아니겠어?"

"지나친 의역 아닐까요?" 그렇게 말하면서도 아유코는 가 볼 마음이 들기 시작했다. "하지만 가서 어쩌죠?"

"아마 왼쪽이나 오른쪽에서 범인이 말을 걸겠지. 재미있잖아."

"이미 범인으로 취급하고 계시잖아요." 아유코는 웃었

다. "만약에 말을 걸어오지 않으면요?"

"옆에 앉은 것만으로 만족하는 범인일지도 몰라."

"오싹해요." 아유코는 비명에 가까운 소리를 질렀다. 못 참겠다.

"하지만 범인과 접촉할 수는 있어. 뭐하면 내가 그 범인 뒤를 추적해도 되고. 어떤 사람인지 조사해 줄게. 아마 여성 손님이나 커플 손님은 제외해도 될 테니 왼쪽이나 오른쪽에 앉은 사람 중에 누가 범인인지 찾아내는 건 어렵지 않을 거야."

유키코의 말이 든든해서 어느새 그럴지도 모른다는 생각이 들었다.

4。

이틀 후, 점심시간에 유키코 옆에 앉아 직접 만든 도시락을 먹으며 털어놓았다. "아무래도 안 될 것 같아요."

"안 될 것 같다니?" 유키코가 날카로운 시선을 던졌다.

"요전에 말했던 티켓 말인데, 못 갈 것 같아요. 하필 그날 이벤트가 잡혀 버렸어요."

"이벤트라면 회사? 아니면 개인적으로?"

"회사요." 아유코는 아쉽다면서 고개를 끄덕였다. "스폰서 기업을 초대해 차기 계획을 설명하는 행사예요. 딱딱하고 격식 있는."

"지루하고?"

"하지만 중요한 이벤트죠. 행사가 있는 건 알았는데 그 사회를 맡게 되어서. 그러면 시간이 안 맞아요."

아유코는 그렇게 말하면서 아침에 미유키가 과장이 부른다고 알려 주었을 때의 일을 떠올렸다. "아유코 씨, 이번에는 진짜예요. 정말로 불렀어요"라고 집요할 정도로 말하는 미유키의 태도가 어색해서 역시 지난번 호출은 거짓말이었나 의심이 들었다.

실제로 흡연실에 가 보니 과장은 인사도 하는 둥 마는 둥 하고 부탁이 있다는 말을 꺼냈다. 부탁이 아니라 명백히 명령조였지만 어쨌거나 다음 주 이벤트 사회를 맡아 달라는 말이었다.

"어, 하지만 그건 미유키가 할 예정이지 않았어요?" 그때 아유코는 그렇게 되물었다.

"갑자기 겁이 난다는 거야. 뭐, 익숙하지 않아서 불안하기도 하겠지. 자네가 해 주면 마음도 놓이고 분위기도 차분할 것 같아서."

"그건 과장님 의견인가요?"

"나도 같은 의견이고, 사토도 자네를 추천했어."

"사토 씨가?"

"자네가 적임자 아니겠냐고 말이야. 뭐, 그게 곧 내 의견이지."

"그래서 사회를 맡게 되면 공연 시간에는 늦어요. 이벤트가 저녁 6시까지인데 대개 늘어지거든요. 게다가 저희 회사에서 요코하마역까지 길이 막힐 때는 최소 30분은 걸리니까." 아유코는 사원들이 점심을 먹으러 나가고 비어 있는 사무실을 둘러보며 유키코에게 설명했다.

그 말을 들은 유키코는 잠시 암산이라도 하듯 허공을 쳐다보며 동작을 멈추었다가 잠시 후 입을 열었다. "반대로 생각하면 그게 미유키 씨가 사회를 거부한 이유일지도 몰라."

"무슨 뜻이에요?"

"만약 미유키 씨가 그 공연을 보고 싶었다면 사회를 맡기 싫을 것 아니야. 시간에 못 맞추니까. 그래서 사회를 거부한 걸지도 몰라."

"아아." 아유코가 고개를 크게 끄덕거렸다. "그럴 수 있죠. 만약 미유키가 티켓을 구했다면." 그렇다면 사토가 아유코를 사회자로 추천한 것도 미유키를 도와주려는 의도였을지 모른다. 미유키의 고민을 들은 사토가 그러면 아유코 씨한테 사회를 부탁하자고 제안하고 과장에게도 그렇게 말했을 가능성이 있다.

"아유코 씨도 사회를 고사할 수 있지 않아? 불가피한 용무가 있다고 말하면 되잖아."

"하지만 저는 할 거예요." 아유코는 바로 답했다. 사회 역할은 별로 어렵지 않았다. "애초에 누군지도 모르는 사람이 멋대로 보낸 티켓인 데다가 보고 싶은 공연도 아니고."

"아깝게."

"아깝지 않아요."

"어떤 남자가 옆자리에서 기다릴까, 모처럼 기대하고 있었는데."

유키코가 태연히 말하기에 아유코는 웃고 말았다. "유키코 씨, 의외로 그런 걸 좋아하네요. 오지랖이랄까."

"의외야?"

"그런 일에 관심이 없어 보여서요."

"내 생활에는 변화가 적으니까." 비하하려는 게 아니라, 그렇게 대답하는 유키코는 말과 달리 그런 생활에 만족하는 것 같았다.

"강도 아르바이트를 하는데요?" 아유코가 놀리자 유키코는 눈썹을 꿈틀거렸다. "강도한테는 그런 수수께끼의 티켓이나 낯선 남자와의 만남이 없거든."

"하지만 아마 공연 시작에 늦을 테니 저는 못 가요."

"시작이 몇 시야?"

"입장 시작은 5시 반이고 공연 시작은 6시 반이에요. 6시 정각에 이벤트가 끝나도 맞추기 어려워요."

"극장은 어디야?"

"'시어터 C'라는 곳이에요."

"들어 본 것 같은데."

"오너가 유명하대요." 아유코가 며칠 전 사토에게 들은 이야기를 설명하자 유키코도 끄덕거렸다. "나도 텔레비전에서 본 것 같아. 잔소리 말고 한판 붙어, 멋진 말이네."

"그런가요?"

"요전에 내가 한 말하고 같잖아. 계란을 깨지 않으면 오믈렛을 만들 수 없다는 말. 잔소리 말고 껍데기를 깨는 거야."

유키코는 그렇게 말하며 컴퓨터 쪽으로 몸을 돌려 '시어터 C'의 위치를 조사하기 시작했다. 익숙한 손놀림으로 묵묵히 키보드를 두드린다. 아유코는 그 모습을 바라보다가 퍼뜩 깨달았다. 며칠 전 미유키가 과장이 부른다고 했을 때의 일을 되짚어 보았다. 거짓말을 했다면 어째서 그녀는 바로 말하지 않았을까? 그게 마음에 걸렸다. 월요일은 피곤하다는 잡담을 한 뒤에 타이밍을 노린 것처럼 과장 이야기를 꺼낸 이유가 뭘까 궁금했는데, 혹시 아유코의 컴퓨터를 쓰고 싶었던 게 아닐까? 머릿속에 그런 추측이 떠올랐다.

컴퓨터를 쓰려면 비밀번호를 입력해야 한다. 그래서 아유코가 비밀번호를 입력할 때까지 기다렸다가 자리를 뜨게 한 것 아닐까? 그렇게 의심해 볼 수 있다. 어쩌면 컴퓨터에 뭔가 조작을 했을지도 모른다. 다만 그 조작이 과연 무엇인지는 바로 생각나는 바가 없었다.

"괜찮아." 그때 유키코가 입을 열었다. 화면 속 지도를 보고 있다.

"네?"

"길을 잘 고르고 신호에 걸리지만 않으면 아마 15분 만에 갈 수 있을 거야. 사회를 마치고 바로 가면 늦지 않아."

"불가능해요." 아유코도 회사에서 요코하마까지 택시를 타고 몇 번 가 본 적이 있다. 15분으로는 절대 도착하지 못한다.

"내가 운전할 거니까 괜찮아. 미리 몇 번 예행연습도 해 둘 거고."

"네?"

"이런 건 내 전문이니까." 유키코가 믿음직스럽게 말했다. "절대 늦지 않을 자신이 있어."

5.

당일까지 아유코의 주변에 변화는 없었다. 다이닝바 아르바이트도 쉬지 않고 다녔다. 가능하다면 티켓을 준 사람으로 추정되는 '절대 친구가 없을 듯한 중년 남자'에 대한 보다 상세한 정보를 얻고 싶었지만 하필 그 남자를 보았던 점원이 휴가여서 그것도 불가능했다. 찾아오는 손님을 일일이 관찰하며 자꾸 쓸데없는 추측을 해 보았는데 힘들지도 않고 오히려 신선한 경험이었다. 저 촌스러운 회사원이 아닐까? 저 조용한 청년은 아닐까? 오랜만에 남자의 얼굴을 차분히 바라보니, 몇 년 만에 당구를 치고 즐거웠던 기억을 떠올리는 감각과 비슷했다.

결국 누가 티켓을 주었는지는 알아내지 못했다. 점장에게 물어볼까도 싶었지만 알 것 같지 않아 그만두었다.

회사에서도 큰 변화는 없었다. 미유키는 여전히 아유코에게 살가웠고 과장에 대해 이야기하는 일도 없었다. 이벤트 사회자도 그대로 아유코로 결정되었다.

컴퓨터에도 문제는 없었다.

아유코가 자리를 비웠을 때 미유키가 컴퓨터를 만진 게 아닐까 의심하기는 했지만 특별한 이상은 발견할 수 없었다. 컴퓨터 데이터를 만진 흔적도 없고, 파일이 늘어난 것 같지도 않다. 게다가 애초에 컴퓨터를 쓰고 싶었으면 아유코가 화장실에 갔을 때나 점심시간, 언제든지 기회가 있었을 테니 굳이 아침 일찍 과장이 부른다는 거짓말까지 해 가며 실행할 필요는 없을 것 같았다.

당일, 이벤트는 무사히 6시 5분경에 끝났다. 말 그대로 순조롭게, 스스로도 무난하게 사회를 마쳤다고 생각할 정도였다. 설명회 종료를 알리자 스폰서 기업 사원들이 줄줄이 퇴장하기 시작했다.

"훌륭했어. 사토 말이 맞았네. 자네한테 사회를 맡기길 잘했어." 과장이 아유코를 격려하며 옆에 있는 사토를 쳐다보았다.

"아니, 그게" 하고 웅얼거리는 사토를 보니 또 의심스러웠다. 역시 미유키를 위해 내게 사회를 떠맡긴 걸까?

"어라, 미유키는 어디 갔어요?" 그렇게 물어보자 사토는 "미유키? 모르겠는데, 돌아갔나 보지"라며 주위를 둘러보았다.

아유코는 간단히 인사를 마치고 가방을 들고 빠른 걸음으로 회사를 나왔다. 꾸물거릴 시간은 없다. 엘리베이터를 타고 1층으로 내려가 정면 출구가 아니라 뒤쪽 주차장으로 통하는 출입구로 향했다. 밖으로 나가 오른쪽으로 가니 좁은 골목이 나왔다. 유키코는 거기서 차를 세우고 기다리고 있겠다고 했다. 정말 있을까? 아유코가 골목으로 들어가자, 있었다.

"예상보다 일찍 끝났네." 세단 옆에서 유키코가 손을 들었다. "미안하지만 식은 죽 먹기겠어."

6.

조수석에는 아유코가 모르는 여성이 타고 있었다. 차를 출발시킨 유키코가 "여기는 내 친구 쇼코 씨야" 하고 소개해주었다. "만약 둘로 갈라져서 남자를 추적하고 싶을 때나 예상치 못한 사태가 벌어졌을 때 도움을 받으려고."

"예상치 못한 사태가 뭐예요?" 아유코는 그 모호한 말에 웃었다.

"미안해요, 멋대로 따라와서." 몸을 틀어 뒷자리에 탄 아유코에게 고개를 숙인 쇼코라는 여성은 아마 유키코와 같은 서른 중반일 텐데 유키코처럼 젊었다. "시끄러운 남편 때문에 유키코 씨가 가끔 데리고 나와서 기분 전환을 시켜 주거든요." 이목구비는 또렷한데 소년 같은 천진함이 있어 아유코는 불편하다거나 불쾌한 느낌보다 호감을 느꼈다.

"남편이 시끄러운가요?" 아유코는 별 뜻 없이 물어보았다.

쇼코가 난처하다는 말투로 한탄했다. "잔소리로 시끄러운 게 아니라 정말로 시끄러워요. 수다를 넘어서, 그걸 뭐라고 해야 하지."

핸드브레이크를 푼 유키코가 룸미러로 아유코를 쳐다보았다. "그럼 간다." 말이 끝나기가 무섭게 핸들을 꺾고 액셀을 힘껏 밟는다. 아유코는 히익, 작은 비명을 질렀고 조수석의 쇼코는 환성을 질렀다. 등받이에 몸이 눌린다 싶었는데 어느새 앞으로 쏠렸다. 세단이 힘차게 달린다.

차선을 어지러이 변경하며 가속했다. 아유코는 좀처럼 자세를 바로잡을 수가 없어 고개도 들지 못했지만, 그러는 사이에도 차는 속도를 늦추지 않고 달려갔다. 겨우 시트에 등을 붙이고 문에 매달려 창밖으로 흘러가는 경치를 보았다. 시트 냄새가 코를 통해 머리로 들어왔다. 화단과 전봇대가 오른쪽으로 흘러갔다. 깊은 각도로 좌회전하더니 좁은 골목으로 들어간다. 느긋하게 길 한복판을 걸어가던 회사원이 깜짝 놀라 빌딩 옆으로 피했다.

그렇게 달리다가 다시 큰길로 나왔다. 가속과 감속을 되풀이할 때마다 아유코의 몸은 시트에서 붕 떴다.

몇 번이나 부딪치겠다고 생각했지만 그래도 유키코의 운전은 절묘했다. 충돌은커녕 한 번도 멈추지 않았다. 어라, 신호는? 중간에 의문이 스쳐 갔다. 신호에 한 번도 걸리지 않았다는 걸 깨달았을 때 운전석에서 유키코의 목소리가 들렸다. "12분 25초."

"뭐라고요?" 아유코는 앞좌석 헤드레스트에 매달린 채로 물었다.

"6시 20분에는 도착할 거야." 유키코가 그렇게 대답하면서 앞쪽의 경차를 추월했다.

그 말대로 되었다. 6시 20분에 '시어터 C'에 도착했다. 급정차하지도 않고 완만하게 속도를 줄여 극장 빌딩 앞의 갓길에 섰다. 공연의 인기를 말해 주듯 빌딩 주변은 수많은 젊은이들로 북적거렸고, 티켓을 구한다고 적힌 큼직한 종이를 흔드는 사람도 있었다.

"나하고 쇼코 씨는 근처에서 시간을 때우고 있을게." 유키코가 뒤를 돌아보며 말했다. "9시에 끝나지? 그때 여기서 다시 봐."

"네? 미안해서 안 돼요." 아유코는 격렬한 드라이브에 현기증을 느끼며 왼쪽 문으로 이동하면서 대답했다. "공연 시간에 맞춰서 데려다준 것만으로도 고마운데."

"대체 어떤 남자가 옆에 있었는지 궁금해서 그래." 연애 이야기에 눈을 빛내는 게 아니라 표범처럼 날카로운 표정으로 그렇게 말하는 유키코의 언밸런스함이 재미있었다.

"나도 그 재미로 따라온 거예요. 두근거려요." 조수석의 쇼코도 그렇게 말했다.

알겠어요, 그럼. 그렇게 대답하고 아유코는 세단에서 내렸다.

설마 정말 늦지 않을 줄이야. 아유코는 감탄하면서 티켓을 들고 극장의 지하 입구로 향했다.

7.

두 시간 반의 공연이 눈 깜짝할 새에 끝났다. 예상보다 훨씬 재미있었다. 오쿠야 오쿠야가 연기하는 화장 두꺼운 사기꾼에게 새로운 사기꾼들이 차례로 도전한다는 코미디였는데 각본 완성도가 높은 건지, 연기자의 완급 조절이 훌륭한 건지, 아유코는 시종일관 웃었다. 그리 크지 않은 극장에서 관객들이 몇 번이나 마치 미리 짠 것처럼 박장대소를 터뜨렸다. 아유코는 그중에서도 중간에 나타난 '육상 선수' 사기꾼이 너무 웃겼다. 목에 건 스톱워치로 사사건건 기록을 재며 "일본 신기록입니다, 당신" 하고 관객을 치켜세우며 속이려 든다. '일본 신기록'이라는 말에 약한 사람들의 묘한 심리에 착안한 사기 수법이었는데, 그 황당무계한 내용이 유쾌했다.

또 유도복을 입은 우락부락한 남자들이 집단으로 행인들을 끌고 간다는 '유도부 사기'라는 것도 있었는데, 사기라기보다 아무리 봐도 유괴였다.

어쨌거나 아유코는 극에 집중했다. 오길 잘했다, 이러니 티켓을 구하기 힘들겠구나. 마지막 커튼콜에서는 큰 박수를 보냈다.

마지막까지 오른쪽 자리가 비어 있었다는 것을 깨달은 건 그 후였다. 정작 티켓을 보낸 상대로부터는 아무런 접촉도 없었던 것이다.

물론 처음에 극장에 들어갔을 때는 좌석 양쪽을 다 확인했다. 왼쪽에 앉은 사람은 대학생으로 보이는 여성이었는데 친구 셋이서 온 것 같았다. 바로 이쪽은 상관없는 사람들이라 판단했다. 그렇게 되면 오른쪽에 비어 있는 한 자리가 티켓을 준 상대의 자리가 틀림없다. 아유코는 긴장과 기대, 불안과 쑥스러움으로 두근거리는 가슴을 안고 태연한 척 가장하며 오른쪽 빈자리가 채워지기를 차분히 기다렸지만 끝까지 그곳에는 아무도 앉지 않았다.

"극장에서 나올 때 말을 거는 사람도 없었어?" 유키코는 약간 아쉽다는 듯이 아유코에게 물었다. 극장 밖으로 나오자 유키코가 도착했을 때와 같은 위치에 차를 세우고 기다리고 있었다. 쇼코도 함께 서 있었다.

"네, 말을 거는 사람도, 어깨를 치는 사람도 없었어요."

"막판에 결심이 약해진 걸까?" 유키코가 말했다. 빌딩 밖은 극장에서 나온 관객들로 제법 북적거렸다. 사람들의 표정은 환했고 극장 앞에는 만족감이 감돌았다.

"그럴지도. 자리에 앉기가 겁난 거야." 쇼코가 고개를 끄덕거렸다.

"그냥 저를 놀렸던 걸지도 몰라요. 어디 다른 자리에서 '저 여자, 정말로 남자가 올 거라고 기대하고 있네' 하고 비웃었을지도."

"쉽게 구할 수 있는 티켓이 아니니 장난을 위해 그런 짓을 할 것 같진 않은데." 유키코가 말했다.

"그럼 대체 이번 티켓에는 무슨 의미가 있었던 걸까요?"

유키코가 손가락을 세웠다. "생각해 볼 수 있는 가능성은 일단 아까도 말했듯이 아유코 씨를 만나기 직전에 겁이 난 거야."

"그렇군요." 아유코가 웃었다.

"혹은 정말로 올 수 없는 이유가 생겼거나."

"그럴 수 있지." 쇼코가 끄덕거렸다.

"진짜로 알 파치노였다거나?" 아유코가 일부러 장난스럽게 말하자 두 사람이 기뻐했다. "가능성은 제로가 아니야." 유키코가 또 그렇게 말했다.

"어쨌거나 충분히 재미있는 공연이라 저로서는 만족스러웠어요." 아유코는 유키코와 쇼코에게 인사했다. 택시를 탔다면 절대 시간에 맞출 수 없었을 것이다. "이제 어떻게 할까요? 두 분은 아직 시간 괜찮으세요?"

아유코는 처음 만난 쇼코에게도 관심이 있었고, 훌륭한 작품을 보고 난 직후에 흔히 그렇듯 감동이 북받쳐 어디서 이야기라도 하지 않겠냐고 제안했다.

유키코는 여전히 태연한 태도였다. "실은 쇼코 씨가 카페를 운영하는데 거기 가 볼래? 쇼코 씨, 괜찮아?"

"오늘은 시끄러운 우리 남편도 없으니 딱 좋네. 여자들끼리 즐겁게 얘기해요."

"어, 교노 씨는 없어? 이런 밤중에?" 유키코는 쇼코의 남편과도 친한 것 같았다.

"오늘은 묘한 사건에 휘말린 우리 손님하고 같이 돌아다니고 있어."

"묘한 사건?" 아유코와 유키코가 한목소리로 물었다.

"뭐, 별건 아닌데 술에 취하면 기억을 잃는 손님이 있거든요. 어제 술을 마시러 갔다가 여자하고 아침을 맞이했다는데, 기억을 못 한다는 거야."

유키코가 미간을 찌푸렸다. "기억을 못 하는데 여자가 있었던 건 어떻게 알아?"

"메모가 남아 있었대."

"그게 왜 사건이에요?" 아유코가 물었다.

"함께 술을 마신 친구 말로는 그런 여자는 없었다는 거예요."

"아하, 그건 묘하네." 유키코가 고개를 흔들었다. "그래서 교노 씨는 그걸 해명하러 나선 거야?"

"해명하려는 건지, 망치려는 건지."

"하지만 정말 여자가 묵었다면 서운한 일이네요." 아유코는 문득 상상해 보았다. "모처럼 메모까지 남겼는데 상대는 기억 못 한다니."

"맞아요." 쇼코가 팔짱을 끼고 고개를 끄덕거렸다. 다리도 길어서 그렇게 서 있기만 해도 그림이 되었다.

"건망증이 심한 남자라 일부러 메모를 남긴 걸지도 몰라." 유키코가 말했다. "기억 좀 해 줘요, 하고."

"의외로 자기 생각만큼 상대는 자기를 생각해 주지 않는 법이니까요." 아유코가 대답했다.

길에 세워 둔 세단에 타려고 우르르 걸음을 떼는데 쇼코
가 갑자기 우뚝 멈춰 섰다.

"왜 그래?" 운전석 문 쪽으로 다가간 유키코가 물었다.

"나, 알 것 같아." 쇼코가 생각을 정리하듯 천천히 말했다.

"뭘요?" 아유코가 물었다.

"알 파치노 말고 다른 가능성."

8.

아유코가 무모하다고 말리는데도 불구하고 유키코는 거침
없이 극장으로 향했다.

"아니야, 쇼코 씨 추리가 맞을지도 몰라." 유키코는 여전
히 침착한 표정이었지만 단호한 태도로 성큼성큼 걸어갔
다. 쇼코는 주차 금지 단속을 대비해 세단에 남아 있었다.

"그럴 리 없다니까요." 그렇게 말하면서도 아유코는 조
금씩 숨이 가빠지는 것을 느꼈다. 그럴 리 없다, 하지만 그
럴 수도 있다. 혼란스러웠다.

"계란을 깨지 않으면 오믈렛을 못 만든다니까." 유키코
가 또 그 격언을 말했다.

"오믈렛을 안 먹으면 되잖아요."

"난 먹고 싶어."

예상대로 극장 입구에서 제지당했다. "오늘 공연은 이미 끝났습니다." 여성 직원이 나긋하게 막아섰다.

"놓고 온 물건이 있어요." 유키코는 태연하게 거짓말을 했다.

"어느 자리인지 말씀해 주시면 저희가 확인하겠습니다."

"번거로우니 직접 찾으러 가는 게 빨라요." 유키코는 단호하게 말하더니 아유코의 팔을 붙잡고 '금일 공연 종료'라고 적힌 입구 간판을 피해 안으로 들어갔다. 직원이 멈추라고 소리쳤고 아유코도 속으로 식겁했다. 잠깐, 잠깐만요.

유키코는 멈추지 않았다. 자동차를 운전할 때와 마찬가지로 빠르게 통로를 좌우로 지나갔다. 대기실이 어느 쪽인지도 모를 텐데 안으로 쭉쭉 들어간다. 바람을 가르며 민첩하게 질주하는 흑표범이 떠올랐다.

뒤쪽 통로로 들어갔다. 무대에서 사용한 대도구와 소도구가 벽에 세워져 있다. 그 정면에 있는 문을 보고 유키코가 걸어가면서 손가락을 튕겼다. "찾았다. 저기가 대기실일 거야, 아마."

그때 마침 문이 열렸다. 아유코는 깜짝 놀라 아직 마음의 준비가, 하고 스스로에게 변명하는 마음으로 걸음을 멈췄지만 안에서 나온 사람은 괴팍하게 생긴 남자였다.

그는 유키코와 아유코를 보더니 주름진 얼굴을 더욱 구

기며 퉁명스럽게 말했다. "당신들은 뭐야?"

"어느 배우를 만나고 싶은데." 유키코는 주눅 들기는커녕 당연한 권리를 주장하듯 앞으로 나섰다.

"출입 금지야." 남자는 손을 저었다. 아, 이 사람이 오너구나. 아유코는 금방 알아보았다. 사토가 들고 있던 자료에 실린 사진 속 인물이었다. 그렇구나. 경마로 큰돈을 벌어서 회사를 그만두었다는 일화가 어울리는 호탕함이 넘쳐흘렀다.

"우린 팬이 아니라 용무가 있는 거야. 일단 오쿠야라는 배우 좀 불러 봐요."

"무슨 사이지?"

"이 아가씨가 돌려받을 돈이 있대." 유키코가 그렇게 말하며 아유코를 가리켰다.

"아니, 유키코 씨, 아직 확실하지는." 아유코가 쭈뼛쭈뼛 말했다.

방금 전 쇼코가 말한 추측은 생각도 해 보지 않은 가능성이었다. "아유코 씨에게 티켓을 준 건 데이트 목적이 아니었을지도 몰라."

"무슨 뜻이야?" 유키코도 처음에는 미심쩍어했다.

"애초에 한 장뿐인 티켓을 주면서 현장에서 만나자는 건 역시 너무 제멋대로잖아. 그러니까 다른 이유가 있는 것 아닐까?"

"다른 이유?"

"아까 메모 얘기를 듣고 떠오른 생각인데, 아유코 씨에게 뭔가 전하고 싶었다거나. 기억해 주길 바랐다거나."

"네?"

"아유코 씨에게 무대를 보여 주면 기억해 낼지도 모른다고 생각한 것 아닐까요?"

"무슨 뜻이에요?" 아유코는 전혀 돌아가지 않는 머리가 답답했다.

"티켓을 준 남자가 꼭 아유코 씨 옆에 앉아야 하는 법은 없잖아요. 옆자리가 비어 있었던 건 우연이고, 사실 중요한 건 옆이 아니라 앞이었다거나."

"앞?"

"무대 위 말이에요." 쇼코가 손가락을 세웠다. "배우 중 누군가가 아유코 씨가 보러 와 주었으면 해서 티켓을 두고 갔다. 어때요?"

"어, 하지만." 아유코는 그 말을 듣고 점점 더 곤혹스러웠다. "누가요?"

"보면 기억날 가능성이 높은 사람. 누구 아는 사람 없어요? 배우 지망생이었던 친구나. 직접 만나기는 거북해서 굳이 번거로운 방법으로 초대할 만한 사이." 쇼코가 말했다.

"아아!" 유키코가 대답했다. "예를 들면 옛 애인이나?"

"엇!"

"돈을 빌려서 달아난 옛 애인일지도 몰라." 유키코가 눈썹을 실룩거리며 아유코를 보았다.

"그 로큰롤러가 배우로 돌아왔을지도."

"어째서요?" 돈을 빌려서 사라진 남자가 무슨 낯짝으로 만나러 올까 싶었지만 유키코가 그 속마음을 꿰뚫어 본 것처럼 말했다. "직접 만나기는 죄책감이 드니까 이런 식으로 나온 걸지도 몰라. 얼굴을 보고 말하는 게 서툰 남자니까."

어, 어, 하고 끙끙대는 아유코를 유키코가 잡아끌었다. "좋아, 만나러 가자."

그럴 리 없어요, 하고 처음에는 저항하던 아유코가 내키지는 않지만 발을 뗀 것은 쇼코의 한마디 때문이었다. 쇼코가 극장 간판을 가리키며 이렇게 말했던 것이다.

"저 오쿠야라는 이름, 알파벳으로 바꿔서 뒤집으면 아유코가 돼. OKUYA, AYUKO, 봐, 딱이지."

그런 이유로 지금 아유코는 유키코와 함께 괴팍하게 생긴 오너를 마주하고 있었다. 됐으니까 오쿠야를 만나게 해 달라고 주장하는 유키코에게 오너는 고집스레 절대 안 된다고 대답했다. 오너의 뒤에 있는 문에는 간유리가 붙어 있어 배우인지 스태프인지 오락가락하는 사람 그림자가 보였다.

"돌아가." 매몰찬 목소리가 날아왔다.

"유키코 씨, 그만 가요."

"잠깐만." 유키코는 옆을 힐끔 보더니 통로 벽에 쌓여 있는 종이 박스에 손을 뻗어 스톱워치를 꺼냈다. 맨 위에 놓인 상자가 열려 있었던 것이다.

아까 무대에서 배우들이 썼던 도구다. "일본 신기록!"이라고 사기꾼이 계측할 때 사용한 소도구였다.

"멋대로 건드리지 마." 오너가 퉁명스럽게 말했다. 대체 어쩌려고 그러는지 아유코가 망연히 쳐다보고 있는데 유키코가 자신만만하게 고개를 치켜들었다. "나하고 승부하겠어?"

오너가 미간을 찌푸렸다.

"내기하자니까. 이런 건 어때? 스톱워치를 안 보고 단추를 누르는 거야. 상대가 지정한 초 시간에 딱 맞춰서 멈추는 거지. 오차가 적은 쪽이 이기는 거야."

"그, 그게 뭐예요?" 아유코는 유키코를 뚫어져라 쳐다보았다.

유키코는 오너를 똑바로 쳐다보고 있었다. 노려보고 있다는 편이 가까울지도 모른다. 그리고 오너가 입을 열기 전에 기세등등하게 말했다. "잔소리 말고 한판 붙어!"

오너는 그 기세에 눌렸는지 말 한마디 못 하고 눈을 부릅뜨고 유키코를 응시하더니 곧 눈매를 누그러뜨렸다. 얼굴에 미소가 감돈다. "재미있군."

"뭐예요, 그게." 아유코가 어영부영 그런 말밖에 못 하는 사이에 게임이 시작되었다.

오너가 먼저 두 손가락을 세우며 유키코에게 말했다. "20초에 멈춰 봐."

유키코는 어깨를 으쓱하더니 오른손에 든 스톱워치를 등 뒤로 가져가 스위치를 눌렀다. 아유코는 그저 잠자코 눈만 껌뻑거렸다. 직접 초를 세어 볼 생각도 하지 못했다.

찰칵, 다시 단추 소리가 울렸다. 유키코가 스톱워치를 앞으로 내밀었다. 직접 확인하기도 전에 오너에게 내밀었다. "어때?"

휘둥그레진 오너의 눈을 보고 아유코도 스톱워치를 들여다보았다. 정확히 '00:20:00'으로 표시된 숫자를 보고 숨을 삼켰다.

유키코는 결국 직접 스톱워치를 확인하지는 않았다. 보지 않아도 안다는 듯 그대로 오너에게 넘겼다. "그럼 마찬가지로 20초로 해."

오너는 고개를 끄덕이더니 허벅지 부근으로 손을 내리고 스톱워치를 눌렀다. 시간이 흘러간다. 시계추 대신인지 진지한 표정으로 고개를 까딱거리다가 잠시 후 단추를 눌렀다.

"아까워. 21초 20쯤 되겠네." 유키코는 바로 손가락을 들이밀었다. 오너는 귀신에 홀린 표정으로 스톱워치를 바라보았다. 놀란 얼굴을 보니 유키코가 말한 숫자에서 크게 빗나가지 않은 듯했다.

"자, 이제 됐지? 패자는 얌전히 승자에게 길을 터 줘야지. 물러나라, 패자여." 유키코는 장난스럽게 말하더니 오너를 옆으로 밀쳤다. "언제든지 도전해 봐. 아유코 씨, 가자."

"그건 무슨 마술이에요?" 아유코가 옆에 나란히 서서 작은 목소리로 물었다.

"난 시계가 없어도 시간을 알 수 있거든." 유키코는 슬그머니 웃으며 대기실 문을 열었다. "시간은 누구에게나 평등하게 흘러."

뒤에서 오너가 하나도 갑갑하지 않은 목소리로 외쳤다. "가슴이 갑갑하구나. 구급차를 불러 다오!"

9.

"그래서 그 후에 어떻게 됐어?" 이튿날 점심때 유키코가 물었다. 아유코는 집에서 가져온 도시락을 가방에서 꺼내는 참이었다.

어젯밤 아유코는 대기실에서 오쿠야 오쿠야를 만났다. 무대 위에서는 화장이 두꺼워 전혀 알아보지 못했는데 새삼 얼굴을 마주하니 옛날 인상이 남아 있었다. 그는 아유코를 보더니 민망한 표정으로 머리를 긁적였다. "알아봤어?"

그렇게 그 남자가 아유코의 옛 애인이라는 사실이 판명되자 눈치 빠른 유키코는 "이걸로 해결됐네. 난 쇼코 씨하고 돌아갈게"라며 떠났다.

"그 사람 이동 스케줄 때문에 시간은 별로 없었지만 여러 가지 이야기를 나누었어요." 아유코는 도시락에 손을 얹고 대답했다.

"돈을 빌려서 어디로 도망쳤던 건지 물어봤어?"

"도망칠 생각은 없었대요. 고향에 계신 아버지가 입원한 것도 사실이었고, 빌린 돈도 갚을 생각이었다더군요." 아버지를 간병하느라 시간적으로도 정신적으로도 여유가 없어 아유코에게 연락하지 못했다고 했다.

"사실 같아?"

"글쎄요." 실제로 아유코도 그가 한 말의 신빙성은 알 수 없었다. 진실을 호소하는 것 같기도 하고 필사적인 변명 같기도 했다. "도쿄로 돌아와 보니 제가 이사를 가 버려서 당황했다는 말도 했어요. 사실인지는 모르겠지만."

"로큰롤러 지망생이었으면서 왜 희극배우가 된 거야?"

"음악에는 재능이 없다는 걸 깨달았대요."

"뒤늦게?" 유키코가 미소를 지었다.

"네, 뒤늦게. 그래서 마음을 바꿔서 연극 공부를 시작한 모양인데." 그랬는데 의외로 재능이 꽃을 피웠으니 사람 일은 알다가도 모를 일이야, 라며 그는 환하게 웃었다. 언젠가 연기뿐만 아니라 연출도 해 보고 싶다며 눈을 빛냈다.

"그래서 그 사람은 역시 아유코 씨가 봐 주길 바랐던 거야?"

그렇게 끝난 게 마음에 걸렸어. 지금 열심히 노력하고 있는 내 모습도 보여 주고 싶었고. 그는 그렇게 말했다. 함께 살았을 때보다 착실해 보이는 건 분명했다. "정말인지는 모르겠지만 제가 사는 곳을 조사했대요. 흥신소 같은 곳에 의뢰해서."

"왠지 무섭네, 그것도."

"네, 정말." 아유코도 쓴웃음을 흘렸다. "그 말을 듣고 깨달은 건데 아르바이트하는 가게에서 저에 대해 캐물었다는 남자가 그 사람일지도 몰라요. 흥신소 직원. 맞다, 그리고 요전에 저희 가게에 유명인이 와서 북적거렸다고 했잖아요."

"그 티켓이 놓여 있던 날 말이지."

"그게 그 사람 극단 동료들이었대요. 그중 누군가가 그 사람 부탁을 받아 티켓이 든 봉투를 계산대에 둔 거죠."

"티켓만 넣지 말고 편지라도 넣었으면 금방 알았을 텐데."

"그렇죠? 극장에 오면 알아볼 테니, 그러는 게 더 놀랄 것 같아서 그랬다고 태평하게 말하더라고요."

"아유코 씨하고 다시 사귀고 싶다거나, 그런 말은 안

해?" 유키코는 별로 궁금해 보이지 않는 표정으로 궁금하다는 듯이 물었다.

"아뇨, 전혀." 아유코는 손을 저었다. 실제로 그런 말은 전혀 나오지 않았고 아유코는 그게 기쁘기도 했다. "애초에 저희는 헤어지기 직전이었으니까요. 그 사람, 그냥 자기가 노력하는 모습을 보여 주고 싶었던 것뿐이래요."

"그래? 그건 아쉽네."

"유키코 씨, 전혀 아쉬워 보이지 않는데요. 게다가 그 사람, 지금은 연예인하고 사귀고 있대요. 자랑하더라고요."

"정말 속 편한 사람이네."

"그렇죠?" 아유코도 긍정했다. 정말 속 편한 사람이다.

"그래서 돈은? 전에 빌려준 돈은 받았어?"

"필요 없다고 했어요." 아유코는 쑥스러운 표정으로 웃었다. "제 이름을 따서 예명을 지은 것만으로도 용서해 주고 싶어요. 하지만 자기도 마음에 걸리는지 이자도 있으니 꼭 갚고 싶다고 하네요."

"돈이 아니라 어려운 부탁이라도 하면 어때?"

"아, 그거 좋네요!" 아유코는 고개를 끄덕였다. "그럼 유키코 씨, 뭔가 부탁할 일 없어요?"

"나?"

"이번에 신세도 졌고 하니 오쿠야 오쿠야한테 부탁할 일이 있으면 말씀하세요."

"그러네." 유키코는 잠깐 고민하다가 진지한 표정으로 말했다. "티켓이나 달라고 할까?"

그런 이야기를 나눈 후에 유키코가 옆자리에 앉더니 입을 열었다. "참, 그래서 말이야. 다시 사귀는 게 아니라면 마침 잘됐다. 재미있는 이야기를 들었는데."

"뭔데요?"

"아유코 씨, 컴퓨터 이메일 잘못 보낸 적 있어?"

"갑자기 무슨 말씀이에요? 실수로요? 다른 사람에게 잘못 보냈다는 뜻인가요?"

"그게 아니라 보낼까 말까 고민하다가 버튼을 잘못 눌러서 보내 버렸다거나."

"그런 일은 없어요. 할 법한 실수지만."

"메일의 문제점은 일단 보내 버리면 수습할 수 없다는 거야."

"맞아요, 그건 그래요."

"하지만 절대로 상대가 못 읽게 하려면, 아유코 씨는 어떻게 하겠어?"

유키코가 무슨 말을 하고 싶은 건지 몰라 아유코는 고개를 갸웃거렸다. "상대가 읽기 전에 삭제한다거나?"

"맞아. 하지만 그 사람 컴퓨터를 쓰려면 비밀번호가 필요하잖아."

"아."그제야 아유코도 눈치챘다. "혹시 얼마 전에 미유키가 제게 거짓말로 자리를 뜨게 만든 일 말이에요? 제가 받은 메일을 삭제하려고 그랬던 거예요?" 확실히 메일을 한 통 도둑맞아도 받았다는 사실조차 모르는 메일이라면 삭제된 줄도 모를 것이다.

"아유코 씨, 월요일마다 책상에 오늘 할 일 메모를 적어 두지? 거기에 메일을 쓰는 작업을 적어 뒀다면 어떨까? 메일을 삭제하려면 그 전에 해야 해."

"그래서 아침 일찍? 미유키도 왜 그런 고생을."

"미유키 씨는 부탁을 받았던 것 같아. 실은 방금 전에 미유키 씨가 알려 줬는데."

"어, 누가 미유키한테 부탁한 거예요?"

"사토 씨."

"사토 씨?" 아유코는 또 영문을 알 수 없었다. "그 사람이 제게 실수로 이메일을 보낸 거예요? 굳이 그렇게 번거로운 짓을 하지 않아도 말 한 마디면 메일 한 통쯤 보지 않고 삭제했을 텐데."

"하지만 역시 마음에 두고 있는 여성에게 데이트를 청하는 메일이면 말하기 어렵지 않겠어?" 유키코의 표정에는 변화가 없었다.

"네?"

"쓰기는 했는데 역시 메일은 매너가 아닌 것 같아서 그만두려고 한 거야. 그런데 꼭 그럴 때면 실수로 어중간한 글을 그대로 보내 버리거든."

"네?"

"미유키 씨가 어제 사토 씨한테 캐물었대. '왜 아유코 씨한테 보낸 메일을 삭제하고 싶었던 거예요? 도와드렸으니 이유를 알려 줘요. 아무한테도 말 안 할게요'라고. 젊은 친구한테 도움을 청하면 뒷일이 무섭다니까."

"하지만." 아유코는 멍한 기분으로 말했다. "아무한테도 말하지 않겠다더니 유키코 씨한테는 말했네요."

"그리고 나는 아유코 씨한테 말했지." 유키코는 즐거워 보였다.

"어쩌면 좋죠?" 아유코는 당혹스러웠지만 자기가 그 어느 때보다 안절부절못하고 있다는 걸 깨달았다. 사토는 존경하고 있지만 지금까지 전혀 의식한 적이 없었다.

"오믈렛을 만들려면 어떻게 해야 하는지 알지?" 유키코가 말했다.

'털 깎인 양은
신도 미풍으로 감싼다'

양 ①소과 포유류의 일종. 만 년도 넘은 가축. 겁이 많아 항상 군집 생활을 한다. 털은 모직물의 원료. ②부피를 나타내는 양의 동음이의어. "양을 많이 달랬더니 진짜 ○을 데려왔어." 양걸음 : 시장에 끌려가는 양의 걸음걸이를 나타내는 말. 일본어로 죽음이 다가오는 것에 대한 비유.

1.

"다짜고짜 얻어맞은 거예요?" 옆에 앉은 청년이 와다쿠라에게 물었다. 밤 11시가 지난 시각, 공원 벤치에 앉아 있다. 가로등이 어렴풋이 주위를 비추고 있었다.

"그래." 와다쿠라는 오른쪽 뺨을 눌렀다. 붓지는 않았다. 양복도 찢어지지 않은 듯했다. 팔꿈치와 무릎에 모래가 묻어 있다.

10분 전의 일이다. 공원 안을 걸어가는데 웬 남자가 어깨를 두드렸다. 뒤를 돌아보자마자 힘껏 주먹질을 당해 와다쿠라는 그 자리에 쓰러졌다. "쓰러졌는데 또 걷어차더라고."

"그리고?"

"자네가 달려와 준 덕에 상대는 달아났어." 와다쿠라는 청년에게 고마워했다. "발소리나 기척을 느꼈겠지."

"공원이 어두워서 내가 어디 있었는지 몰랐나 봐요. 내

140

쪽으로 달려와서 부딪치더니 허둥지둥 달아나더라고요."

공원에는 가로등도 몇 개 없어서 몹시 어두웠다. 눈에 힘을 주지 않으면 사람 모습도 제대로 보이지 않는다.

벤치 바로 위에는 불빛이 있어서 그 청년의 외모를 알 수 있었다. 대충 넘긴 머리카락은 부드러워 보였고 몸집은 말랐다. 20대 초반일까? 그렇다면 와다쿠라보다 스무 살은 어린 셈이다. 앞날이 창창해 보여 눈이 부셨다.

"와다쿠라 씨, 아까 그 남자한테 무슨 원한이라도 샀어요?" 청년이 살가운 목소리로 방금 가르쳐 준 이름을 말했다.

"어두워서 상대의 모습도 제대로 못 봤으니, 그 남자가 누군지도 몰라."

"짐작 가는 바는?"

"요즘은 빚쟁이도 안 보이는데." 자조 어린 목소리로 대답했다.

"와다쿠라 씨, 빚이 있구나." 어쩐지 청년은 기뻐하는 것 같았다. "도박?"

"잘 아네."

"세상의 빚은 대개 주택 대출이거나 도박, 아니면 여자를 위한 비용이니까요. 확률은 3분의 1이죠."

"일 때문에 빚을 지는 사람도 많을 거야, 분명." 와다쿠라는 쓴웃음을 흘렸다. "빚 때문에 2년 전에 아내도 집을 나갔어."

"아까 그 남자는 빚쟁이는 아닌 거예요?"

"가능성이 제로는 아니지만." 와다쿠라는 그렇게 말했다가 부정했다. "그런 것 같지 않아. 내가 빚을 진 상대는 저렇게 난폭하지 않아."

"신사적이에요?"

"아니, 훨씬 무서워. 진짜 무서운 사람들은 섣불리 난폭한 짓은 하지 않거든."

"그럼 도박으로 누구한테 원한을 산 적은 있어요?"

"원한을 살 정도로 이겼으면 빚을 졌겠어?"

"그건 그러네요." 청년이 웃음을 터뜨렸다. "와다쿠라 씨, 양복을 입고 있는 걸 보니 회사원이죠? 이 시간까지 잔업을 했어요?"

"무능한 상사는 늦은 시간까지 남아 있는 것밖에 못 하니까."

"그렇구나." 청년은 심각한 듯하면서도 어딘가 경쾌하게 말했다. "빚을 지고, 부인도 달아나고, 회사에서도 눈치를 봐야 하다니. 와다쿠라 씨야말로 다 죽어 가는 연약한 양이네요."

"양?" 뜬금없는 소리에 깜짝 놀랐다.

"와다쿠라 씨, 이런 말 알아요? '털 깎인 양은 신도 미풍으로 감싼다.'" 청년은 즐거워 보였다. "추워 보이는 양한테는 바람도 살며시 분다는 뜻이에요. 다시 말해 약한 사람은

142

상냥하게 대하라는 뜻이죠. 그러니 와다쿠라 씨처럼 약하고 훌륭한 어른은 노리면 안 되는 건데."

"폄훼하는 건지 변호해 주는 건지 모르겠네."

"양은 칭찬이죠, 와다쿠라 씨." 청년의 표정은 진지했다. "폭력은 사람의 자존심을 깎아내려요. 난 마구 폭력을 휘두르는 사람을 보면 역겨워요." 웩, 하고 혀를 내민다.

내 자존심은 원래 바닥이야. 와다쿠라는 그렇게 대답할 뻔했다. 난폭하고 위협적인 빚쟁이들과 직장 부하들의 싸늘한 눈빛이 매일 와다쿠라의 자존심을 상처 입혔다.

"이제 어쩔 거예요?" 잠시 후 청년이 물었다.

"어쩌다니?"

"이런 일은 경찰에 신고하는 게 낫잖아요?"

"아니." 와다쿠라는 일을 키울 필요는 없다고 생각하고 있었다. "경찰에 신고할 것까지는."

"그럼." 청년이 환한 목소리로 말했다.

"그럼?"

"복수할래요?" 청년은 그렇게 말하며 주머니에서 큼직한 수첩 같은 물건을 꺼내더니 어린아이마냥 입으로 효과음을 내며 초급 영어 회화처럼 말했다. "짠! 이것은 지갑입니다."

"내 지갑은 아닌데."

"아까 그 괴한의 지갑이에요. 이걸로 상대가 사는 곳을 알 수 있을지도 몰라요."

"어?"

"나하고 부딪쳤을 때 그 남자가 이걸 떨어뜨렸거든요. 지갑을." 청년은 천진하게 웃으며 와다쿠라가 묻지도 않았는데 어깨를 움츠렸다. "훔친 건 아니에요."

2.

맨션으로 돌아오자 집 전화가 울렸다. 깜깜한 방에서 전화기가 깜빡거렸다. 와다쿠라는 서두르지 않고 방으로 들어가 수화기를 들었다.

"자고 있었어?" 헤어진 아내의 목소리였다. 이혼하고 친정으로 돌아갔으니 돗토리에서 거는 전화이리라.

"잔업했어." 수화기를 귀에 대며 주위를 둘러보았다. 주택가 지도와 메모가 눈에 들어왔다. 오후 3시라는 시간과 아파트 이름, 주차 위치가 적혀 있다. 헤어진 아내의 목소리보다 그쪽이 신경 쓰였다.

"여전히 도박하느라 바쁘시겠지." 술에 취했는지 혀 꼬인 소리로 말했다. "내가 옛날에 대신 갚아 줬던 돈이나 돌려줘."

"알아." 와다쿠라는 그렇게 대답하면서 넥타이를 풀었다. "어떻게든 갚을 계획은 세웠어."

144

"어떻게?" 그녀가 물었다.

"일해서."

"성실하게 일해서 갚을 수 있는 빚도 아닌데."

"취했어? 이번에는 괜찮아." 와다쿠라가 그렇게 말하자 그녀는 코웃음을 쳤다. "잘 들어, 애초에 당신은 항상 그놈의 괜찮다는 말에 넘어가. 친구에게 돈을 빌려주었을 때도, 도박에 빠졌을 때도, 내가 걱정해도 괜찮다는 말밖에 안 했잖아. 결국 괜찮지 않았어."

와다쿠라는 대답할 기분도 들지 않아 말없이 서 있었다. 실제로 대답할 말이 없었다.

"당신은 사람이 좋아서 남의 말을 곧이곧대로 들으니까 안 되는 거야."

"괜찮아."

수화기를 내려놓았다. 숨을 내뱉고 바지와 양말을 벗고 다다미에 털썩 주저앉았다. 양복에 묻은 모래가 떨어졌다. 공원에서 습격당한 일을 떠올리자 부들부들 떨렸다. 내일 그 청년을 만나러 가야 할지 고민되었다.

3.

어제 그 공원에서 청년은 당연하다는 듯이 지갑 내용물을 살폈다.

"멋대로 뒈져도 되는 거야?"

"면허증이 있으면 주소를 금방 알 수 있는데. 힌트가 될 만한 건 이것뿐이네요." 능숙하게 손가락을 움직이더니 한 장의 카드를 꺼냈다.

와다쿠라는 종이로 된 그 진료카드를 손에 들고 살펴보았다. 시카이 치과라는 병원 이름과 주소, 전화번호, 그리고 '구마시마 요이치熊嶋洋一'라는 이름이 손 글씨로 적혀 있다. 뒷면에는 진료 예정일과 시간이 적혀 있었다. "이게 그 남자 이름일까?"

"아마도. 이 사람 이름은 괜찮네요."

"이름이 괜찮다고?"

"이름에 동물이 잔뜩 들어 있잖아요. 곰에 새에 양까지."

와다쿠라는 대답이 궁했지만 바로 이 청년을 기인 취급하고 떠날 수도 없어 선문답을 들은 사람처럼 침묵했다.

"하지만 이름에 동물이 있다고 동물 같은가 하면 그렇지도 않으니까. 이것도 이름값 못 하는 하나의 예죠. 어쨌거나 우리가 이 구마시마 씨를 만나려면 이 치과를 이용해야 해요."

"치과를 이용해?"

"봐요." 청년은 카드 뒷면을 가리켰다. "운 좋게 다음 진료일이 마침 내일이에요." 분명 날짜는 내일, 시간은 아침 9시 반이라고 적혀 있었다. "내일 이 치과에 그 사람이 올지도

146

몰라요. 예약일을 잊었으면 안 오겠지만 기억하면 분명 오 겠죠."

"올까?" 공원에서 중년 아저씨를 습격한 남자가 얌전히 치과 진료를 받는 모습이 잘 상상되지 않았다.

"아픈 이는 내버려 둬도 낫지 않는다는 말 알아요? 치과 포스터에 있잖아요. 어떤 사람이든 치료받아야 한대요. 그 러니 잠복해요."

"잠복? 내가?"

"우리가." 그렇게 말하고 청년은 제 이름은 구온이에요, 라고 말했다. 드문 성씨라 분명 가명일 것 같았다.

4.

"잘 왔어요." 구온 청년은 시카이 치과 앞에서 그렇게 말하 며 와다쿠라가 맞은 뺨을 가리켰다. "붓지 않아서 다행이네 요."

와다쿠라의 근무처에서 두 정거장 떨어진 동네의 커다 란 빌딩 6층이었다. 구온 청년은 시카이 치과 앞, 몇 미터 떨어진 벽에 기대어 있었다. "회사는 쉬었어요?"

"아까 전화했어. 오늘은 병원에 갔다가 오후에 출근한다 고 부하에게도 말해 뒀어. 게다가 내가 없어서 곤란한 사람 도 없고."

"비관적이네요." 구온 청년이 미소를 지었다. "남을 곤란하게 만드는 것보다야 그러지 않는 게 낫죠."

"그건 뜻이 조금 다른 것 같은데."

"와다쿠라 씨가 생각하는 것만큼 와다쿠라 씨는 다른 사람들하고 큰 차이 없어요."

"그건." 와다쿠라는 멍하니 대답했다. "그건 상당히 신랄한 말인데." 와다쿠라는 힘없이 웃었다. 존재 가치가 없다는 말이나 다름없었다. "다만 내게는 빚이 있지."

"빚은 차이에 들지 않아요." 구온 청년은 어깨를 움츠리더니 그럼 갈까요, 하고 입구로 향했다. 손목시계를 보니 오전 9시 10분이었다.

시카이 치과로 들어가 슬리퍼로 갈아 신었다. 정면이 접수처였는데 무뚝뚝해 보이는 여성이 인사를 했다. 왼편 안쪽에 있는 대합실을 재빨리 살펴보았지만 양복 차림의 중년 남성 한 명과 노부인이 한 명 앉아 있을 뿐, 구마시마 요이치로 추정되는 남자는 보이지 않았다.

의심을 사지 않도록 와다쿠라도 진찰을 받기로 했다.

"다 큰 남자 둘이 치과에 함께 가다니 이상하지 않을까?"

"헌신적인 아들이 치과를 무서워하는 아버지를 따라왔다고 생각할 거예요."

와다쿠라는 접수창구에서 초진이라는 걸 알리고 충치 검사를 해 달라고 말했다. 접수처 여성은 "사전에 예약하시면 좋은데"라고 얄밉게 말하며 문진 용지를 건넸다.

대합실 소파에 앉았다. 구온 청년은 이미 앉아 있었다. "그 범인, 올까요?"

"글쎄."

와다쿠라는 한참 구온 청년과 나란히 앉아 잡지를 읽고 있었다. 평화로운 음악을 제외하면 대합실은 조용했다.

"저기요."10분쯤 지났을 때 구온 청년이 들고 있던 주간지를 들이밀며 작게 말했다. "이 기사 좀 봐요. 산불로 양계장 닭들이 죽었대요. 너무하지 않아요?" 확실히 산불 기사가 실려 있기는 했다.

와다쿠라는 조금 고민하다가 대답했다. "하지만 원래 식용 닭이었잖아."

"식용으로 쓰려고 기계적으로 죽이는 것하고는 또 다르다고요. 고통 속에서 죽었다고 생각하면 역시 너무해요. 이게 방화라면 절대 용서할 수 없어요."

"자네는 채식주의자인가?" 궁금해서 물어보니 구온 청년은 크게 웃으며 대답했다. "고기도 많이 먹어요. 닭고기는 특히 더 좋아하고."

재미있는 청년이다. 그렇게 생각하지 않을 수 없었다. 다시 주간지로 눈을 돌렸다. 딱히 관심이 있었던 것도 아닌데 강도 사건 기사에 눈이 갔다. 요즘 이 부근에서 일어나는 무단 침입 강도 사건인 듯, 지난 두 달 사이 세 건이나 발생했다고 한다. 며칠 전에는 급기야 피해자가 교살당하는 사태에 이르렀다. 기사에는 단서를 찾지 못해 수사원을 증원했다고 적혀 있었다.

"흉흉하죠." 구온 청년이 미간을 찌푸렸다. "하지만 정말 단독범의 소행일까요?"

"무슨 뜻인가?"

"혼자서 달아난 것치고는 너무 잘 피하는 것 같아서요. 한패가 있을 것 같아요."

"한패라."

"어쨌거나 저는 일반인을 위협하거나 위해를 가하는 이런 방식은 싫어요. 네 명쯤 모여서 재빨리 은행이나 털고 아무도 상처 입히지 않고 돈을 빼앗아 간다면 또 몰라도."

"그래도 은행은 상처를 입잖아." 와다쿠라가 그렇게 말하자 구온 청년은 어리둥절한 표정을 지었다.

"닭들은 동정하지 않으면서 은행 편을 드는 거예요?"

바로 그때 입구 자동문이 열렸다. 와다쿠라는 반사적으로 어색하게 고개를 돌릴 뻔했지만 꾹 참고 남자를 살펴보았다. 20대 초반의 젊은 남자가 들어왔다. 옅은 회색 양복 차림에 검은 머리였다.

어때요? 구온 청년이 속삭이듯 확인을 요구했다. 와다쿠라는 잡지를 보는 척하면서 모르겠다고 고개를 저었다. 그저께 그를 습격한 범인인 것 같기도 했지만 확증이 없다.

"조금 더 살펴보죠." 구온 청년은 흥분하거나 긴장한 기색도 없이 차분한 태도로 신문을 접었다.

그 남자는 슬리퍼로 갈아 신고 창구로 가서 이름을 말했지만 와다쿠라의 귀에는 들리지 않았다. 이제 어쩐다, 고민하려는 순간 접수처 앞에 선 그 남자의 나른한 목소리가 들렸다. "그게, 진료카드를 잃어버렸는데."

와다쿠라는 무심코 구온과 얼굴을 마주 보았다. 이어서 접수 담당 여성이 "구마시마 씨 맞으시죠? 알겠습니다, 다시 만들어 드릴 테니 잠깐만 기다리세요"라고 무뚝뚝하게 응대했다.

구온 청년이 얼굴을 바싹 대고 작은 목소리로 말했다. "딩동댕! 찾았습니다."

5。

둘이 동시에 일어서면 의심을 살 테니 구온 청년이 먼저 밖으로 나갔다. 통로에 있는 화장실에 가는 척 슬리퍼를 구두로 갈아 신고 나갔다. 와다쿠라는 그와 거의 동시에 접수처로 다가가 대합실을 등진 채로 말했다. "죄송합니다, 급한 일이 생겨서 다른 날에 다시 오겠습니다." 접수처 여성은 수상하게 여기는 기색 없이 "다음에 오실 때는 가급적 예약해 주세요"라고 말했을 뿐이다.

치과 자동문을 지나 통로로 나갔다. 엘리베이터 앞으로 가자 구온 청년이 기다리고 있었다.

"어때요? 와다쿠라 씨, 아까 그 남자가 그저께 그 남자 맞아요?"

"그렇다면 그런 것 같고, 아니라면 아닌 것 같아. 그저께 는 어두웠으니까 잘 모르겠어. 하지만 구마시마라고 하니 맞겠지."

"그렇죠? 이제 어쩔까요?" 구온 청년은 만족스러운 기 색으로 준비운동이라도 하듯 몸을 움직였다. 마른 상체가 쭉 휘었다. "어디서 말을 걸어 볼까? 빌딩에서 나오면 해 볼까? 어때요?"

반대할 이유는 없었다. 엘리베이터에서 내려 1층에 있 는 벤치에 둘이 앉아 구마시마 요이치가 나타나기를 기다 렸다.

"이제 와서 이런 말을 하는 것도 그렇지만." 침묵을 견디 지 못하고 와다쿠라는 구온 청년에게 말을 걸었다. "자네 일은 괜찮은 거야? 이건 내 문제지, 자네는 상관없잖아."

"난 한가해요." 구온 청년은 엘리베이터를 똑바로 노려보 며 눈에 힘을 주었다. 잠시 후 문이 열렸지만 엘리베이터에 서 나온 것은 아까 치과에 있던 양복 남자와 노부인이었다.

"그러고 보니 와다쿠라 씨, 빚이 얼마나 돼요?"

갑작스럽게 연약한 복근을 찔린 것처럼 와다쿠라는 몸

을 부르르 떨었다. "뭐, 상당하지."

"위험한 놈들한테 빌렸어요?"

"어떻게 알았어?"

"와다쿠라 씨의 울적한 얼굴을 보면 다 알죠. 애초에 빚 때문에 고민하는 사람은 대개 위험한 곳에서 빌리니까요."

"그럴지도 모르지."

"이 사람이 그 위험한 쪽 사람이에요?"

"어?" 와다쿠라가 허둥지둥 시선을 돌리자 구온 청년의 손에 명함이 들려 있었다.

"하나바타케 미노루. 이거 진짜 이름인가? 좀 웃기네요."

"어라, 그걸 어느 틈에." 와다쿠라는 자기 양복 가슴께를 더듬었다. 안주머니에 넣어 두었던 명함이었다. 하나바타케 미노루라는 이름과 휴대전화 번호만 적혀 있을 뿐, 직함은 없다.

"아까 떨어져 있었어요." 구온 청년이 말했다.

"그건 내가 잘 가는 카지노……."

"카지노! 라스베이거스요?"

"아니, 도쿄." 와다쿠라는 어디까지 말해야 할지, 구온 청년과 얼마나 친해져도 되는지 판단이 서지 않아 우물쭈물했다.

"법률적으로는 안 되는 거죠?" 구온 청년은 어째선지 기뻐 보였다.

"맞아, 합법은 아닌 가게야." 와다쿠라는 그렇게 말하며 룰렛이나 슬롯머신이 있는, 흔히들 상상하는 그런 카지노라고 설명을 덧붙였다.

"좋겠다, 거기 저도 갈 수 있어요?"

"아니." 와다쿠라는 바로 손을 저었다. "소개해 줄 사람이 필요해."

"어떻게 못 속여요?"

"입구에서 체크해. 나도 처음에는 거래처 사장이 데려가 준 게 계기였어." 생각해 보면 그 사장은 누군가를 자기와 똑같은 고통 속에 빠뜨리고 싶었는지도 모른다. 도박을 좋아하는 와다쿠라는 절호의 표적이었던 셈이다.

"그럼 와다쿠라 씨가 소개해 줘요."

"자네 같은 젊은이가 갈 곳이 못 돼."

"나 같은 젊은이는 어디든 가 봐야 한다고요. 그럼 어떤 사람들이 손님인데요? 직함이 필요해요?"

"꼭 그런 건 아니야. 미용사도 있고, 대학교수도 있고, 소극장 오너도 있어."

"소극장 오너라니 어느 극장요?"

"그 사람도 참 별나." 와다쿠라는 그 오너를 떠올리며 말했다. "잔소리 말고 한판 붙어"라는 기세등등한 말을 입에 달고 사는 주제에 패색이 짙어지면 "심장이!" 하고 난동을 부리며 구급차를 부른다.

"성가신 사람이네요."

"당연히 모두 거짓말인 줄 아니까 무시해. 아무도 상대해 주지 않는 것에 또 화가 나서 일전에는 화재경보기를 누르려다가 한바탕 소동이 벌어졌어."

"그런 사람을 왜 출입하게 내버려 두는지 이상하네요."

"다만 예전에 정말로 아팠던 적이 있었어. 역시나 모두 무시했지만 아무리 봐도 연기 같지 않아서 다가가 봤더니 눈이 까뒤집혔더라고."

"양치기 소년이 따로 없군요."

"어쩔 수 없이 내가 막 소리쳐서 겨우 구급차를 불렀지."

"카지노에 경찰이나 구급차를 부르면 위험하잖아요."

"카지노 간판이 있는 것도 아니고 입구가 이중으로 되어 있어서 첫 번째 문을 통과했을 때는 회의실만 보여. 거기까지는 들어와도 들키지 않아. 게다가 아무리 그래도 불이 났을 때 소방차는 불러야 하니까."

"그 소극장 오너는 구급차로 실려 갔어요?"

"별일은 없었던 모양인데, 그 후로도 질리지 않고 카지노에 들락거리나 보더군."

"그럼 이건 그 카지노 경영자 명함이에요? 이 하나바타케라는 사람 말이에요."

"아니, 그 부하 같은 사람이야." 그렇게 말한 와다쿠라는 반사적으로 딱 한 번 만나 보았던 하나바타케의 모습을 떠올렸다. 하나바타케는 "와다쿠라 씨, 빌린 돈은 제대로 갚아야지, 안 그러면 나 같은 사람이 끈질기게 찾아올 거야"라고 말했다. 경박하고 안달복달하는 태도가 괜히 더 찜찜하게 느껴졌다. "다음 주까지 돈을 모아서 전화해. 안 그러면 또 올 거야"라는 말을 남기고 떠났다.

"갚을 방도는 있어요?" 구온 청년이 물었다.

"없지는 않은데."

"아하, 별로 떳떳한 방법이 아니군요."

엘리베이터가 움직였다. 층수 표시를 보니 6층까지 올라가서 멈추었다가 다시 1층으로 내려온다. 구온 청년이 들뜬 기색으로 말했다. "온다."

"잠깐 기다려." 와다쿠라는 빌딩에서 나가 10미터도 채가지 않아서 그를 불러 세웠다. 구마시마 요이치는 걸음을 멈추고 경계하며 고개를 돌렸다. 와다쿠라의 얼굴을 보더니 한순간 눈을 휘둥그레 떴지만 바로 미간을 찌푸렸다. "무슨 일입니까?" 얼굴을 제대로 보니 20대 중반 정도로, 구온 청년보다 몇 살 위로 보였다.

구온 청년이 한 걸음 앞으로 나섰다. "당신, 그저께 밤에 여기 와다쿠라 씨를 습격했지?"

"허!" 남자는 미간을 한층 더 찌푸렸다. "그저께? 무슨 소리야?"

"순순히 인정 못 하겠다?" 구온 청년이 말했다.

이어서 와다쿠라가 그저께 역에서 집으로 돌아가는 길에 공원에서 청년에게 폭행당한 사실을 설명했다.

"그런데 그 남자가 지갑을 떨어뜨렸거든." 구온 청년이 주머니에서 지갑을 꺼내더니 또 초급 영어 회화 예문 같은 소리를 했다. "이것이 그 지갑입니다."

"아." 남자는 흠칫 놀라더니 손을 뻗어 지갑을 낚아챘다. "내 거다."

"안에 치과 진료카드가 있어서 시험 삼아 와 봤어." 구온 청년은 얼굴을 찌푸렸다. "그랬더니 당신이 왔지. 당신이 와다쿠라 씨를 습격한 거야."

구마시마 요이치는 말없이 자기 지갑을 뚫어져라 쳐다보고 있었다. "어이" 하고 입을 비죽거린다. "그거, 내가 아니야."

"어?" 와다쿠라는 얼빠진 목소리를 냈다.

"안 그래도 그저께 전철 안에서 이 지갑을 도둑맞아서 난처한 참이었는데."

"어?" 와다쿠라는 다시 구온 청년의 얼굴을 보면서 말했다. 그러자 구온 청년은 눈을 깜빡거리며 중얼거렸다. "내가 도둑맞은 지갑을 훔친 거야?"

6。

두 사람은 일단 구마시마 요이치에게 사과하고, 조금 이야기를 나눌 수 없겠냐고 물었다. 그는 이대로 설명을 듣지 않고 떠나면 궁금증만 남는다고 생각했는지 조금 망설이다가 수락했다. 와다쿠라가 사과하는 뜻에서 점심을 사겠다고 하자 "아, 그래요, 그럼" 하고 따라왔다.

근처에 있는 호텔 중화요리점으로 들어갔다.

"요컨대 나도 그쪽하고 마찬가지로 피해자야. 지갑을 도둑맞았으니까." 구마시마 요이치는 이해할 수 없다는 표정으로 말했다.

"그렇구나." 구온 청년이 포크로 생선을 자르면서 말했다. "지갑은 어디서 도둑맞았어?"

"그저께 밤, 회사 일을 마치고 돌아가는 전철 안에서."

"회사는 어딘데?"

"그런 것까지 말할 필요는 없잖아?"

"그럼 어느 역, 무슨 노선, 몇 시쯤? 그 정도는 알려 줘." 구온 청년은 끈질겼다. 처음에는 구마시마 요이치도 그 살가운 태도를 불쾌해했지만 성질을 부려 봤자 소용없다고 포기했는지 역 이름과 노선을 알려 주었다. "밤 9시 넘어서였어. 난 일 때문에 지쳐서 문 옆 손잡이를 붙잡고 꾸벅꾸벅 졸고 있었고."

"지갑은 어디에?"

"양복 왼쪽 주머니."

"그렇게 아무렇게나!" 구온 청년의 말투는 부주의를 탓하는 게 아니라 마치 훔치는 입장의 마음으로 군침을 흘리는 것 같았다.

"내릴 역에 도착해서 지갑이 없다는 걸 알았어. 단지 카드나 중요한 건 들어 있지 않아서 어쩔 수 없다고 포기했지."

셋이서 대강 식사를 마쳤을 때 휴대전화가 울렸다. 낯선 소리라 처음에는 무시했는데 구온 청년이 "와다쿠라 씨 전화 아니에요?"라고 해서 당황했다.

양복 주머니에서 휴대전화를 꺼냈다. 역시 아니었다. 하지만 그때 또 하나의 다른 휴대전화가 있다는 것을 깨닫고 가방에 손을 넣었다. 그 휴대전화에서 착신음이 울리고 있었다.

"잠시 실례할게." 구마시마 요이치와 구온 청년에게 양해를 구하고 자리에서 일어났다. 레스토랑 문을 열고 호텔 로비로 나가 전화 통화 버튼을 눌렀다.

"아, 와다쿠라?" 목소리의 주인은 하나바타케였다. 그는 이미 와다쿠라를 허물없이 대했다.

"아." 와다쿠라는 주위를 두리번거렸다.

"넋 놓고 있을 때야? 어이, 당신, 괜찮아? 자기 처지는 알고는 있겠지? 도박을 하려고 돈을 빌려 놓고 못 갚아서 죄송합니다, 그러면 용서해 줄 것 같아? 보통 사람 정신으로는 부끄러워서 못 살아."

"맞는 말씀입니다."

"맞는 말씀 같은 소리 하네. 정신 차려. 부탁한 일은 알고 있겠지?"

"예, 그럼요, 암요. 저, 제가 도울 일이라는 게 카지노 일입니까?" 와다쿠라는 신경 쓰이는 점을 물어보았다. "운전수가 필요한 겁니까?"

"아니야. 미안하지만 우리 일은 훨씬 위험하다고. 위험한 게 좋아? 이번에 자네한테 부탁한 건 다른 녀석들을 돕는 일이야."

"다른 녀석들?"

"우리가 아닌 다른 사람. 알선 같은 거야. 일손을 찾는 녀석들은 많으니까 적당한 사람을 찾아서 우리가 소개해 주는 거지. 인력 파견이라고 생각해."

하나바타케 일당은 그 알선이나 중개로 돈을 버는 걸까?

"싫으면 우리 일을 도울래? 진짜 위험한데."

"위험……합니까?"

"유괴도 하니까."

"유괴요?" 와다쿠라는 그 노골적인 표현에 일순 숨을 삼켰다. "무, 무슨 목적으로."

"우리는 상냥한 사람들이라 단골손님이 '아무개 씨가 사라져 줬으면 좋겠다'거나 '아무개 씨를 한동안 얌전하게 만들어 달라'고 하면 소원을 들어주거든. 왜, 우리 카지노에 VIP 룸이 있는 건 알지? 계단 위 회랑에."

"본 적은 있는데……." 룰렛 기계에 앉아서 시선을 들면 2층 벽에 VIP 간판이 보였던 것 같다.

"거기는 사실 감금실이야." 하나바타케는 자랑스럽다는 듯이 웃었다.

"예?" VIP용이라는 방에 사연 있는 사람들을 감금해 두었다는 게 사실이라면, 이보다 고약한 일이 없다. 도를 넘은 악취미다.

"지금은 기누가와 씨가 봐주고 있으니 당신도 무사한 거지, 너무 건방지게 굴면 VIP 룸에 갈 줄 알아." 하나바타케는 카지노 경영자의 이름을 대며 덧붙였다. "요즘 기누가와 씨 신경이 예민하거든. 누가 자기를 노리는 줄 알아."

"설마."

"우리는 사람들을 부추겨서 범죄도 저지르니까." 하나바타케는 술에 취한 것 같지도 않은데 말이 많았다. "요전에는 어느 아저씨한테 유괴를 해 보라고 미끼를 던지니까 덜컥 물던데, 뭐, 우리한테 걸리면 뭐든 위험해."

카지노 경영자의 모습을 상상한 와다쿠라는 무서워졌다.

"그러니 내가 살짝 '와다쿠라라는 작자가 뭔가 꾸미는 것 같습니다' 하고 기누가와 씨한테 말하면 당신은 바로 저 세상이야."

"그런……." 중학생 고자질 같아 기가 막혔다.

"뭐, 기누가와 씨는 묘하게 남을 잘 믿는 구석도 있으니까." 하나바타케는 와다쿠라에게 하는 말이 아니라 혼잣말처럼 중얼거렸다. "어쩌면 자네도 마음에 쏙 들면 믿어 줄지도 몰라."

"사양하겠습니다."

기누가와의 카지노에서는 입장할 때 입구에서 얼굴 사진을 찍는다. 속임수를 쓰거나 빚을 떼어먹으려는 손님이 있으면 그 사진을 단서로 집요하게 추적한다는 소문도 들었다. 어쩌면 좋지, 이제 달아날 수 없어. 와다쿠라는 가슴속으로 숨을 토해 내는 게 고작이었다.

중화요리점 테이블로 돌아가니 구마시마 요이치는 이미 보이지 않았다. 전화 통화에 10분 넘게 걸렸으니 기다리다가 넌더리가 났는지도 모른다.

"실컷 먹어 치우고는 달아나듯 돌아갔어요." 구온 청년이 어깨를 으쓱했다.

"그래." 와다쿠라는 자리에 앉아 한숨을 쉬었다. "설마 그 사람도 피해자일 줄은 몰랐어. 범인은 구마시마 요이치의 지갑을 훔친 다음 나를 습격한 거로군. 요컨대 그 사람도 나와 마찬가지로 털 깎인 양 같은 신세였던 거야."

"이로써 와다쿠라 씨의 분노를 풀 길이 사라졌네요."

"어쩔 수 없지." 와다쿠라는 어깨를 늘어뜨렸다. "어쩔 수 없는 불행은 많아. 나는 그런 불행을 짊어질 팔자야."

"비관적이네요. 그렇게 음침한 소리를 하면 정말 망해요. 자, 제 것도 드릴게요." 구온 청년이 밝은 목소리로 말하며 접시를 건넸다. 탕수육이 담겨 있었는지 파인애플이 남아 있었다. "그거라도 먹고 힘내요."

"자네가 이 파인애플을 가려서 그러는 건 아니겠지?"

"너무하네요. 진짜 좋아하는 거라고요." 그렇게 말하는 구온 청년의 입매는 누가 봐도 거짓말을 하고 있었다.

7.

사흘이 지났다. "과장님, 뭘 보고 계세요?" 사무실에서 그런 말을 듣고야 책상 앞에 부하가 서 있다는 것을 깨달았다. "그건 어디 지도예요?"

와다쿠라는 자기가 펼쳐 놓은 주택가 지도를 보고 얼굴을 찌푸리며 거짓말을 했다. "이번에 차로 가야 해서 길을 확인하고 있었어."

"아, 힘드시겠다." 부하 남자 직원은 감정이 깃들지 않은 목소리로 대꾸했다. "이거, 내일 자료입니다. 확인 부탁드립니다. 그리고 이번에 거래처 사원을 모아 연수할 장소 말씀인데."

"답사 다녀와." 와다쿠라는 그렇게 지시했다.

"역시 그래야 할까요?"

"무슨 일이든 사전 준비가 필요해."

부하는 눈빛으로 '와다쿠라 씨는 잔걱정이 많다니까요'라고 말하고는 제자리로 돌아갔다.

구온 청년을 만난 것은 그날 점심때였다. 붐비는 엘리베이터를 타고 회사 밖으로 나가는데 누가 어깨를 두드렸다. "기막힌 우연이네요. 와다쿠라 씨, 여기서 일해요?"

"아아." 와다쿠라는 당황하면서도 그렇게 대답했다.

"마침 여기에 점심을 먹으러 왔는데, 와다쿠라 씨 같은 사람이 보여서 불러 봤어요." 구온 청년이 구김살 없이 말했다.

"어디까지나 우연이야."

이것도 인연이니 함께 점심이나 먹을까요, 하고 여전히 나이 차를 무시한 살가운 말투로 와다쿠라를 꼬드겼다.

"와다쿠라 씨가 죽었으면 어쩌나 했는데." 구온 청년이 메밀국수를 장국에 담그면서 진지한 표정으로 말했다. 회사에서 몇 건물 떨어진 상업 빌딩 2층의 국숫집이었다.

"불길한 소리도 정도껏 해." 와다쿠라는 웃는 수밖에 없었다. "며칠 사이에 내가 왜 죽겠어?"

"하지만 빚 문제도 그렇고, 공원에서 습격도 당해서 기운이 없었잖아요. 연약한 양은 별것 아닌 일로도 쓰러지니까요."

"괜찮아. 옛날부터 약했으니 이번이라고 다를 것도 없어."

"그래서 말인데요." 구온 청년이 목소리를 살짝 높였다. "실은 아직 의심하고 있거든요." 그렇게 말하더니 지나가던 점원에게 국숫물을 달라고 했다.

"의심해?"

"그 구마시마 요이치란 사람이 정말 단순한 피해자인지 의심스러워요."

"하지만."

"그 사람 말이 사실이라면 구마시마 요이치에게서 지갑을 훔친 남자가 그 후 와다쿠라 씨를 공원에서 습격했고, 다시 제가 그 지갑을 훔쳤다는 뜻이잖아요."

"그렇지. 엄밀하게 말하면 자네는 지갑을 훔친 게 아니라 주운 거지만."

"참, 그랬지, 주웠지." 구온 청년은 미소를 지었다. "그런데 제가 보기에 소매치기가 직접 사람을 습격할 것 같진 않거든요. 종목이 다르니까."

"종목?"

"빈틈을 노려 몰래 빼 가는 소매치기에 비해서 공원에서 폭력을 휘두르는 건 마음가짐도 다르고 필요한 스킬도 다르잖아요. 서로 완전히 다른 일이에요."

"위법이라는 의미에서는 똑같잖아."

"소매치기하고 와다쿠라 씨를 습격한 사람은 다른 사람 같아요. 멀리뛰기 선수가 투포환을 하지 않는 것과 마찬가지죠."

"멀리뛰기하고 100미터 달리기 둘 다 기록을 보유한 선수가 있지 않았나?"

"그러면 할 말이 없는데." 구온 청년은 웃음을 터뜨리더니 따지자면 나는 그런 타입이지만, 하고 웅얼거렸다. "어쨌거나 구마시마 요이치는 거짓말을 하고 있어요."

"거짓말?"

"그 사람은 딱히 지갑을 도둑맞았던 게 아니라는 말이에요. 공원에서 와다쿠라 씨를 습격한 건 역시 그 사람이에요. 치과에서 나온 그 사람에게 우리가 말을 거니 잠시 당황했지만, 와다쿠라 씨도 범인의 얼굴을 알아보지는 못할 거라 짐작하고 자기도 피해자 시늉을 하기로 한 거죠. 그런 느낌이 들어요."

"느낌이 든다고 해도." 와다쿠라는 대답할 말이 없었다.

166

"그 젊은이가 결국 나를 습격했다는 거야?"

그럴 수도 있다고 생각하면서 무심코 오른쪽 앞자리를 쳐다보던 와다쿠라는 흠칫 놀랐다. 몸이 움찔 떨렸다.

"왜 그래요?" 와다쿠라의 시선을 알아차렸는지 구온 청년의 눈매가 날카로워졌다.

"우연인가?" 와다쿠라는 중얼거렸다. 머리가 멍하다. 젓가락을 쥔 손이 멈췄다. "내 쪽에서 볼 때 오른편 안쪽 자리에 그 남자가 앉아 있어."

"그 남자?"

"구마시마 요이치가 저쪽 자리에."

"호오." 구온 청년은 별로 놀란 기색도 없이 오히려 유쾌하다는 듯이 미소를 지었다. "혼자예요?"

"아니, 여자하고 같이 있어." 등을 돌리고 있어 용모는 확인할 수 없지만 중년인지 20대인지 모를, 검은 머리카락을 어깨까지 늘어뜨린 여성이었다.

바로 그때 구마시마 요이치가 자리에서 일어섰다. 지갑을 들고 출구로 향했다. 같이 있던 여성도 당연히 뒤를 따랐다. 계산대는 와다쿠라가 앉아 있는 테이블 오른편에 있어, 고개를 살짝 돌리니 눈에 들어왔다. 구온 청년도 오른팔을 테이블에 얹어 팔꿈치를 괸 자세로 계산대를 쳐다보았다.

"정말이네, 구마시마 요이치네요." 작은 목소리로 말했다. "함께 있는 여자는 누굴까요?"

와다쿠라는 동요를 들키지 않으려고 애썼다.

"애인인가? 조금 수수하니 얌전해 보이는 여자네요." 구온 청년이 와다쿠라의 얼굴을 들여다보았다. "저희는 못 본 것 같아요."

와다쿠라는 머릿속이 혼란스러웠다. 눈을 몇 번 껌뻑거리고 계산대를 보았지만 상황을 이해할 수 없었다. 저 여자. 구마시마 요이치와 함께 있는 여자의 낯이 익었다. 저 여자하고 구마시마 요이치가 어째서 함께 있지? 의문이 머릿속을 맴돌았다.

"왜 그래요?"

"역시 저 남자가 날 습격했던 걸까?" 미간을 찌푸렸다.

"쫓아가 볼래요?" 구온 청년은 그렇게 말하기가 무섭게 테이블 위의 전표를 움켜쥐었다.

8.

국숫집이 있는 빌딩에서 나온 와다쿠라와 구온 청년은 인도로 나와 좌우를 살폈다. 먼저 엘리베이터로 내려간 구마시마 요이치와 여자는 어느 쪽으로 갔을까?

"놓쳤다." 구온 청년이 작은 한숨을 쉬었다. "모처럼 발견했는데. 함께 있는 여자는 어떤 사람이었어요?"

와다쿠라는 얼굴을 찌푸렸다. "모르는 여자였어"라고 거짓말을 했다. 그리고 왼팔에 찬 시계를 보았다. "아차, 시간이 다 됐네. 오후에 회의가 있어."

구온 청년은 낙담한 기색은 아니었지만 "아쉽네요"라고 말했다.

이튿날은 휴일이었다. 와다쿠라는 자가용으로 혼자 오래된 주택가로 향했다. 한 번 가 본 적이 있는 곳이라 길을 헤매지는 않았다. 전에 왔을 때와 마찬가지로 상점가 옆을 지나 7층짜리 벽돌색 아파트가 늘어서 있는 곳으로 가서 뒤편으로 돌아가 차를 세웠다. 나란히 있는 아파트 세 동 중에서 맨 끝의 한 동으로 향했다. 전에 왔을 때는 밤이었는데 지금은 낮이라 인상이 조금 달랐다.

아파트는 어딘가 지저분했다. 통행인도 그럭저럭 있고 길가에 정차하는 차도 많다.

와다쿠라는 아파트 우편함 앞까지 가서 어쩌나 고민했다. 어떤 계산이나 계획이 있어서 온 건 아니었다. 그저 구마시마 요이치와 그 여자가 함께 국숫집에 있었다는 사실이 혼란스러웠다. 애초에 그 여자가 누군지도 모른다. 그 여자를 만나 이야기를 들어 봐야 한다는 생각에 차를 몰아 달려왔지만, 그렇다고 불쑥 집을 찾아갈 용기도 없었다.

발소리가 들려 와다쿠라는 계단 옆 좁은 공간에 몸을 숨겼다. 아파트 입구에서 똑바로 걸어오는 사람이 보였다. 숨는 게 더 수상하다는 사실을 숨고 나서야 깨닫고 얼굴이 화끈거렸다. 사람이 지나갈 때까지 기다리기로 했다. 두 사람인 것 같았는데, 여자 말소리가 귀에 들어왔다. "그 남자 대체 뭘까?"

"이해가 안 가, 나한테 맞고 정신 차렸을 줄 알았는데."

"태연한 얼굴로 국숫집에도 왔던데, 잘 모르는 것 아니야? 오싹하고 무서워."

"그러게. 난 내일부터 출장인데. 걱정스러우니 문단속 잘 해."

두 사람의 목소리는 엘리베이터 안으로 사라졌다. 남자의 목소리는 분명 구마시마 요이치였다. 여자는 아마 이 아파트에 사는 그 여자다. 지금 그들이 말한 '오싹한 남자'가 누구를 가리키는지 싫어도 알 수 있었다. 와다쿠라이리라.

엘리베이터에 뒤따라 탈 용기를 잃고 그대로 아파트를 뒤로했다.

"뭘 하는 거야, 난. 뭘 하는 거야, 난." 돌아오는 차 안에서 몇 번이나 말했다.

9.

이튿날, 예정대로 회사를 쉰 와다쿠라는 점심 지나서 일어났다. 전날 밤 아파트와 그 여자, 구마시마 요이치의 문제로 골머리를 앓았더니 잠이 오지 않았다. 더군다나 그가 해야 할 일에 대한 의심과 의문, 긴장 때문에 좀처럼 잠들 수 없었다.

밤에 한 번, 하나바타케로부터 전화가 왔다. "알고 있지? 내일이다." 협박에 가까운 확인에 와다쿠라는 "예, 물론입니다"라고 대답했다.

일어나도 식욕이 없어 일단 입고 갈 옷을 고민하다가 익숙하지 않은 평상복보다 양복이 낫겠다고 판단했다.

오후 2시, 맨션을 나섰다. 주차장으로 가서 하얀 세단에 올라탔다. 시동을 걸고 출발하려는데 지도가 없었다. 그뿐이랴, 휴대전화도 놓고 나왔다. 이럴 수가. 한심한 꼴을 한탄하며 헐레벌떡 집으로 돌아갔다. 가쁜 숨을 몰아쉬며 다시 차로 돌아오는데 조수석에 낯익은 얼굴이 앉아 있었다.

"기막힌 우연이네요, 와다쿠라 씨." 안전벨트를 매면서 구온 청년이 손을 흔들었다.

상황을 이해할 수 없었다. "어떻게?" 운전석에 올라타며 물었다.

"와다쿠라 씨를 만나고 싶었는데 마침 잘됐어요, 이렇게 만나서."

"내가 사는 곳을 어떻게 알았어?"

"그보다." 구온 청년의 말투는 온화했지만 일방적이었

다. "와다쿠라 씨는 어디 가요? 양복까지 입고."

"회사야." 와다쿠라는 태연하게 거짓말을 했다.

구온 청년은 침착했다. "이런 시간에? 실은 와다쿠라 씨 회사에 전화해 봤거든요. 아들인 척하고."

"뭐라고?"

"회사 사람이 와다쿠라 씨는 오늘 휴일이라고 말해 줬어요. 그래서 여기로 와 봤죠. 그런데 와다쿠라 씨가 양복 차림으로 외출하려는 것 같아서." 그래서 조수석에 올라탔다고 당연하다는 듯이 말했다.

"여기는 어떻게?"

구온 청년은 그런 게 뭐 중요해요, 하고 웃더니 시계를 가리켰다. "그보다 출발 안 해요?"

"아." 와다쿠라는 저도 모르게 외마디 소리를 내고 액셀을 밟았다. 사거리에서 꺾다가 문득 깨닫고 조수석을 보았다. "시간이 없다는 건 어떻게 알았어?"

"대충 말해 본 건데요. 와다쿠라 씨, 뭔가 약속이 있나 보군요."

와다쿠라는 쓴웃음을 지으며 핸들을 꺾었다. "중간에 내려."

"내리는 건 괜찮은데 그 전에 알고 싶은 게 있어요."

"알고 싶은 것?"

"그래서 만나러 온 거예요. 개요는 알겠는데 자세한 부분을 하나도 몰라서 영 찜찜하거든요."

"개요?" 와다쿠라는 그만 힘껏 브레이크를 밟을 뻔했다. "나는 개요조차 모르겠던데."

"이 진상의 열쇠를 쥐고 있는 건 와다쿠라 씨예요." 구온 청년은 장기의 다음 수를 고민하듯 끙끙거렸다. "와다쿠라 씨가 시치미를 떼는 것 같지는 않고."

"시치미? 내가?"

"좋았어!" 구온 청년이 결심한 듯 외쳤다. "그럼 내가 아는 걸 말해 볼 테니 맞는지 틀렸는지 와다쿠라 씨가 대답해 줘요."

"내가 어떻게 판단할 수 있어?" 그렇게 말하며 차선을 바꾸었다. 앞쪽에 브레이크 등이 깜빡거리는 차들의 행렬이 보였다. 길이 막히나? 조금 걱정되었다.

"지금 바빠요? 만약에 괜찮으면 차를 세우고 이야기하고 싶은데."

"별로 여유는 없어."

"그럼 이대로 이야기하죠." 구온 청년은 몸을 살짝 틀고 안전벨트를 조절했다. "일단 와다쿠라 씨는 얼마 전에 공원에서 습격을 당했어요."

"그건 틀림없는 사실이야."

"그 범인은 구마시마 요이치예요."

"어, 그래?"

"내 생각이 맞았어요. 지갑을 도둑맞았다는 건 거짓말이었어요. 역시 소매치기가 공원에서 사람을 덮칠 리 없거든요. 종목이 다르니까."

"그걸 어떻게 알아?"

"구마시마 요이치에게 직접 물어봤으니까요." 간단하잖아요, 하고 구온 청년이 말했다.

"어? 언제, 어떻게?"

"와다쿠라 씨도 사실을 말해 줘요." 구온 청년이 담담하게 말을 이어 나갔다. "와다쿠라 씨는 왜 그 여자를 쫓아다녔어요?"

"그 여자?" 시치미를 뗄 생각은 아니었다. 처음에는 정말 무슨 말인지 몰라 되묻고 말았다. 뒤늦게 구마시마 요이치와 함께 있던 '그 여자'라는 것을 깨달았다.

"와다쿠라 씨는 그 여자를 쫓아다녔잖아요. 구마시마 요이치는 그 여자의 애인이래요."

"애인?"

"네. 와다쿠라 씨가 그 여자를 쫓아다니니까 구마시마 요이치는 불안해진 거예요. 당연하잖아요, 자기 애인을 쫓아다니는 사람이 있으면 화도 나고 걱정도 되겠죠."

"그래서 나를 공격한 거야?"

"뭐, 아무리 와다쿠라 씨가 수상해도 주먹질 발길질은 나쁘지만."

"그걸 자네는 언제 구마시마 요이치에게 물은 거야?"

"중화요리점에서 구마시마 요이치하고 이야기했을 때요. 식사를 하고 와다쿠라 씨가 전화하러 자리를 떴잖아요. 그때 슬쩍 떠봤죠. '뭔가 원한이라도 있어? 사실 나도 와다쿠라 씨 때문에 힘들어'라고."

"언제 내가 자네를 힘들게 했어?"

"'적군의 적은 아군' 작전이에요. 이게 효과가 좋거든요. 그 사람도 그래서 털어놨죠. 그날 와다쿠라 씨가 그 여자를 미행했다면서요. 그래서 그 사람도 반대로 뒤를 쫓아와서 공원에서 습격했던 거래요."

얻어맞았던 뺨이 이제 와서 다시 아파 왔다. 고민에 빠지면 길을 잃을 것 같아 필사적으로 집중력을 유지했다.

"그러니까 와다쿠라 씨도 알려 줘요. 애초에 왜 그 여자를 쫓아다녔는지."

"그 국숫집에서는 어떻게 된 거였어?"

"그건 제가 구마시마 요이치에게 부탁했던 거예요. 그 여자를 본 와다쿠라 씨가 어떻게 반응할지 알고 싶어서 일부러 와 달라고 했어요. 평일이었지만."

그때 나를 관찰했다는 건가? 와다쿠라는 그날 구온 청년의 모습을 떠올리려 했지만 마음대로 되지 않았다.

"그 여자를 아느냐고 물었더니 와다쿠라 씨는 모른다고 했어요. 하지만 유감스럽게도 누가 봐도 거짓말을 하는 얼굴이었어요. 나루세 씨가 아니더라도 금방 알 수 있을 정도로, 너무 알기 쉬웠어요."

구온 청년의 말에 튀어나온 '나루세 씨'가 누구를 가리키는지 짐작도 가지 않았지만, 어쨌거나 와다쿠라를 의심하고 있었다는 건 이해할 수 있었다.

"쫓아다녔다고 해 봤자 두 번뿐이었어." 솔직하게 털어놓았다.

"그 여자를 조사하려고 했던 거예요?"

"그렇다고 할 수도 있겠지." 그 여자가 누군지 궁금했다.

그러자 구온 청년이 전부 알겠다는 표정으로 고개를 끄덕거리다가 입을 열었다. "혹시 와다쿠라 씨, 그 강도단하고 한패 아니에요?"

와다쿠라는 깜짝 놀란 나머지 짤막한 비명을 지르고 때마침 왼쪽에 보이는 슈퍼마켓 주차장에 차를 넣었다. "강도단?"

타이어가 모래를 밟는 소리가 났다.

10.

"강도단? 그게 뭔가?" 와다쿠라는 차를 난폭하게 세우자마자 구온 청년에게 침을 튀기며 물었다.

"어라?" 구온 청년은 웃으며 침을 닦아 내더니 어리둥절

176

한 표정으로 물었다. "아니에요?"

"대체 무슨 소리야?"

"난 분명 와다쿠라 씨가 강도질하러 들어갈 집을 조사하는 줄 알았는데."

"강도질하러 들어갈 집?"

"전에 잡지 기사에 나왔잖아요. 요코하마에서 벌어지고 있는 무단 침입 강도 사건. 아파트에 침입해 피해자를 꽁꽁 묶어 두고 금품을 훔쳐 간대요. 저번에는 급기야 살인까지 저질렀다던데." 구온 청년은 새의 생태를 말하듯 태평하게 말했다. "실은 전에 그런 사람을 본 적이 있거든요."

"그런 사람이라니?"

"빚 때문에 빈털터리가 된 사람이 있었는데, 그 빚을 갚으려고 억지로 범죄를 도왔어요. 그때는 현금 수송차를 습격했어요. 지미치 씨하고 하야시 씨라는 사람들이었는데, 간자키 씨라는 남자가 시키는 대로 했죠."

"하야시 씨? 간자키 씨?" 알지 못하는 이름이 줄줄이 튀어나와 와다쿠라는 이야기를 따라갈 수 없었다.

"그러니까 와다쿠라 씨도 빚을 갚으려고 수상한 일을 돕는 게 아닐까, 그런 줄로만 알았는데."

"나는 아무것도 몰라. 오늘 차로 아파트 뒤쪽에 가 있으라는 말만 들었을 뿐이야."

오후 3시에 그 아파트 옆으로 가라는 지시였다.

"아파트라니, 그 여자가 사는 곳요?"

"그래."

"아하." 구온 청년이 손가락을 튕겼다. "역시 와다쿠라 씨는 운전 담당이었어."

"운전 담당?"

"집에 침입하는 강도가 있고, 그걸 차에 태워 피신시키는 사람이 있는 거죠. 분담제인 거예요. 이번에는 그게 와다쿠라 씨의 역할인 거죠. 와다쿠라 씨도 이게 평범한 일이 아니라는 건 알고 있었죠?"

"빚을 갚는 대신 일을 도우라는 말을 들었을 뿐이야." 하나바타케가 명령했다. 며칠 전 통화 내용에 따르면 하나바타케 일당의 카지노가 직접 얽혀 있는 건 아닌 듯했지만 어쨌거나 그들이 어느 누군가에게 와다쿠라를 알선한 것이다. "정말 그런 거야? 이게 강도를 돕는 거야?"

"그럼 가 볼까요?" 구온 청년이 말했다.

"가 보다니? 자네는 안 내릴 건가?"

"안 내려요. 재미있어 보이잖아요." 구온 청년이 겁도 내지 않고 태연히 말했다. "심심하니까. 그리고 와다쿠라 씨가 험한 일을 당할 것 같으면 내가 어떻게든 해 줄게요."

와다쿠라는 차도로 다시 합류해 차선이 늘어나는 곳에서 앞쪽 차량을 추월했다. 서두르면 아직 괜찮다. 구온 청년을 어떻게 해야 할지는 판단이 서지 않았다.

하지만 곧 길이 막혀 와다쿠라는 고개를 푹 떨구었다. 마음은 급했지만 차들이 꼼짝도 하지 않았다. "안 돼." 핸들에 고개를 묻었다. "늦었어."

"이 시간대는 길이 막히나 봐요."

"일전에 미리 그 아파트를 보러 갔을 때는 훨씬 원활했는데."

"아, 그렇지, 그때 그 여자를 미행했죠?"

"그래." 와다쿠라는 시인했다. "지시받은 내용 중에 아파트 이름과 집 호수도 있었거든. 당일 그 집에서 나온 남자를 차에 태우라고."

"집 호수?"

"처음에는 무조건 아파트에서 나온 남자를 태우라고 했지만, 그런 지시로는 실수를 저지를 것 같았거든. 위에서 두 번째, 오른쪽에서 세 번째 집이라고는 했는데, 차를 세우고 밑에서 올려다보면 모를 수도 있잖아. 그래서 집 호수를 알려 달라고 했지."

"그래서 신경 쓰여서 그 집을 미리 보러 갔다는 거예요?"

"사전 답사는 어떤 일에서나 중요해." 와다쿠라는 부하에게 말하듯 이야기했다. "가 봤더니 그 집에서 나오는 여자가 보였어. 신경 쓰여서 뒤를 쫓아가 봤지."

"왜 신경 쓰였어요?"

"아마도." 와다쿠라는 침을 꿀꺽 삼켰다. "아마도 마음속 어딘가에서 내가 범죄를 돕고 있는 게 아닐까 하는 예감이 있었던 거겠지."

"그 여자에게 뭔가 위험한 일에 휘말렸다고 알려 줄 작정이었어요?"

"아니." 솔직하게 부정했다. 여자에게 충고할 만큼 친절하지는 않았다.

"결국 그 애인에게 얻어맞기만 했네요."

"그건 두 번째로 미행한 날이야. 역시 마음에 걸려서 그날, 그 여자를 다시 한번 쫓아가 봤거든. 아마 그러고 나서 돌아오는 길에 반대로 구마시마 요이치에게 미행당한 거겠지. 그건 그렇고 지금쯤 그 여자의 집에 강도가 쳐들어갔을까?"

"가능성은 높아요. 범인은 와다쿠라 씨의 차가 오기를 이제나저제나 기다리고 있을지도 모르죠."

"어떻게 해야 하지?" 와다쿠라는 차로 빼곡한 차도를 절망적인 기분으로 바라보며 한숨을 쉬었다. "이젠 늦었어."

"꼭 시간에 맞춰야 해요?" 구온 청년이 운전석의 와다쿠라를 보았다. "시간에 딱 맞출 필요는 없잖아요. 강도범의 도주를 돕는 것뿐인데."

"하지만." 그러면 내 빚은 어떻게 되지?

"어떻게든 되겠죠."

"어떻게든 될 것 같지 않아."

구온 청년은 전혀 당황하지 않고 "라디오 뉴스에 사건 소식 안 나오나" 하고 라디오 스위치를 켰다. 잡음이 지나가고 목소리가 나왔다. 설마 싶었는데 그 라디오에서 지금 향하고 있는 목적지인 동네 이름이 나와서 와다쿠라는 황급히 음량을 키웠다. "옥상에서 경찰에 포위당한 범인은 방금 전 무사히 체포되었고, 인질로 잡혔던 몬마 다카유키 씨도 부상 없이"라는 말이 흘러나왔다.

"내가 지금 가려는 곳 바로 근처야." 와다쿠라가 말했다.

"어, 그래요?" 구온 청년의 말이 끝나자마자 뉴스가 이어졌다. 그 사건이 벌어진 아파트 바로 옆 건물에서 다른 강도범도 체포되었다고 아나운서가 말했다. 여성이 있는 집에 침입해 피해자를 묶고 돈을 훔쳐 가려 했다고 한다.

"이게, 내가 지시받은 아파트야."

"와다쿠라 씨의 동료가 체포된 거예요?"

"동료는 아니지만." 아직 상황을 제대로 파악하지 못한 와다쿠라는 작은 목소리로 중얼거렸다. "정말 범인이 붙잡힌 건가?"

"다행이에요." 구온 청년은 이를 씩 드러냈다. "피해 여성도 무사한 것 같고. 와다쿠라 씨도 공범이 되기 전에 끝났고. 어쨌거나 와다쿠라 씨는 이제 거기에 가지 않아도 된다는 뜻이잖아요."

"한발 늦었어."

"강도는 체포되었어요. 그 꽃밭인지 하나바타케♥인지 하는 사람한테 말하면 이해해 주지 않겠어요?"

와다쿠라는 머리가 멍했다. "그럴까?"

"미풍이 아니라 아예 바람이 멎어 버렸네요."

구온 청년은 이제 다 끝났으니 갈 필요 없다고 했지만 와다쿠라는 그 아파트로 향했다. 하지만 도착했을 때 이미 주변에 방송국 카메라와 경찰차가 뒤엉켜 있어 다가갈 수 없었다.

"이제 난 어떻게 될까." 돌아가는 차 안에서 와다쿠라는 무심코 중얼거렸다.

"적어도 범죄에 가담하지 않고 끝났잖아요." 구온 청년은 그렇게 말하더니 와다쿠라에게 물었다. "그런데 와다쿠라 씨가 했던 도박은 어디서 하는 거예요? 분명 그 카지노에는 현금도 잔뜩 있겠죠?"

"있겠지. 내 돈은 아니지만."

"그렇구나." 구온 청년은 그러더니 뭔가 고민하는 표정으로 침묵했다.

구온 청년과는 와다쿠라의 집 근처, 처음 만난 공원 근처에서 헤어졌다. 손을 흔드는 그를 남겨 두고 와다쿠라는

♥ 하나바타케는 일본어로 꽃밭이라는 뜻이다.

차로 자택 맨션에 돌아왔다.

맨션으로 돌아가면 경찰이 집 앞에서 기다리고 있다가 한패인 것 다 안다며 손을 잡아끄는 게 아닐까, 혹은 유리창을 검게 칠한 고급 차 앞에서 하나바타케가 "와다쿠라, 왜 시키는 대로 안 했어? 너 때문에 우리 패가 붙잡혔잖아! 어쩔 수 없지, 이제 유괴를 해 줘야겠어" 하고 멱살을 잡고 으름장을 놓는 게 아닐까 두려웠지만, 막상 돌아가 보니 아무 일도 없었다.

여전히 실내는 쥐 죽은 듯 고요했고 부재중 메시지도, 우편물도 없었다.

불을 켜고 털썩 주저앉자 갑자기 피로가 몰려왔다.

"역시 괜찮지 않았네." 헤어진 아내의 말을 떠올리며 와다쿠라는 중얼거렸다.

초읽기라고 생각했다. 시기의 차이일 뿐, 결국엔 막다른 곳에 몰린다. 무엇이? 내 인생이. 하나바타케는 다시 찾아올 테고 다른 남자가 빚을 독촉하러 올지도 모른다. 어쩌면 강도 사건을 계기로 기누가와가 운영하는 카지노의 존재가 발각되어 거기 다니던 와다쿠라도 체포당할지 모른다. 가능성은 있다. 이제 끝장이다.

11.

예상과 달리 그 후로 몇 주 동안, 와다쿠라의 일상은 변함없이 이어졌다. 경찰은 그렇다 쳐도 하나바타케의 연락도 없다니 뜻밖이었다. 아마 그들도 와다쿠라 한 사람에게 신경 쓸 정도로 한가하지는 않을 거라는 사실을 겨우 깨닫기 시작했을 무렵, 맨션을 찾아온 사람이 있었다. 초인종 소리에 일어나 조심스레 문을 열자 거기에는 구온 청년이 서 있었다.

"와다쿠라 씨, 컨디션은 어때요?" 마치 이제 나설 차례입니다, 라는 듯한 말투였다. "카지노에 대해 알려 줘요. 그때 말했던 카지노요."

제2장

악당들은 과거의 실수를 교훈 삼아
대책을 세우지만,
은행을 습격한 뒤에 문제를 깨닫는다

'한번 물리면 다음에는 조심한다'

나루세 1

작업 ① 무언가를 하는 것. 해야 하는 일. 특히 직업, 업무를 뜻한다. ② 무언가를 만들어 내서 하는 일. 또는 나쁜 짓. ③ 힘이 작용해 물체가 이동할 때, 물체가 이동한 방향의 힘과 이동한 거리의 면적을 힘이 물체에 작용한 작업으로 본다. 단위는 줄joule. "자네 ○○은 몇 줄인가?"

"자, 여러분." 카운터 위에서 말하는 교노의 목소리를 어깨 너머로 들으며 나루세는 의자에 앉은 남자 앞에 섰다. 상대의 이름은 미리 조사해 두었다. "야마모토 계장, 열쇠를." 그렇게 말하며 모델건을 겨누었다. 사전 답사 때 보았던 야마모토 계장은 플로어 구석에서 부하인 여성 행원을 꾸짖고 있었는데, 지금은 창백한 얼굴로 손을 벌벌 떨며 얌전히 열쇠를 내밀었다. 허세를 부리면서도 겁을 숨기지 못하는 시바견이다.

"이제 1분이 지났습니다." 교노의 혀는 매끄러웠다. 은행 안에 있는 고객들은 조용했다. "앞으로 4분의 시간을 더 할애해 주십시오."

나루세는 고개를 돌려 은행 안을 둘러보았다. 야마모토 계장이 엉거주춤한 자세로 로비로 나갔다. 행원 모두 이동했다. 행원을 제외하고 고객은 전부 스무 명 정도였다. 양복을 입은 사람, 젊은 남녀, 백발 여성, 모두 그 자리에 주저

앉아 권총을 휘두르는 교노를 보고 있다.

시선을 왼쪽에서 오른쪽으로 쭉 돌려 그들의 얼굴을 한 차례 훑어보았다. 겁먹은 사람은 상관없다. 문제는 패닉에 빠진 행원 혹은 트러블에 휘말려도 냉정하고 침착하게 달아나려는 손님이다. 그런 사람들을 관찰해서 구분해 내야 한다.

맞은편 오른쪽, 현금인출기 옆, 통장 정리기 옆에 우뚝 서 있는 남녀가 눈에 들어왔다. 창백하게 질린 20대 여성과 그 뒤에 바싹 붙어 있는 남자였다. 남자는 짙은 녹색 니트 모자를 쓰고 선글라스를 끼고 있다. 상당히 왜소해서 처음에는 아이가 어른 흉내를 내는 줄 알았는데 아닌 것 같다. 여성의 얼굴이 왠지 낯익었다. 아는 사이는 아니다. 어디서 봤는지 고민했지만 생각나지 않았다.

로비를 활보하며 경찰봉을 휘둘러 방범 카메라를 부수던 구온이 그 두 사람 곁을 지나면서 "앉아"라고 말하며 살짝 부딪쳤다. 그리고 바람처럼 카운터를 뛰어넘어 나루세 앞에 선 그에게 열쇠를 던졌다. "오케이." 구온은 보스턴백을 어깨에 멘 채로 오른손으로 열쇠를 받았다.

카운터 위에서는 교노의 연설이 이미 시작되었다.

"1876년, 전화 발명에 성공한 알렉산더 그레이엄 벨은 '여보세요'라고 말했습니다. '여보세요, 들리십니까?'라고요. 1961년, 우주비행사 가가린은 우주선 창을 보며 '지구는 파랬다'라고 말했고, 1932년 5·15 사건 때♥ 살해당한 이누카이 쓰요시는 '대화로 풀자'라는 말을 남겼습니다. 나아가 아인슈타인은 그 유명한 '훌륭한 농담은 한 번으로 족하다'라는 말을 했고, 1982년에는 유명한 외계인이 이런 말을 했습니다. 'E. T. 집으로 간다.' 그리고 240초 후에 여기 있는 여러분은 아마도 이렇게 말할 것입니다. '나는 은행 강도를 보았다!'" 교노는 숨도 쉬지 않고 떠들어 댔다.

내용도 없는 저런 이야기를 용케 부끄러운 줄도 모르고 끝없이 떠들어 대는군. 나루세는 감탄하면서도 현금 보관함에서 지폐 다발을 꺼내고 있는 구온 곁으로 다가갔다. 첫 번째 보스턴백을 잠그고 미리 지퍼를 열어 둔 두 번째 가방을 툭 내려놓았다.

"4분, 240초, 얌전히 계세요. 약속하겠습니다. 만약 여기서 용기를 내어 반항하려 한다면 당신은 권총에 맞아 다치게 되겠지요. 자칫하면 평생 지워지지 않을 부상을 입을지도 모릅니다. 반대로 만약 얌전히 계신다면 이대로 무사히 풀려날 것입니다. 아니, 그뿐만이 아닙니다. '나는 은행 강도를 봤어! 직접 맞닥뜨렸어!' 그렇게 지인에게 자랑할 수도 있습니다. 어느 쪽이 현명한 선택인지 잘 생각해 보십

♥ 일본 해군 극우파 청년 장교들이 당시 호헌 운동의 중심인물이었던 이누카이 쓰요시 총리를 암살한 사건.

시오. 부상인가, 자랑거리인가. 저희는 위해를 가할 생각은 없습니다. 여러분의 돈을 빼앗을 생각도 없습니다. 은행의 돈을 빌려 갈 뿐입니다. 국가의 보호를 받으며 예금 금리는 전혀 올리지 않고 자기 배만 불리는 은행으로부터 말입니다."

말 하나는 기가 막힌다니까. 나루세는 쓴웃음을 지으며 몸을 숙이고 재빨리 지폐 다발을 담았다.

바로 옆에서 마찬가지로 지폐 다발을 담던 구온이 카운터를 곁눈질하더니 시치미를 뚝 떼고 나루세에게 물었다. "저 시끄러운 사람, 아는 사이?"

"글쎄." 나루세도 모르는 척했다. "그보다 자넨 또 뉴질랜드에 갈 거야?"

"가야죠. 테카포 호수에서 느긋하게 보낼 거예요."

"그러고 보니 지난달에 저 녀석도 다녀왔다던데." 나루세는 돈을 담으며 엄지손가락으로 등 뒤의 교노를 가리켰다. "가게를 열흘쯤 쉬었잖아. 뉴질랜드로 여행 갔던 거래."

"어, 진짜요? 왜? 나의 뉴질랜드를 더럽히면 안 되는데."

"절대로 구온한테는 말하지 말라고 당부하던데." 나루세는 그렇게 말하며 슬그머니 웃었다.

"지금 말하고 있잖아요."

"저 녀석이 먼저 가도 뉴질랜드에는 영향 없어. 그리 화내지 마."

"화 안 났어요."

"거짓말. 화났잖아."

"역시 들켰네요."

오늘은 시간 이야기를 합시다. 교노의 목소리가 은행 안에 울려 퍼졌다. 권총을 지휘봉 삼아 당당하게 휘두르며 "사람이 동물과 구별되는 것은 불을 발견했기 때문에, 도구를 쓰기 시작했기 때문에, 혹은 검고 커다란 모뉴먼트를 만졌기 때문이라는 다양한 설이 있지만, 사람이 동물로 돌아갈 수 없는 것은 시간을 의식했기 때문이라고 말한 사람이 있습니다. 이름은 잊었습니다. 어쩌면 제가 말했을지도 모릅니다." 그런 말로 시작되었다. "포유류에 한해 평생 심장 박동 횟수가 20억 번으로 정해져 있다는 것은 유명한 이야기지요. 15억 번이었나, 어쨌거나 1부터 20억까지 세면 일생이 끝난다는 뜻입니다. 다시 말해 동물마다 헤아리는 속도가 다르다는 뜻입니다. 수명은 달라도 박동 횟수는 같습니다. 안달복달하는 짧은 삶과 느긋하고 긴 삶, 둘 중 하나라는 뜻입니다."

"이 정도면 괜찮은 편이네요." 구온이 말했다.

"4천만 엔 조금 넘으려나. 괜찮네."

지폐 다발은 거의 다 넣었다. 나머지는 나루세 혼자서도 충분하다고 판단했는지 구온이 일어섰다. 어디서 지갑을 꺼내더니 안을 살펴보고 혀를 찼다. 그런 다음 모델건을 로비에 있는 인질들의 눈앞에서 요란하게 흔들며 지퍼를 잠근 보스턴백을 둘러멨다. "무거워."

"가벼운 것보다는 낫잖아."

"다나카 씨의 수상한 장치를 이 가방에 붙였죠? 그래서 그런 것 아니에요?"

"기분 탓이야." 나루세는 그렇게 대답했다. 실제로 다나카가 준비해 준 발신기는 동전 크기의 간이 스티커 같은 장치였다. 가방 밑바닥에 붙여 두었지만 무게는 거의 나가지 않는다.

나루세는 자기 앞에 있던 가방의 지퍼를 잠그고 둘러멨다. "갈까?"

"지금 이 지구에서는 하루에 한 종의 동물이 멸종해 가고 있습니다. 한 시간에 한 종이라는 설도 있습니다. 명백히 우리 인간이 원인입니다. 시간의 개념을 알게 된 우리 인간이 진화의 시간을 누구보다 경시하고 있다고 해도 과언이 아닙니다. 하지만 인간은 가해자라는 인식조차 없습니다. 존재하는 것은 '그래서 뭐?'라는 정신뿐입니다." 교노는 가슴을 펴고 계속 떠들고 있다.

리듬을 타고 빠른 걸음으로 다가가 카운터 위에 올라섰다. 나루세는 교노의 오른쪽에, 구온은 그런 나루세의 오른쪽에 섰다.

교노는 고개를 돌려 두 사람의 얼굴을 확인하고 스톱워치를 보더니 만족스럽게 끄덕였다. "정확히 4분입니다. 여러분, 끝까지 경청해 주셔서 고맙습니다. 쇼는 끝났습니다. 텐트를 접고, 피에로는 의상을 벗고, 코끼리는 우리에 넣고, 서커스단은 다음 마을로 이동하렵니다."

"구온." 나루세가 옆에 있는 구온에게 고개를 바싹 대고 재빨리 말했다. "저쪽." 통장 정리기 옆에 있는 남녀를 턱짓으로 가리켰다. 어디서 본 것 같은데 넌 기억하느냐고 묻고 싶었지만 교노가 "어이, 가자"라고 말하는 바람에 흐지부지되었다.

인질들을 향해 깊이 고개를 숙였다. 교노와 구온도 똑같이 정중하게 인사했다. 나루세는 카운터에서 뛰어내렸다. 나머지 두 사람도 뒤를 따랐다. 출구를 향해 달렸다. 평소와 똑같은 절차로, 평소와 똑같이 움직인다. 작업이란 그런 지루한 일들의 연속이다. 나루세는 그렇게 생각하며 자동문으로 향했다. 옆에서 달리는 구온이 중간에 멍하니 서 있는 손님에게 부딪치는 모습이 보였다.

유키코 1

집합 ①한데 모이는 일. 모이게 하는 일. 회합. 집회. ②어떤 요소들의 모임으로 임의의 요소가 여기에 속하는지, 혹은 여기에 속하는 두 가지 요소가 서로 동일한지 판별할 수 있는 명확한 기준을 가진 것. ③동료가 없는 사람이 한 번쯤 해 보고 싶은 말. "다들 나를 중심으로 ○○해."

유키코가 카페로 들어가자 카운터에서 컵을 진열하고 있던 쇼코와 눈이 마주쳤다. 실눈을 뜨고 미소를 짓는 그녀는 천진한 여고생 같아서 그 표정을 볼 때마다 자꾸만 그녀와 10대 시절에 친구가 됐으면 좋았겠다는 생각을 하게 된다. 그랬다면 나의 10대 시절도 조금은 밝아지지 않았을까?

"내가 마지막이야?" 유키코는 쇼코에게 물었다.

"구온도 지금 막 왔어."

저녁 8시가 지나서 카페 영업은 이미 끝났다. 다른 손님은 없다. 유키코는 창가 4인석 테이블로 똑바로 다가갔다.

"늦었어요." 의자를 빼는데 옆에 앉아 있던 구온이 유키코를 가리키며 말했다.

"길이 막혀서." 유키코가 대충 둘러대자 아우성을 쳤다. "유키코 씨가 가는 길이 왜 막혀요? 그럴 리 없잖아요."

"그러고 보니 얼마 전 텔레비전에서 봤는데 뉴질랜드에서는 양 떼가 도로를 가로지르는 바람에 정체되는 일이 있었다면서?" 유키코는 화제를 돌려 보았다.

"키위 트래픽 잼을 말하는 거죠? 그런 건 저도 알아요. 아, 맞다, 교노 씨, 나의 뉴질랜드에 다녀왔다면서요? 무슨 속셈이에요?" 이번에는 교노를 비난한다.

"그걸 어떻게?" 교노는 잠시 우물쭈물하다가 반박했다. "어이, 왜 너의 뉴질랜드야? 모든 이들의 뉴질랜드지."

"교노 씨, 외국을 싫어하지 않았어?" 유키코는 전에 그가 그렇게 말했던 게 기억나 물어보았다.

"세 치 혀로 사는 자네는 일본어가 통하지 않는 곳에서는 꼼짝도 못 하니까." 나루세가 비아냥거리듯 말했다.

"막상 가 보니 일본어로 말해도 어떻게 되더라. 죽으란 법은 없어. 안 될 때는 제스처로 겨우 버텼지."

"그것보다 무슨 얘기를 하고 있었어?" 유키코가 물었다.

"한 달 전에 있었던 사건 이야기. 아파트 위에서 인질 사건이 있었잖아요." 구온이 말했다.

"아, 뉴스에서 본 것 같아." 마침 그날 유키코는 같은 직장 여직원을 위해 소극장이다 뭐다 분주했던 기억이 떠올랐다.

"그거, 나루세 씨가 얽혀 있었대요. 지금 그 이야기를 듣는 참이었어요."

어머, 그래? 유키코는 조금 놀랐다.

"그래서 빌딩 옥상에 있는 사람이 밑에 있는 사람한테

메시지를 보내고 싶을 때는 어떤 수단을 쓰면 좋을지 의논
하고 있었어요."

"옥상에서 메모라도 던지면 그만 아니야?" 유키코가 귀
찮다는 듯이 생각나는 대로 대답하자 구온이 고개를 끄덕
였다. "맞아요, 유키코 씨, 잘 알고 있네."

"아니야, 역시 제스처야. 내가 뉴질랜드에서 실천했듯이
몸짓으로 못 할 게 없어. 예를 들어 쿡산에 갔을 때."

"그 이야기, 길어?" 유키코는 굳이 물어보았다.

"그럼 만약에 누군가에게 살해라도 당하면 교노 씨는 제
스처로 범인의 이름을 남길 거예요? 그보다 종이에 써서
남기는 게 정확하잖아요." 구온은 부모에게 반론하는 아들
처럼 따졌다.

"어떤 상황을 말하는 거야?" 교노가 얼굴을 찌푸렸다.
"그럼 너는 어떻게 범인 이름을 알릴 건데?"

"난 단순하게 생각할 거예요. 종이에 범인 이름을 써 두
는 거죠."

"범인이 보면 바로 버리겠다."

"침대 밑에 붙여 두면 돼요."

"잘 붙일 수 있게 셀로판테이프나 박스 테이프가 방에
있어야 할 텐데." 교노가 놀리듯이 말했다.

"당연히 있죠."

"구온, 자네는 살해당해서 다 죽어 가는 마당에 메모지

196

에 범인 이름을 쓰고, 책상에서 셀로판테이프를 꺼내서 침대 밑에 찰싹 붙일 여유가 있을 것 같아? 애초에 그동안 범인은 뭘 하고 있는데?"

"셀로판테이프는 책상 위에 있다고 칠게요."

"그런 문제가 아니잖아."

이게 대체 무슨 대화람. 유키코는 기가 막혀서 나루세를 쳐다보았다. 나루세도 조용히 한숨을 내쉬었다.

"방금 전까지 신이치도 있었는데." 쇼코가 컵을 내려놓으며 말했다. "유키코 씨가 오기 전에 돌아가겠다고 도망쳤어."

"엄마가 거추장스러운 나이인가?" 그렇게 말하는 구온이야말로 그런 나이의 젊은이로 보였다.

"신이치는 우리 카페를 좋아하는 거지."

"이 가게에 와서 뭔가 유익한 일이 있나?" 나루세가 물었다.

"이 카페보다 지적인 장소는 없어. 아까도 신이치에게 가르쳐 줬지."

"뭘?"

"미팅은 흔히 5대 5나 3대 3이라고 하잖아. '내일 미팅은 5대 5야' 이런 식으로. 그게 무슨 뜻이냐고 묻기에 미팅은 점수제라서 무승부를 노려야 한다고 알려 줬어."

"그거 거짓말이잖아요." 구온이 쓴웃음을 흘렸다.

"그게 어디가 지적이라는 거야?" 나루세가 쓴웃음을 흘렸다.

"미팅은 퀴즈 프로그램이 아니야." 쇼코가 쓴웃음을 흘렸다.

"신이치가 벌써 미팅할 나이인가?" 반쯤 농담이었지만 그래도 아들의 성장이 당혹스러웠다. 천진했던 그 아이가 어느새. 아무래도 그런 생각이 들었다.

"아직은 이르잖아요, 중학생인데." 구온이 말했다.

"구온은 그런 거 해? 미팅이나 뭐." 쟁반을 옆구리에 낀 쇼코가 카운터로 돌아가면서 물었다.

"그보다 너 여자 친구는 있어?" 교노가 손가락을 들이댔다.

"교노 씨가 고개 숙여 부탁하면 알려 줄 수도 있어요."

"안 알려 줘도 돼."

"그러고 보니 유키코 씨, 요전에 쇼코 씨하고 뭔가 공연을 보러 갔었죠?" 구온이 화제를 바꾸었다.

"그랬어?" 쇼코의 남편인 교노는 금시초문이었다.

"소극장에." 유키코는 그렇게 대답하며 '시어터 C'에 대해 설명했다. 그리고 오너가 별난 사람이었다는 설명을 덧붙였다. "공연을 본 건 아니지만."

카운터로 돌아간 쇼코가 미소를 짓고 있다.

"헤에." 관심이 있는 건지 없는 건지, 구온이 긴장감 없는 소리를 냈다.

"그보다 대체 무슨 일이 있었던 거야?" 유키코는 나루세의 얼굴을 보았다. 평소 같으면 은행을 습격한 뒤에 바로 모이지 않는다. 훔친 돈은 나루세가 보관하고, 최소 한 달은 서로 만나지 않도록 주의하기 때문이다. 그런데 바로 이튿날 나루세가 집합 연락을 했다. "문제라도 있어?"

"아니, 괜찮아. 이번에는 그동안 했던 어떤 작업보다 순조로웠어. 돈도 정확히 4천만 엔이라 넷이서 딱 나눌 수 있고 경찰에 추적당하는 실수도 하지 않았어."

"동물의 멸종을 비난하는 교노 씨의 연설도 나쁘지 않았어요." 구온이 슬쩍 교노를 가리켰다.

"그렇지?" 교노가 가슴을 폈다. "그거 괜찮았지, 응? 응?"

"그럼 왜 모이라고 한 거야? 누가 옛날 남자 때문에 동료들을 배신해서 다른 강도단에게 돈을 빼앗긴 것도 아니잖아." 유키코가 자조 어린 목소리로 말하자 구온이 웃었다. "어디서 많이 들어 본 얘기인데."

가게 안의 스테레오에서 조용한 피아노 소리가 흘러나왔다. 떨어지는 물방울에 맞춰서 건반을 두드리는 듯한 차분한 연주였다.

"쓰쓰이 드러그는 알아?" 나루세가 테이블 위에 신문 삽

지를 펼쳤다. 유키코와 마찬가지로 나머지 두 사람도 뭔가 하고 시선을 떨어뜨렸다. 약국 체인점 전단지였다.

"잘 듣는 감기약이 궁금해?" 유키코는 미간을 찌푸렸다.

"이 가게 요즘 자주 보이던데. 이 근처에도 생겼어. 이 쓰쓰이라는 사장은 텔레비전에도 나오잖아. 광고에." 어디 보자, 하고 들여다본 교노가 말했다. 그의 설명에 따르면 짜리 몽땅한 체형의 남자가 화면 한복판에 나와 "이곳에 오면 안심할 수 있습니다, 안전이 있습니다, 없는 게 없는 쓰쓰이 드러그"라고 만족스러운 얼굴로 소리치는 광고인 듯했다.

"그게 왜요?" 구온이 물었다.

"이 쓰쓰이 드러그 사장에게는 외동딸이 있어."

"없는 게 없는 쓰쓰이 드러그니 외동딸이 있어도 이상할 건 없지." 교노가 고개를 끄덕거렸다.

그러자 나루세가 전단지 밑에서 다른 종이를 꺼냈다. 프린터로 인쇄한 사진 같았는데, 흑백이라 그런지 실종자 전단지처럼 보이기도 했다. 나루세의 설명에 따르면 직장에서 그가 직접 인쇄한 것이라 했다. 스물 안팎으로 보이는 가녀린 여성이 라면 가게 앞에 서 있는 사진이었다. 갸름한 얼굴에 머리는 어깨까지 닿았다.

"공무원이 사적인 일로 프린터를 써도 돼? 종이값도 세금이잖아." 교노가 즉각 지적했다.

"이번에 자비로 종이를 채워 둘게." 나루세는 어디까지

진심인지 모를 소리를 하고 말을 이었다. "이게 쓰쓰이 드
러그 외동딸의 사진이야. 쓰쓰이 요시코라고 해."

"그런데요?" 구온이 고개를 내밀었다.

유키코는 고개를 갸웃거리며 다시 사진을 보았다. "나루
세 씨가 아는 사람이야?"

"글쎄."

"아." 구온이 입을 열었다. 손가락을 튕기는 시늉을 했지
만 소리는 나지 않았다. "이 사람."

"누구야, 이게. 무슨 얘기를 하는 거야?" 교노가 구온과
나루세를 번갈아 바라보았다.

"어제 은행을 습격했을 때 이 여자를 봤어요. 그 은행에
있었던 손님이야. 와, 사장 따님이었구나. 나루세 씨는 쓰
쓰이 드러그 외동딸인 줄 알았어요?"

"아니, 그때는 확신이 없었어. 어디서 본 것 같다는 생각
은 했는데."

"어디서 봤어?" 유키코가 끼어들었다.

"회사야." 나루세가 바로 대답했다.

"회사?"

"우리 회사 젊은 친구가 이 쓰쓰이 요시코하고 결혼하고
싶어 해."

"그게 무슨 말이에요?" 구온이 상황을 전혀 모르겠다는
듯 두 손을 드는 시늉을 했다.

나루세 ㄹ

벽지 ①벽면을 보강하거나 장식하기 위해 벽에 바르는 종이. ②컴퓨터 배경화면에 해당하는 부분, 혹은 거기에 표시되는 이미지. "그 사람은 팔불출이라 모니터 ○○가 항상 아이 사진이야." "보기 좋은데 뭘." "하지만 아이가 벌써 스무 살이라고." "세상에."

나루세는 이전에 "결혼은 하고 싶지 않겠습니까"라는 부하 오쿠보의 하소연을 들었지만 설마 그 상대 여성과 은행에서 마주칠 줄은 예상도 못 했다.

"그 친구가 이 사장 영애와 사귀고 있어."

"공무원하고 사장 영애라." 구온이 끄덕거렸다. "멋진 조합이네요."

"어이, 공무원이 업무 시간에 애인 사진을 봐도 되는 거야?" 교노는 그렇게 트집을 잡았다. "어차피 볼 거면 시민 사진을 봐야지, 시민 사진."

"그녀도 시민이야." 나루세는 귀찮아서 대충 대꾸했다.

"그래서? 어떻게 된 일인데?" 유키코가 뒷말을 재촉했다.

"은행을 습격했을 때 손님들은 전부 로비에서 숨죽이고 있었어. 그때 통장 정리기 근처에 이 사장 영애가 있었어. 게다가 그녀 뒤에는 한 남자가 있었고."

"자네 부하야?"

"아니야. 모르는 남자였어. 남자는 여자 근처에 있었는데 뭔가 경계하는 눈치였어."

"수상했죠. 니트 모자에 테가 굵은 선글라스를 쓰고. 맨얼굴을 숨기려는 거예요, 그거."

"구온도 그렇게 느꼈어?"

"그 남자, 여자한테 뭔가 들이대고 있는 것 같았고."

"들이대?" 유키코가 고개를 갸웃거렸다.

"총이나 칼을 그 여자 등에 들이대고 있었던 것 같아."

"그게 무슨 소리야?" 교노가 미간을 찌푸렸다. "언제 이야기야! 너희들 내가 없을 때 은행을 습격했어?"

"아니라니까요. 교노 씨도 있었어요. 물론 주의력이 풍부한 교노 씨니까 알고 있었겠지만."

교노가 불만을 드러내며 아랫입술을 비죽 내밀었다.

나루세는 정직하게 털어놓았다. "나도 그때는 그 여자가 누군지 몰랐어." 어딘가 낯익은 얼굴이라고 생각은 했지만 이름도 생각나지 않았고 유명인으로 보이지도 않았다. 천천히 기억을 더듬을 여유도 없어 그 자리에서는 바로 떠날 수밖에 없었다. "이튿날 회사에 갔다가 깜짝 놀랐어."

출근해서 우연히 오쿠보의 자리를 쳐다보았다가 걸음을 멈추었다. 컴퓨터 화면에 그의 애인 사진이 큼직하게 떠있었다. 아, 이 여성이다. 바로 눈치챘다.

"그게 무슨 뜻이야? 요컨대 나루세 씨 부하의 애인이 은행에서 다른 남자하고 함께 있었다는 거야? 바람을 피운다는 거야?" 유키코가 눈을 가늘게 떴다.

"바람이라면 딱히 내가 끼어들 일도 아니야. 다만 오늘 넌지시 그 친구에게 물어보았는데."

점심시간에 "애인하고 결혼은 어떻게 되어 가고 있어?" 하고 물어보자 오쿠보는 아무 의심 없이, 오히려 누군가에게 의논하고 싶었다는 듯이 입을 열었다. "실은 말입니다, 애인하고 연락이 안 됩니다."

"무슨 소리예요?" 이번에는 구온이 질문했다.

나루세는 오쿠보에게 들은 내용을 설명했다. 쓰쓰이 사장은 오쿠보와 요시코의 결혼을 완고하게 반대했다. 그 완고함에 화가 난 요시코는 가출을 감행했다. "뭐, 세상 물정 모르는 아가씨가 살짝 반항하는 느낌이지만요." 오쿠보는 쓴웃음을 흘렸다. 비즈니스호텔에서 묵으며 아버지에게 걱정을 끼치려는 작전이었다고 한다.

"다만 저하고는 매일 밤에 전화로 연락하기로 약속했는데, 어젯밤에는 연락이 없어서."

"연락을 잊을 때도 있겠지." 나루세는 불안하지 않도록 위로했다.

그러자 그는 실은 어젯밤에 애인이 아니라 그녀의 아버지에게 전화가 왔다고 털어놓았다. 갑자기 집으로 전화해서 다짜고짜 "유괴라니, 대체 무슨 생각이냐"라고 따졌다고 한다. 당연히 오쿠보는 당황했다. 아연실색해 "금시초문입니다"라고 대답했다.

"유괴?" 나루세는 되물었다.

"무슨 뜻일까요? 아마 아버님이 착각하신 거겠지만 저도 마침 애인한테서 전화가 오지 않아 걱정이 되어서. 물론별일은 아니겠지만요." 오쿠보는 스스로를 안심시키려는 듯이 말했다.

"연락이 계속 오지 않으면 대책을 고민하는 게 좋을지도모르겠네." 경찰에 신고하라고 말하기는 어려웠지만 넌지시 오쿠보의 등을 떠밀었다.

"잠시 상황을 지켜봐야죠. 애인이 세운 계획으로는 일단한 달은 가출해 열심히 버텨 보겠다고 했으니, 지금 일을키울 필요는 없을 것 같지만 역시 걱정이 되네요."

"나루세 씨는 그 아가씨가 정말 유괴당한 게 아닐까 의심하는 거야?" 유키코가 시선을 던졌다.

"가능성은 있어." 범인은 쓰쓰이 사장에게 전화했지만사장은 반사적으로 그것을 오쿠보의 계략이라고 의심해그런 전화를 한 게 아니었을까?

"은행에 있던 그 남자가 범인이라는 거야?" 교노가 미간을 찌푸렸다.

"하지만 우리가 은행을 털었으니 거기 있던 손님들은 그 후 경찰 조사를 받지 않았을까? 그렇다면 그 요시코 씨도 경찰의 보호를 받았겠지?"

"아니, 그때 우리가 있는 동안 경보기는 울리지 않았어. 그렇다는 건 그 후에 신고했다는 뜻이겠지. 경찰이 올 때까지 시간이 걸리니 두 사람은 그사이에 종적을 감추었을지도 몰라."

교노가 걱정스러운 눈빛으로 나루세를 쳐다보았다. "그래서 자네는 어쩔 셈이야? 오늘 우리를 굳이 불러 모으다니."

"만약 그 아가씨가 위험에 처해 있다면 어떻게 도와줄 수 없을까 해서."

"나루세, 이런 말은 뭐하지만 늦었어. 우리는 그 은행에서 빠져나왔고 사장 영애도 사라졌어. 이제 와서 이런 얘기를 해 봤자 이미 개봉이 끝난 영화를 두고 '그 영화, 실은 재미있대'라고 떠드는 거나 마찬가지야. 늦었어, 늦었어. 의미가 없다고." 교노는 컵을 입으로 가져가며 우리 커피는 참 맛있어, 라고 중얼거렸다.

"개봉이 끝난 줄 알았는데 지방 극장에서 상영하고 있다면 어쩔래?" 나루세는 웃었다.

"무슨 뜻이야?"

나루세는 의미심장하게 구온을 쳐다보았다. "그렇지?"

"아하." 구온이 씨익 웃었다.

"어이, 알아듣게 얘기해." 교노가 짜증을 냈다.

"그때 구온이 로비에서 그 남자의 지갑을 훔쳤거든. 여자 뒤에 있던 남자에게서."

"알고 있었어요?"

"언제 훔친 거야?" 교노는 자기만 따돌림 당했다고 생각했는지 아우성을 쳤다.

"감시 카메라를 부순 다음 부딪치는 척했죠."

"못 봤는데."

"교노 씨는 연설에 집중하고 있었으니까요."

"강도 짓을 하는 와중에 지갑은 왜 훔친 거야?" 유키코가 의아해했다.

"아까도 말했듯이 그 남자가 수상쩍어서 그냥 나중에 정체나 조사해 볼 생각이었어요. 수상한 사람은 제법 이용해 먹을 수 있거든요."

"의외로 무서운 놈이네, 이 녀석." 교노가 구온을 뚫어져라 쳐다보았다.

"맞아요, 난 의외로 무서운 사람이에요."

"그리고 자네는 지갑에 그걸 붙여서 다시 남자의 주머니 속에 넣어 두었지." 나루세가 말하자 구온이 외쳤다. "거기까지 알고 있어요?"

"붙여?" 유키코가 얼굴을 찌푸렸다.

"'그거'라는 게 뭐야?" 교노는 여전히 부루퉁한 기색이었다.

"다나카 씨한테 받은 발신기예요. 가방에 붙어 있던 거. 그걸 가방에서 떼어서 지갑에 붙여서 남자 주머니 속에 도로 넣어 뒀거든요."

이번에는 은행을 털 때 돈 가방에 발신기를 달아 두기로 했다.

"모처럼 은행을 습격해서 돈을 손에 넣어도 그 돈을 어디서 잃어버리면 말짱 도루묵이잖아." 교노가 꺼낸 말이 계기였다. "저번처럼 다른 강도가 가방을 가로채면 억울하니까." 1년 전, 현금 수송차 잭에게 돈을 빼앗긴 사건의 교훈을 언급했다.

"그런 건 그만 잊어 줘." 유키코는 힘겨운 기색으로 미간을 찌푸렸다.

"잊으면 어떻게 해. 실수는 잊지 말고 다음 기회의 밑거름으로 삼아야지." 교노가 말했다.

그때 마침 옆에 있던 교노의 아내 쇼코가 눈을 동그랗게 뜨고 탄식했다. "잘도 그런 말이 나오네." 듣고 있는 나루세는 통쾌했다. "당신이 실수를 교훈으로 삼는 걸 본 적이 없는데. 오히려 더 큰 실수를 저지르잖아."

"나무는 숲에 숨기라는 말이 있잖아. 실수는 큰 실수 속에 숨기는 거야." 교노는 주눅 들지 않았다.

그 발신기는 나루세가 다나카의 집을 찾아가 구입했다. 다나카는 서른을 바라보는 어엿한 성인이지만 아야세에 있는 아파트 자기 방에 틀어박혀 온갖 장소의 문 열쇠와 비밀번호, 카드 번호 등 정보를 수집하는 한편 특이한 발명품이나 편리한 도구를 사고팔기도 한다.

10엔 동전 크기의 동그란 반창고처럼 생긴 물건이 발신기라니 믿기 어려웠지만 다나카에게 재차 묻자 태연하게 수긍했다. "암, 그렇지. 위성을 통해 컴퓨터나 수신기에 현재 위치를 송신할 수 있어."

그 발신기를 가방에 붙여서 가방을 분실했을 때에 대비하기로 했다.

"왜 붙인 거야?" 교노가 이해할 수 없다는 표정으로 따졌다.

"깊은 뜻은 없지만 아까 말한 것처럼 그 남자가 수상해서 그랬어요. 훔친 지갑 속에 면허증도 없더라고요. 어쩔 수 없이 그 발신기가 마침 쓸모 있어 보여서. 그 남자의 위치를 나중에 조사해 보려고 했죠."

"구체적으로는 어쩔 셈이었는데?" 교노가 물었다.

"글쎄요." 구온은 태평하게 대답했다.

"속 편한 녀석이네."

"뭐 어때요. 난 잊고 있었지만 나루세 씨는 기억하고 있었잖아요."

"억지가 따로 없네." 교노가 미간을 찌푸리고 나루세를 쳐다보았다. "그래서 자네는 구온이 그랬다는 걸 꿰뚫어 봤고?"

"정말 그랬는지 확신은 없었어. 하지만 그 습격 후에 발신기가 가방에 없다는 걸 깨달았지. 그래서 혹시나 한 거야."

"그 추측대로 난 발신기를 붙였던 거고요."

"다시 말해서 그 사장 영애, 쓰쓰이 요시코의 위치를 알 수 있을지도 모른다, 이 말이지." 나루세는 교노를 바라보았다.

"그러니까 구해 주러 가자는 말을 하려는 건 아니겠지?"

"그러니까 구해 주러 가자. 안 돼?"

"안 되지, 당연히." 교노는 그렇게 말하고 다시 컵을 입으로 가져가며 우리 커피가 맛없진 않은데, 라고 덧붙였다. "자네는 언제부터 그렇게 남의 일에 참견하기 시작했어? 그 부하에게 빚이라도 졌어?"

"그런 건 아니지만 알아 버렸으니 돕고 싶지 않겠어?"

"난 안 그래. 지금 이 순간에도 아프리카에서는 사람들이 굶어 죽거나 온난화로 인한 대형 해파리 때문에 어부들이 고생해. 자네는 그런 것도 알아 버렸으니 돕겠다고 두

팔 걷고 나설 테야?"

"두 팔은 안 걷을 건데."

"나도 별로 내키진 않아요." 그렇게 대답한 것은 구온이었다. 긴팔 티셔츠를 입은 그는 태평한 기색으로 팔을 위로 뻗었다. "달아난 개나 행방이 묘연한 곰이라면 당연히 두 팔 걷고 나서겠지만, 어차피 인간이잖아요."

"너무 그렇게 사람을 미워하지 마." 나루세는 웃을 수밖에 없었다.

"나루세, 자네는 영웅이라도 되고 싶은 거야?"

"그 아가씨가 있는 곳만 알아내서 경찰에 신고하는 게 제일 간단하지 않아?" 유키코가 거기서 고개를 들었다. "우리가 그 아가씨를 직접 구출할 필요는 없잖아. 그편이 안전하고."

"맞아." 나루세도 이의는 없었다. "그래. 그래도 상관없어. 그래서 실제로 발신기 위치를 조사한 결과가 이거야." 가방에서 주택가 지도를 꺼내 테이블 위에 펼쳤다.

"뭐야, 벌써 다 조사했네." 교노가 투덜거렸다.

"발신기가 하나 안 보여서 다나카에게 연락해서 수신 정보를 알려 달라고 했지."

"자네는 옛날부터 미리 다 공부해 놓고 시험 보는 타입이었으니까." 교노가 큰 소리로 타박했다.

"시험은 원래 그런 거 아니에요?" 구온이 바로 지적했다.

"교노 씨는 대체 어떻게 시험을 봤는데?" 유키코가 궁금하다는 듯이 물었다.

그것은 다나카가 발신기 위치를 표시해 팩스로 보내 준 지도였다. 주택가 지도 위에 크고 작은 동그라미와 선이 잔뜩 그려져 있다.

"발신기가 한 장소에 오래 있을수록 원이 크고 짙게 기록된다더군." 나루세는 다나카가 해 준 설명을 그대로 말했다. "그러니까 그냥 지나간 곳은 선으로 그려지고, 한 장소에 머무르면 동그라미가 돼."

"기막힌 장치네." 교노가 감탄했다.

"발신기는 상당한 거리를 이동했어. 경로를 보면 차를 이용한 것 같아. 다만 어젯밤부터는 거의 이 건물에서 움직이지 않았어." 나루세는 그렇게 말하며 도형을 손으로 짚어 갔다. 오른쪽 아래 지역에서 왼쪽 위로 이동한 뒤에 주택가 한곳에서 커다란 원을 그리고 있다.

"거기에 있다는 거야?" 유키코가 물었다.

"낡은 빌딩이야."

"이 빌딩에 요시코 씨를 붙잡아 두고 있다는 뜻이야?" 교노가 미간을 찌푸렸다.

"글쎄, 발신기가 달려 있는 건 남자 쪽이니 쓰쓰이 요시코도 거기 있다는 보장은 없지만. 그 남자는 어제부터 이 건물 안에서 사장의 딸을 감금하고 있을지도 몰라."

"정확히는 그 남자가 아니라 그 지갑이지만요." 구온이 재빨리 정정했다.

"몇 층 어디인지 알아?"

"고도도 대충 알 수 있나 봐. 4층 아니면 5층이야."

"벌써 다녀왔어요?" 구온이 나루세를 보았다.

"아직."

"몇 수나 미리 행동하는 자네가 웬일로?" 교노는 친구의 실수를 기뻐하듯 말했다.

"다나카에게 어젯밤에야 이 지도를 받은 탓도 있지만, 그보다 왜 혼자서 한발 먼저 조사하러 갔냐고 야단법석을 떠는 친구가 가까이 있거든. 그래서 그만뒀지."

"누구 얘기예요?" 구온이 진지한 얼굴로 물었다.

"누구 얘기야?" 교노가 눈썹을 치켜세웠다.

나루세는 쓴웃음을 흘릴 수밖에 없었다. 유키코도 어깨를 으쓱했다.

"그럼 내가 다녀올게요!" 구온이 경쾌하게 손뼉을 쳤다.

나루세가 물끄러미 쳐다보자 구온이 노골적으로 불쾌한 기색을 드러냈다. "아, 그 불안한 눈빛은 뭐예요. 내가 혼자서 못 할 것 같아요?"

"걱정은 안 해." 나루세는 웃었다.

"나도 같이 가." 교노가 팔짱을 끼고 부하를 위해 무리해서 도와주기로 결심한 바쁜 상사처럼 말했다.

"갑자기 불안해졌어."

"나도 걱정되기 시작했어." 유키코가 나루세에게 동의하듯 고개를 끄덕였다.

"난 역시 가지 말까?" 구온이 말했다.

"어이, 나 혼자서는 불안하잖아." 교노가 진지하게 호소했다.

교노 1

방문 사람을 찾아가는 일. 찾아가 묻는 일. 선물을 지참하면 기뻐한다. "가정○○은 보통 ○○하는 쪽이 과자를 들고 가야 하지 않아?"

민영 전철에서 내려 역에서 조금 걸어가니 바로 작은 상점가가 나왔다. 가파른 내리막길을 지나 한참 가니 주택가로 접어들었다. 나루세가 준 지도를 보며 오른쪽으로 꺾고 왼쪽으로 꺾기를 되풀이했다. 그리 복잡한 동네는 아니라 길은 대충 알 것 같았다.

지난밤 나루세의 이야기를 듣고 교노와 구온은 발신기의 위치를 확인하러 왔다.

"양복은 별로예요. 갑갑하고 불편하고. 은행 강도는 양복을 입어야 한다니까 일할 때는 이해하지만 오늘은 굳이 양복을 입을 필요 없잖아요?" 교노의 옆에서 구온이 남색 양복 안에 맨 넥타이를 만지작거렸다.

"이런 대낮에 다 큰 남자 둘이서 주택가를 어슬렁거리면 다들 수상쩍게 여길 것 아니야. 그런 점에서 양복은 사람들을 안심하게 만들지. 대충 외근 나온 신입 사원과 상사로 볼 거야."

"교노 씨, 전에 양복을 입기 싫어서 카페를 시작했다고 했죠?"

"뭐, 그래." 교노는 얼굴을 찌푸렸다. "이제 와서 생각하면 판단을 그르쳤어. 젊은 치기였지. 양복도 몸에 익으면 나쁘지 않아. 결국 다 이미지거든. 양복이나 회사원, 굴레, 젊었을 때는 그런 게 시시했어."

"실제로는 안 시시해요?"

"어느 일이나 힘들고 시시해. 굴레가 싫다는 녀석들은 오만한 거야. 어쨌거나 오늘 같은 곳에는 양복이 맞아. 게다가 이래 봬도 양복에는 상당히 많은 것들을 넣을 수 있거든." 교노는 그렇게 말하며 양복 바깥쪽, 안쪽, 와이셔츠에 달린 주머니를 가리켰다.

"그런 것 같네요."

"그건 그렇고, 일단 신문 영업 사원인 척할까? 그렇게 위장하고 빌딩에 가 볼까?"

"우리가요? 무슨 신문?"

"공포 신문." 교노는 옛날에 읽은 만화를 떠올리면서 말했다.

"어디까지 진심인 거예요, 교노 씨. 보통 신문 영업 사원은 양복 이미지가 아니지 않아요? 게다가 애초에 공포 신문은 찾아가서 계약을 따내는 게 아니라고요." 의외로 열을 내며 반박하는 구온을 보고 교노는 조금 놀랐다.

"내가 그 만화에는 일가견이 있는데, 그건 멋대로 날아오는 거예요. 유리를 깨고 배달된다고요."

"알았어, 알았어." 교노는 당황해서 손을 저었다. "공포신문은 그만둘게. 응, 그만두자. 그나저나 4층 아니면 5층이라고 했는데 어쩔까? 분담해서 따로 갈까? 아니면 둘이서 한 층씩 확인할까?"

"어느 쪽이든 상관없지만 혼자서는 불안하니 함께 갈까요?"

"그러자. 나도 구온을 혼자 보내기는 불안했던 참이야."

"내가 걱정하는 건 교노 씨인데."

교노는 그 말을 무시하고 안주머니에서 명함 크기의 단말기를 꺼냈다. 전자수첩을 작게 만든 듯한 물건으로 딱히 복잡한 버튼이 달려 있는 것은 아니다. 액정 화면과 전원 버튼이 전부다. "오, 불이 들어왔어."

"보여 줘요, 보여 줘." 구온이 고개를 들이밀었다.

다나카가 준비해 준, 발신기 전파를 수신하는 단말기였다. 발신기 전파를 수신해 액정 화면에 빛이 깜빡거리는 구조라고 했다. 거리가 가까울수록 강하게 반응한다.

"요컨대 가까이 갈수록 이 빛이 커진다는 거지?"

"이 장치 한 세트에 얼마였을까요?"

"글쎄. 나루세는 다나카하고 친하니까 그럭저럭 싸게 사지 않았을까?"

"그나저나 교노 씨, 어떻게 쓰쓰이 드러그 외동딸이 있는지 확인할 거예요? 빌딩에서 의심스러운 곳에 가서 딩동, 벨을 누를 거죠? 그럼 상대가 나오겠죠? 범인이 여러 명인지, 단독범인지는 모르겠지만 어쨌거나 누가 나오겠죠. 그런 다음 어쩔 거예요?"

교노는 무심코 반박했다. "어이, 그건 구온 네가 생각해 오기로 약속했잖아."

"누가 약속했어요? 난 분명 교노 씨한테 아이디어가 있을 줄 알았는데. 의욕도 넘쳤잖아요."

"네가 먼저 손을 들었잖아. 나는 보조야."

"그럼 아이디어 없어요?"

그런 말을 듣고 아이디어가 없다고 인정하기는 싫었다. "이런 건 어때? 해충구제 무료 점검 나왔습니다, 하고 안에 들여보내 달라고 하는 거야."

"'잘 오셨습니다, 어서 점검해 주세요. 안쪽에 쇠약한 여성이 있지만 감금한 건 아니랍니다. 신경 쓰지 마세요'라고 할 것 같아요? 내가 범인이라면 절대 안 들여보내 줄 거예요. 절대로."

교노는 크게 한숨을 쉬었다. "구온, 자네도 꽤나 에둘러서 얄미운 소리를 하게 됐군."

"자주 가는 카페 사장님 영향일 거예요."

"그런 가게에는 그만 가."

"교노 씨, 그럼 손님 떨어질 거예요."

칙칙한 그 건물에는 임차인 모집 간판이 걸려 있었다. 폭은 그리 넓지 않고 안쪽으로 깊은 건물이었다. 예전에는 유행했을 벽돌색 외벽도 비바람에 바랬는지 지저분해서 보잘것없어 보였다.

"그럼 갈까?" 교노는 짧은 계단을 올라 현관으로 향했다. 형광등에 어렴풋하니 불이 켜져 있었지만 상당히 어두웠다. 어두운 데다가 좁기까지 했다. 우편함이 있어서 4층과 5층 사무실들을 조사했다.

"공실이 많은 것 같아요." 구온이 우편함 입구를 막고 있는 박스 테이프와 넘쳐 나는 우편물을 가리켰다.

"4층부터 가 볼까?" 교노는 그렇게 말하고 다시 수신기를 꺼내 표시를 확인했다.

"어때요?"

"아까보다 커졌어. 가까워지고 있긴 하군."

아담한 빌딩이었지만 엘리베이터가 두 대나 있었다. "두 대나 필요할 정도로 이용할 사람이 많은 것 같지는 않은 데." 구온이 중얼거렸다.

"설계를 잘못했거나 공사비가 남아서 소진하려고 한 것 아닐까?"

"그런 쓸데없는 짓으로 자원을 낭비하는 게 인간의 특징이라니까요."

"좀 봐줘. 자네는 동물이나 자연의 변호사야?"

"그런 변호사가 어디 있어요?" 구온이 진지하게 부정하기에 교노는 할 말을 잃었다.

먼저 도착한 오른쪽 엘리베이터에 냉큼 올라탔다. 4층 단추를 누른 구온이 중얼거렸다. "이 엘리베이터도 옛날에는 새것이었겠죠?"

"그랬겠지." 교노도 지저분한 엘리베이터 내벽을 바라보았다. "처음에는 모두 새것이지만 시간이 흐르면 낡아. 오늘의 신제품이 내일의 중고품, 조금 더 지나면 골동품, 그런 거야."

"그렇게 생각하면 연인들도 처음에는 다 행복했을 거예요."

"고물 엘리베이터를 타고 그렇게 연상의 나래를 펼칠 수 있는 자네가 부러워."

"있잖아요, 나루세 씨는 왜 이혼했을까요?"

"갑자기 왜?"

"옛날부터 궁금했어요. 나루세 씨는 굉장히 좋은 사람이고 믿음직한데 왜 이혼했을까. 교노 씨, 고등학교 때부터 친구인데 이유 몰라요?"

교노는 헛기침을 한 번 했다. "이런 말 알아? '어쨌거나 결혼하라. 좋은 처를 얻으면 행복할 것이고 악처를 얻으면 철학자가 될 것이다.'"

"소크라테스가 한 유명한 말이잖아요. 나도 알아요."

"그럼 이건 알아? '내 남편만 빼고 다 좋은 남편으로 보인다.'"

"그건 뭐예요?"

"얼마 전에 쇼코가 그랬어. 누가 남긴 말이겠지. 격언인 것 같은데 이해가 안 가."

"그건 격언이나 명언이 아니라 그냥 생각을 솔직하게 말한 거예요."

"이해가 안 가."

"이해가 안 가는 건 화제를 태연히 돌리는 교노 씨예요."

"이 엘리베이터, 끔찍하게 느리군."

"이렇게 작은 빌딩에 왜 두 대나 필요한 걸까요?" 구온은 아까와 똑같은 질문을 되풀이했다.

"무엇이든 예비가 있으면 좋은 것 아니겠어? 애인도 아내도."

"그거 쇼코 씨한테 말해도 돼요?"

"그러지 마세요, 구온 씨." 교노가 과장스럽게 말한 순간 기계음과 함께 엘리베이터가 멈췄다. 문이 열렸다.

교노는 바로 밖으로 나가 수신기를 보았다. "아까보다 빛이 더 커졌어." 액정에 떠 있는 동그라미가 한층 더 커졌다. 점멸 속도도 약간 빨라진 느낌이었다.

"혹시 모르니 이대로 5층에 가 볼까요?" 엘리베이터 안에 남아서 '열림' 단추를 누르며 구온이 제안했다. 교노도 동의하고 돌아와서 5층으로 가 보기로 했다.

엘리베이터 문은 바로 열렸다. 교노는 5층 통로로 나가 한 걸음, 두 걸음, 수신기를 들여다보며 걸어가다가 바로 깨달았다. "아까 반응이 더 강했어."

구온이 끄덕거렸다. "4층으로 돌아가요."

4층으로 내려가 엘리베이터에서 내리자 좌우로 갈라진 통로가 나왔다. 오른쪽과 왼쪽에 각각 방이 하나씩 있다. 통로 천장에는 형광등이 켜져 있었지만 대부분은 불이 나가서 그런지 전체적으로 어두웠다.

"좌우 어느 쪽 반응이 강한지 조사해 볼게요." 구온이 그렇게 말하며 교노에게서 수신기를 가로챘다. 너무 시끄럽게 굴면 누가 의심할지도 모르니 조심하라고 주의하자 "교노 씨보다 시끄럽게 굴 수 있는 사람이 있겠어요?"라는 대답이 돌아왔다.

"어째서 저런 청년으로 자랐을까." 교노는 나직하게 한탄했다.

구온은 먼저 오른쪽으로 걸어가 지도를 참고하듯 수신기를 들여다보고 있었다. 작게 끄덕거리더니 이번에는 왼쪽으로 향했다.

"잠깐 화장실 좀 다녀올게." 교노는 그렇게 말하고 통로 오른쪽 끝에 있는 화장실 표시를 가리켰다.

"이런 때에요?"

"내 요의는 자기만의 길을 가거든."

통로를 지나 화장실 표시가 있는 곳에서 오른쪽으로 꺾었다. 안쪽이 화장실인 것 같았다. 간유리가 있는 문이 두 개 있었다. 남성용과 여성용이리라.

안으로 들어가자 소변기가 세 개 있고 안쪽에 문이 하나 있었다. 누가 제일 왼쪽 소변기 앞에 서서 볼일을 보고 있어 깜짝 놀랐지만 의심을 사지 않도록 자연스럽게 굴었다. 곁눈질로 보니 녹색 니트 모자를 쓴 남자였다. 왜소해서 키가 160센티미터도 되지 않을 것 같았다. 안경을 썼는데 렌즈에 옅은 색이 들어가 있어 인상은 제대로 보이지 않았다. 20대 후반으로 보였지만 실제 나이는 훨씬 많을지도 모른다. 남자는 화장실에 들어온 교노를 보더니 다시 자기 사타구니로 시선을 돌렸다. 모자 밖으로 드러난 부분의 윤곽으로 보건대 머리가 컴퍼스로 그린 것처럼 동그랄 것 같았다.

교노는 양복 단추를 풀고 소변을 보았다. 남자가 변기에서 세면대 앞으로 이동했다.

그때, 화장실 문이 또 열렸다.

누군가 했는데 구온이었다. 문에서 고개를 들이밀고 있다. 손에는 수신기를 들고 있었다.

"너 뭐야?" 손을 씻고 있던 동그란 얼굴의 남자가 구온을 노려보았다.

"뭐긴 뭐야?" 구온은 아이들 말싸움 같은 소리로 되받아치더니 "아" 하고 외마디 소리를 질렀다.

어이, 구온, 뭐가 "아"야? 교노는 신경이 쓰여 좀처럼 그칠 줄 모르는 소변에 초조해졌다. 고개를 돌리자 구온의 행동이 눈에 들어왔다. 구온은 먼저 재확인하듯 수신기를 들여다보더니 남자의 뒷주머니를 보았다. 당연히 교노도 그 뒷주머니를 쳐다보았고 지갑이 꽂혀 있는 게 보였다.

구온이 문을 닫고 그 자리에서 떠났다.

"어이, 기다려, 너 수상해." 니트 모자를 쓴 동그란 얼굴의 남자는 젖은 손을 허공에 털며 문밖으로 뛰쳐나갔다.

교노는 겨우 바지 지퍼를 올리고 세면대 거울을 보았다. 손을 씻고 주머니에서 손수건을 꺼내 손을 닦았다. 저 남자가 그놈인가. 교노는 거울 속의 자신에게 물어보았다.

저 남자의 저 지갑에 발신기가 붙어 있나. 구온은 수신기 반응이 강한 쪽으로 다가간 끝에 이 화장실에 도달한 것이리라.

자, 어쩐다? 그렇게 생각하며 문을 열자 통로 안쪽에서 "고니시 씨, 이 녀석, 이 주변을 어슬렁거리던 놈인데 수상합니다"라는 말소리가 들렸다. 화장실에서 마주친 남자의 목소리였다. 교노는 벽에 등을 붙이고 통로 밖으로 고개를 내밀지 않도록 조심하면서 그 목소리에 귀를 기울였다.

"이름은 부르지 말라고 했지!" 고니시 씨라고 불린 남자인 듯, 다른 한 사람이 말했다. 목소리가 아이처럼 높아서 어쩐지 어울리지 않았다.

"아, 죄송합니다, 고니시 씨."

"이름 부르지 말라니까."

"어쨌거나 이놈 수상해요. 어쩌면 저희를 찾고 있었던 건지도 모릅니다."

"당신들 대체 뭐야? 일단 그 칼 좀 넣어요." 구온이 애걸하다가 큰 소리로 법석을 떨었다. "무서워! 무서워!" 누가 봐도 연극 같은 행동이었다.

"입 닥쳐!" 남자가 윽박질렀지만 구온은 계속 외쳐 댔다. "살려 줘요, 살려 줘요! 복싱할 줄 아는 사람! 복싱이 특기인 카페 사장님!"

장난도 도가 지나치다. 교노는 벽 뒤에 숨어 쓴웃음을 흘렸다.

"어이, 여기엔 뭐 하러 왔어?" 목소리가 높은 남자는 비교적 침착했다. "제대로 설명하면 돌려보내 주마."

"신문 구독하시라고 찾아온 것뿐이에요." 구온의 대답이 들려왔다. 좋았어, 계획대로다. 교노는 벽에서 등을 떼고 고개를 뻗어 통로를 살며시 엿보았다. 막다른 사무실 앞에서 팔을 붙잡힌 구온의 모습이 보였다.

"무슨 신문?"

"어, 공포 신문요."

그들은 곧바로 구온을 실내로 끌고 갔다. 문이 완전히 닫혔다. 수상해서 그런 건지, 구온의 장난이 거슬려서 그런 건지는 알 길이 없었다.

제3장

**악당들은 동료를 구출하려고
모의하고 행동한다**

♡

'어리석은 자는
천사가 두려워하는 곳으로 돌진한다'

나루세 3

"나루세 씨가 이렇게 자주 찾아오다니 웬일이래." 집을 찾아가자 다나카가 무뚝뚝한 표정으로 말했다. 다다미 여덟 장짜리 방은 여전히 요새 기관실 같다. 벽에 온통 신문과 인쇄된 종이가 붙어 있다. 이것저것 표시한 지도도 있다. 바닥에는 컴퓨터가 몇 대나 있고 전원 선이나 배선 케이블도 복잡하게 뻗어 있었다. 시계가 저녁 5시를 가리키고 있었다.

"곤란할 때는 자네밖에 없으니까." 나루세가 솔직하게 말하자 다나카는 기쁜 듯 표정을 누그러뜨리며 코를 벌름거렸지만 그것도 잠깐이고 바로 무뚝뚝한 표정으로 되돌아갔다.

"뭐, 나루세 씨는 괜찮아. 그 시끄러운 아저씨하고 젊은 녀석은 거북하지만."

"시끄러운 아저씨는 나도 별로지만 구온은 좋은 녀석이야."

"젊은 사람은 죄다 불편해. 전멸하면 좋을 텐데." 다나카는 웅얼거리면서 손에 든 책을 읽었다. 10대 때부터 다나카는 동급생에게 집요하게 괴롭힘을 당한 경험이 있어 그 분노와 두려움 때문에 젊은 사람들을 싫어했다.

"요전에 산 발신기 말인데." 나루세는 말을 꺼냈다.

"쓸모 있었지?"

"쓸모 있었어."

"암, 그렇지. 응, 당연해."

"그래서 요전에 발신기 위치를 조사했잖아."

"그 빌딩?"

"맞아. 거기 사무실 열쇠가 필요해."

"한 번에 말해 주지. 내가 항상 말하잖아. 쇼핑을 할 때나 일을 부탁할 때는 누락되는 게 없도록 확인하지 않으면 이중으로 수고가 든다니까. 메모해 둬야 해."

"요전에는 열쇠까지 필요할 줄 몰랐어. 직접 가면 어떻게든 될 거라고 안일하게 생각했거든."

"나루세 씨도 안일하게 생각할 때가 있어?"

"그러게. 드물게 안일하게 생각했어."

"그런데 상황이 바뀐 거야?"

"실은 오늘 낮에 구온이 붙잡혀서 거기에 갇혔어." 나루세가 숨김없이 털어놓자 다나카는 살짝 웃더니 미간을 찌푸렸다. "그 청년, 쉽게 붙잡혔네. 뜻밖이야. 날쌔고 빈틈없어 보였는데."

"뭐, 그렇지." 나루세는 동의했다. 실제로 바로 몇 시간 전에 교노에게 "감금한 곳은 찾았는데, 구온이 붙잡혔어"라는 말을 들었을 때는 믿을 수 없었다.

"누군가 붙잡힌다면 교노 자네일 줄 알았는데." 나루세의 말에 교노 역시 태연히 "나도 그럴 줄 알았어"라고 대답하더니 "어쩌면 구온은 일부러 붙잡힌 건지도 몰라"라는 말도 덧붙였다.

"그 청년이 알아서 도망치면 되는 것 아니야? 분명 그 정도는 할 수 있을 거야." 다나카는 매몰차게 말했다.

"맞는 말이긴 한데." 나루세는 동의했다. 실제로 구온은 혼자 빠져나올 수 있으리라. "실은 거기에 인질이 한 사람 더 있을지도 모르거든."

"인질?"

"사장 영애야. 유괴당했을 가능성이 높아."

"어디 사장 영애인데?"

"쓰쓰이 드러그라는 회사를 아나?"

"아아." 다나카는 알아들었다는 듯이 고갯짓을 했다. "그 사장."

"역시 아는가 보군."

"그 사람, 원한을 많이 사니까. 딸이 유괴당했다니. 그래,

분명 자업자득이야."

"그래?"

"그렇잖아, 쓰쓰이 드러그가 자꾸 체인점을 확장하니까 옛날부터 장사해 온 작은 가게는 망해. 니가타 쪽이었던 것 같은데, 심할 때는 노부부하고 아들이 운영하는 작은 가게 맞은편에 진출해서 그 아들이 '여기에 가게를 내도 이익도 별로 안 나니 제발 봐달라'고 부탁한 적도 있대."

"봐달라는 건 엉뚱한 소리 같지만 그래도 심정은 이해가 가는군."

"암, 그렇지. 응."

"그래서 쓰쓰이 드러그는 그 애원을 무시하고 니가타에서 그 자리에 가게를 냈나?" 나루세도 이야기의 전개는 예상했다. "그리고 봐달라고 부탁한 그 약국은 망했겠군."

"뭐, 그렇긴 한데 더 심한 건 그 후야. 그러고 반년도 지나지 않아 쓰쓰이 드러그도 문을 닫았대. 이유는 모르겠지만 실제로 이익이 별로 안 났을지도 모르지. 다만 옆에서 보면."

"그냥 그 가게를 죽이려고 온 꼴이군." 나루세는 고개를 끄덕거렸다. 쓰쓰이 드러그는 대체 뭘 하고 싶었던 건지 의문이다.

"그런 식으로 원한을 사고도 남을 사장이야. 작은 가게를 일부러 망하게 하거나 사람들을 길거리에 나앉게 하는 게 취미라는 얘기도 들었어."

"설마."

"그러고도 남을 사장으로 보이나 보지."

"그래서야 오쿠보도 앞날이 험난하겠군." 나루세는 무심코 흘렸다.

"그게 누군데?"

"그 사장 영애가 우리 부서에서 일하는 젊은 직원의 결혼 희망 상대거든."

"남성판 신데렐라로군. 헤, 나루세 씨 다정하네."

"다정해?"

"부하를 위해 그 아가씨를 구해 주려는 거잖아?"

"꼭 그런 것만은 아니야." 나루세는 솔직히 대답했다. "변덕스럽게 하고 싶은 대로 움직이는 것뿐이야. 이래 봬도 대충 살고 있거든."

눈앞의 선반에 놓인 소형 지구의를 집어 들었다. 무의식적인 동작으로 농구공을 만지작거리듯 지구의를 돌렸다. 만지지 말라고 할 줄 알았는데 예상과 달리 다나카는 말리지 않고 그냥 이렇게 말했다. "지구를 돌려 봤자 아무것도 안 나와."

나루세는 지구의를 제자리에 돌려놓았다.

"하지만 그 청년이라면 그 사장 영애도 데리고 금방 달아나지 않을까?"

"의외로 구온을 높게 평가하는군."

"일부러 잡힌 걸지도 몰라. 호랑이를 잡으려면 말을 먼저 쏘라는 말도 있잖아."

"호랑이 굴에 들어가라, 겠지."

"맞다, 그거. 하지만 그 쓰쓰이 드러그도 쉬운 상대가 아니니까 나루세 씨도 조심하는 게 좋아."

"쉬운 상대가 아니라는 건 지금 실컷 들었어."

"그쪽이 아니라 거친 방법도 쓴대. 수상한 놈들하고 연결되어 있다나 봐."

"무슨 뜻이야?"

"전에 간자키 아무개라는 놈이 있었잖아. 나루세 씨가 골치 썩은."

나루세도 얼굴을 찌푸렸다. 1년 전 봄, 한바탕 얽혔던 상대의 이름이다. "그런 놈이 있었지."

"그런 놈들이 또 있는 거야. 응, 그래. 그놈들보다 독할지 몰라."

"그놈보다 독한 놈이 있어?"

"있다니까. 나루세 씨, 세상에는 독한 놈들이 넘쳐 나. 게다가 그 독한 놈은 누가 자기 목숨을 노린다고 생각하니까 질이 나빠."

"의심 많고 독한 남자라. 확실히 질이 나쁘군."

"경찰이나 정치가하고도 사이가 좋으니 지금은 무사하

지만, 조만간 해외로 도망가서 한동안 느긋하게 지내고 싶다고 했대. 우아한 건지 비열한 건지 모르겠어."

"거물은 아니군. 그놈이 쓰쓰이 드러그하고 사이가 좋다는 건가?"

"응, 맞아. 그러니까 쓰쓰이 드러그도 딸이 유괴당했으면 경찰이 아니라 그쪽에 부탁할지도 몰라. 아니, 이미 부탁했을걸."

"그놈들에게 딸을 되찾아오라고 하는 건가."

"응, 그래."

"방에만 틀어박혀 있으면서 어디서 그런 소문을 듣는 거야?"

"전파를 타고." 농담이었는지 다나카는 바로 손뼉을 치며 폭소했다.

나루세도 씨익 웃었다. 썩 자연스러운 웃음은 아니었지만 다나카는 좋아했다.

"나루세 씨는 좋은 사람이니까 덤으로 얹어 줄게." 다나카가 오른손을 천천히 뻗어 쌓여 있는 잡지 옆에서 작은 원반형 케이스를 꺼내 나루세에게 내밀었다.

"바퀴벌레 연막탄처럼 생겼군."

"나루세 씨, 예리해. 비슷해. 응, 그래. 연기가 나와. 탄내도 나고 열도 나."

"화재라도 일으키는 거야?"

"정답. 화재 같은 상황을 만드는 거야." 다나카는 자랑스럽게 콧구멍을 벌름거렸다. "전에 이걸로 러시아 대통령을 협박하려던 남자가 있었거든."

"러시아 대통령? 그러고 보니 1년 전에 일본에 왔었지."

"자칭 대통령 운전사. 그 남자가 이 연막 장치로 화재를 가장해 대통령을 협박하려고 했대. 그 러시아 대통령, 어렸을 때 집이 불에 타서 분명 불을 보면 겁낼 거라면서."

"악취미로군. 작년에도 비슷한 소리를 하지 않았어? 그 루센카 어쩌고 하는 차를 팔았을 때."

"아, 맞아, 맞아, 같은 사람이야."

"그 러시아 운전사를 만나 보고 싶군." 나루세는 발연 장치를 받아 들었다.

열쇠 복제를 서둘러 줄 수 있냐고 묻자 다나카는 약간 싫은 표정을 지었지만 "내일까지 해 줄게"라고 자부심을 드러냈다.

아야세역에서 지요다선 상행 열차를 탔다. 지하로 들어가 끝자리에 앉아 있는데 휴대전화가 울렸다. 표시를 보니 헤어진 아내의 전화번호라, 나루세는 때마침 정차한 다음 역에서 주저 없이 내렸다. 비교적 소음이 적을 듯한 계단 옆으로 들어가 휴대전화를 귀에 댔다.

"다다시니?" 아들의 이름을 불렀다.

"○월 ○일 기노사키 중앙은행 요코하마 지점에서 은행 강도 사건이 있었습니다."

전화 너머에서 다다시가 말했다.

"그렇구나." 나루세는 웃음을 참으며 말했다. 다다시가 불러 준 사건은 바로 얼마 전, 나루세 일당이 저지른 사건이었다. 마치 아버지가 하는 일은 다 꿰뚫어 보고 있다는 것 같아서 나루세는 절로 쓴웃음이 나왔다.

자폐증인 아들은 뇌 기능장애 특성상 단어들의 연관성이나 대화의 모호한 뉘앙스를 파악하는 데 서툴렀지만 기계 조작이나 언어 기억은 보통 사람보다 뛰어났다. 그 때문인지 요즘은 용건도 없는데 갑자기 전화를 하는 일이 늘었다.

"다다시, 잘 지내니?" 무심코 전화를 귀에 대는 손에 힘이 들어갔다. 조금이라도 다다시의 목소리를 가까이서 듣고 싶었다.

"다른 사람이에요." 다다시가 말했다.

"다른 사람이라니, 넌 다다시가 맞잖아."

"다른 사람이에요. 다른 사람이 있어요."

"누가 있는데?" 나루세는 웃으면서 되물었다. 기본적으로 다다시와 나누는 대화는 항상 어긋난다. 대화라고 하기에는 거리가 있을지 모르지만 나루세에게는 귀중한 교류였다.

"여보세요?" 다른 목소리로 바뀌었다. 헤어진 아내였다.

"다다시가 멋대로 전화했나 봐."

"멋대로 전화한 상대가 나라니 영광이네."

"어련하시겠어." 얄미운 말투는 아니었다.

"다른 사람이 있다고 하던데, 누가 있어?"

"지금?" 전화 너머에서 주위를 둘러보는 소리가 났다. "아무도 없는데."

"그래."

"맞다, 그러고 보니 요즘 다다시가 그림을 그려." 그녀의 목소리가 살짝 높아졌다.

"그림?" 자폐아 중에 그림 실력이 뛰어난 아이가 있다는 건 유명하다. 눈으로 본 풍경을 똑같이 묘사하는 아이도 있고 독창적인 색채를 쓰는 아이도 있다. 다만 특별한 능력이 있든 없든 아이의 가치와는 상관이 없으니 그런 것을 중요시할 필요는 없다고 생각했다. 그녀도 그랬다.

"굉장히 재미있는 그림이야." 그녀는 자랑스럽게 말했다. "재능이 있어."

"보고 싶네. 다음에 보내 줘."

"당신이 일하는 시청은 그런 대회 없어? 있다면 응모할 텐데."

"자신만만하네." 나루세는 그녀의 목소리를 들으며 미소 지었다.

"진짜 굉장히 훌륭한 그림이야. 아, 내가 거짓말한다고 생각하는구나?"

　"아니, 거짓말이 아닌 건 알아." 나루세가 볼 때 그녀가 거짓말을 하지 않았다는 것은 명백한 사실이라 바로 대답했다.

구온 1

연금 비교적 가벼운 감금. 신체의 자유는 구속하지 않지만 외부와 일반적인 접촉은 금하거나 제한하며 행동의 자유를 어느 정도 속박하는 것. 가브리엘 카소 〈억압〉. "나는 이 신문배달소에 ○○당했다. 아니, 세상 어디에 있어도 ○○당하고 있다. 아니, 유일하게 해방되는 순간은 배달해야 할 조간에 칼로 흠집을 내는 그 순간뿐. 그게 전부다!"

구온은 허리를 숙이고 소파에 있는 여성에게 접근했다. 공포 신문이라고 대답했다가 사무실로 끌려간 후였다. 고니시 기획이라는 간판이 걸린 실내는 의외로 넓었다. 문을 열면 다른 공간이 계속 나오는 것처럼 방을 몇 개나 연결해 지은 건물처럼 생겼다.

"여보세요." 여성을 불러 보았다. 쓰러져 있던 여자가 움찔 놀라 벌떡 일어났다. 잠들었던 건지도 모른다. 눈꺼풀은 부었고 머리카락도 푸석했지만 며칠 전 은행에서 보았던 여성이 틀림없었다.

"아." 그녀는 눈을 비비며 자세를 고쳐 소파에 앉았다.

"요시코 씨죠?"

"네?"

"쓰쓰이 드러그 요시코 씨 아니에요?"

"저, 당신은?" 그녀가 조심스럽게 물었다. 다다미 여섯 장 면적도 되지 않는 작은 공간에는 소파와 텔레비전, 낮은 테이블이 전부였다. 작은 창문이 서쪽에 달려 있다. 수갑이나 족쇄는 없었다.

"난 당신을 여기에 가둔 놈들하고는 상관없어요."

"진짜예요?"

"진짜예요."

"그럼 뭔데요?" 그녀는 그 말을 듣고 겁을 내며 몸을 움츠렸다. 소파에 쓰러뜨리기라도 할 줄 안 모양이다.

구온은 씨익 웃었다. 당연히 그것만으로는 그녀의 얼어붙은 표정은 누그러지지 않았다. "몇 가지 확인을 하고 싶어요. 먼저 당신은 쓰쓰이 요시코 씨 맞죠?"

"네, 맞아요." 그녀가 대답했다.

"아버님은 드러그스토어 사장님?"

"네."

"당신은 그래서 수상한 남자들에게 붙잡혀 여기 갇힌 거죠?"

"네, 그래요." 그녀는 세 번 끄덕였다.

"그저께 은행에 갔다가 강도를 만났죠?"

"그걸 어떻게?" 그런데 당신은 대체 누구냐고 당장이라도 따지고 싶은 눈치였지만 구온은 재빨리 다음 질문을 던졌다. "당신이 좋아하는 건 개? 고양이?"

그녀는 몸을 젖히더니 눈을 동그랗게 떴다. "어?"라고 되물으려는 것 같았지만 구온의 똑바른 눈빛에 눌렸는지 "고양이요"라고 대답했다.

"좋았어." 구온은 집게손가락을 세웠다. "난 당신을 구하러 왔어요."

"잠깐, 잠깐만, 나도 묻고 싶은 게 많다고요." 그녀는 동요를 숨기려 하지도 않고 작은 목소리로 물었다. "어디로 들어왔어요?" 마음이 급한지 말이 빨랐다.

"실은 아까 이 빌딩에 왔다가 이 사무실 남자들한테 들켜서 끌려왔어요. 당신을 여기에 가둔 놈들은 몇 명이에요?" 구온도 빠르게 속삭였다.

"저기, 날 어떻게 알고?"

구온은 대답이 궁했다. 논리적인 설명은 불가능할 테니 포기했다. "당신 남자 친구의 열의가 날 이곳으로 보냈어요"라고 둘러댔다.

"어."

"뭐, 깊이 생각하지 말아요." 손을 절레절레 저었다. "어쨌거나 당신을 도우러 왔으니까. 그래서 범인은 모두 몇 명?"

"내가 본 건 두 사람이에요. 동그란 얼굴에 왜소한 청년하고 체격 좋은 아저씨. 둘 다 모자에 선글라스를 꼈어요."

"큰 쪽은 고니시라는 이름이었어요." 구온을 끌고 왔을 때 동그란 얼굴의 남자가 큰 남자를 "고니시 씨"라고 불렀고 큰 남자는 그때마다 이름으로 부르지 말라고 꾸짖었다.

"내 앞에서도 실수로 말하더라고요. 젊은 쪽은 오타라는 이름인 것 같아요."

"그것도 실수로 흘린 거예요?"

"네." 그녀도 범인을 동정하는 것 같았다.

"왠지 모자란 범인들이네요."

"맞아요, 모자란 사람들이에요." 마치 범인이 친구라도 되는 듯한 말투였다.

고니시는 프로레슬링 선수나 럭비 선수로 보일 정도로 체격이 좋고 두성처럼 높은 목소리로 말한다. 오타는 160센티미터가 될까 말까 한 체격에 칼을 휘두르며 으름장을 놓는다.

"개그 콤비 같네요, 그 사람들."

"네, 정말 그래요." 그녀는 역시 동정 어린 얼굴로 웃었다.

"내가 갇힌 건 이 옆 응접실 같은 곳이었는데 수갑으로 팔을 묶더라고요. 하지만 자세히 생각해 보니 당신도 갇혀 있을 것 같아 붙잡히길 잘했다 싶었죠. 일단 찾아봤는데 문이 두 개 있고, 그중 하나는 커다란 사무소로 연결되어 있었어요. 나머지 하나를 열어 보니 여기였고요. 빙고."

"빨리 돌아가지 않으면 수상하게 여길 거예요."

"괜찮아요. 고니시라는 사람은 밖에 나갔고, 오타는 화장실에 갔어요. 화장실 문 앞을 짐으로 막아 두었으니 나오려면 조금 고생할 거예요."

"만약 내가 개를 좋아한다고 대답했으면 어쩔 작정이었어요?"

"상관없어요. 어느 쪽이든 구할 생각이었으니까. 다만 그때 '개든 고양이든 무슨 상관이냐'라고 말했다면 두고 갔을지도 모르죠."

"그런 이유로?"

"개나 고양이를 업신여기는 사람은 구해 주고 싶지 않거든요."

"그런 문제가 아닌 것 같은데."

"어쨌거나 얼른 도망가요."

"저기." 그때 쓰쓰이 요시코가 질문했다. "수갑을 차고 있었다면서요? 이 방도 밖에서 잠겨 있었을 텐데 어떻게 여기에?"

"아아." 구온은 마치 방금 전까지 차고 있던 수갑의 차가운 감촉이 그립기라도 한 듯 두 손목을 내밀며 설명했다. "오타 씨가 열쇠를 가지고 있을 것 같아서 슬쩍 빌렸죠."

"어떻게?"

"그야 상대에게 살짝 부딪쳐서." 구온은 어깨를 으쓱하며 일어났다. "그보다 빨리 달아나요. 이렇게 한 건 해결했네."

유키코 2

후수【後手】 ① 적에게 기선을 빼앗겨 수세에 몰리는 것. ② 시기를 놓치는 것. ③ 바둑, 장기에서 상대의 뒤를 따르는 일. 또는 그런 사람.

"만약 구온이 일부러 붙잡힌 거라면." 뒷좌석에 앉은 교노가 말했다. "우리가 갈 것까지도 없이 그 녀석 혼자 알아서 사장 영애를 데리고 도망치지 않을까?"

"가능성은 있지." 조수석의 나루세는 창밖을 바라보고 있었다. "다나카도 비슷한 말을 했어."

유키코는 교차점에 진입해 핸들을 꺾으며 액셀을 밟았다. 널찍한 편도 2차선 도로로 나가 속도를 냈다. 이번에 유키코가 조달해·온 차는 신형 세단이었다. 창유리에 검은 필름이 붙어 있어 밖에서는 차 안을 볼 수 없다.

목적지인 빌딩의 위치는 나루세에게 받은 지도를 보고 이미 머릿속에 입력해 두었다. 사전 답사는 하지 않았지만 주변의 신호 타이밍은 기억해서 비교적 순조롭게 운전할 수 있었다. 통행량은 예상보다 많았지만 머릿속 시간표를 황급히 변경할 정도는 아니다.

"그래도 구하러 가는 거야?"

"그 녀석이 만약 달아날 작정이었다면 어제 탈출했을 것 같거든."

확실히 구온은 어제 붙잡혔으니 이미 하루가 지났다.

"그러니 어쩌면 구온은 우리 도움을 기다리고 있을지 모른다, 나루세 씨는 그렇게 생각한 거야?" 유키코가 물었다.

"우리는 은행 강도지, 감금된 사람을 구하는 일에는 아마추어잖아." 교노가 기가 막힌다는 듯이 말했다.

이번 목적은 은행 강도가 아니니 양복이 아니라 다나카가 준비해 준 이사 업체 유니폼을 입기로 했다. 남색 바탕에 노란 선이 들어가 있고 회사명이 등에 적혀 있다. 낯선 사람이 빌딩을 방문해도 가급적 의심을 사지 않을 차림새다. 유키코도 같은 유니폼을 입고 있다.

처음에는 전에도 사용했던 경찰 제복을 입자는 의견도 나왔지만 만약 경찰 모습을 보고 동요한 범인이 구온이나 사장 영애에게 위해를 가하면 큰일이라는 것을 깨닫고 그만두었다.

"괜찮아. 아마추어라도 교노, 자네는 뭐든 잘하잖아."

설마 나루세가 그런 말을 할 줄은 생각도 못 했는지 교노도 주춤했지만 결국 "뭐, 그렇긴 하지"라고 수긍했다. 유키코는 그런 두 사람을 보며 대단하다고 생각했다.

"3분 후면 도착해." 시계와 속도계, 앞을 가로막는 자동차들의 양을 보며 말했다. 평소처럼 엄밀하게 시간을 지킬 필요는 없지만 역시 무심코 체내에서 도착 시간을 계산한다.

사거리를 두 개 지나 T 자로에서 우회전한 다음 직진하다가 좌회전하자 일방통행로로 들어섰다. 액셀에서 발을 떼고 차를 왼쪽 갓길에 붙여 브레이크를 밟았다. "저 오른쪽 제일 안쪽 맞지?"

"맞아, 맞아. 저 건물이야." 교노가 손가락을 뻗었다.

그리 크지 않은 낡은 빌딩이었다. 부지에 건물을 세우다 보니 우연히 계산이나 배분을 잘못해 모퉁이에 공터가 생기는 바람에 어쩔 수 없이 땅이 아까워 빌딩을 세운 게 아닐까, 그런 배경이 떠오르는 건물이다.

"계획을 확인하자." 나루세가 유키코를 돌아보았다. "먼저 나하고 유키코가 고니시 기획을 찾아간다. 아무도 없으면 다나카가 만들어 준 복제 열쇠로 안에 들어간다."

"그런데 다나카는 어떻게 열쇠를 복제한 거야?" 교노가 소박한 질문을 했다. "여기까지 와서 들키지 않고 열쇠를 만들 수 있으면 하는 김에 구온도 데려와 주면 좋았잖아."

"그러네." 유키코도 동의했다.

"그건 다나카가 할 일이 아니야." 나루세의 설명은 이해가 갈 듯하면서도 모르겠다.

"그럼 안에서 남자가 나오면 어쩌지?" 교노가 물었다.

"교노, 자네는 그 녀석을 봤지?"

"한 명은 얼굴이 동그랗고 왜소한 남자였어. 20대 후반 정도."

"나머지는 그 고니시라는 남자? 교노 씨는 목소리밖에 못 들었어?"

"그렇지."

"만약 누가 나오면 이사 업체가 잘못 찾아온 척하고 대화를 나눈다. 그리고 내부 상황을 파악할 수 있도록 조작하고 나온다."

나루세가 어떤 조작인지는 차에서 내려 간단히 설명하겠다고 했다.

"난 어떻게 할까?" 교노가 몸을 내밀었다. "나는 안 가도 돼?"

"자네는 요전에 그 동그란 얼굴의 남자하고 마주쳤잖아. 위험해. 여기서 기다려."

"그렇군, 이번엔 내가 운전 담당이군."

"아니, 대기 담당이야."

"만약 범인들이 달아나면 내가 차를 몰아 쫓아가야겠어. 유키코, 열쇠는 두고 가."

약간의 불안을 느끼며 유키코는 위조한 열쇠에서 손을 뗐다.

"내가 면허를 땄을 때는 운전 학원 역사상 가장 훌륭한 우수생으로 눈 깜짝할 새에 통과했어. 나한테 맡겨."

"시끄러워서 운전 학원에서 얼른 쫓아내려고 그런 거겠

지." 나루세는 문을 열었다. "자네는 대기조야."

"아니, 나는 운전 담당이야."

빌딩 안으로 들어간 유키코는 어두운 조명과 텁텁한 먼지에 무심코 중얼거렸다. "누가 봐도 수상한 건물이네."

나루세도 작게 웃었다. "일부러 수상하게 만들고 싶어도 이렇게까지는 못 하겠어."

현관 안쪽에 엘리베이터가 두 대 있었다. 왼쪽은 5층에 멈춰 있었고 오른쪽 엘리베이터는 1층에 있었다. 단추를 누르자 바로 오른쪽 문이 열렸다. 안으로 들어갔다. "이런 작은 빌딩에 엘리베이터가 두 대나 있다니, 정말 쓸모없네."

"뭐든 예비가 있으면 좋다는 뜻 아니겠어? 엘리베이터도, 아버지도."

"그럼 나루세 씨는 예비 아버지야?" 이혼한 나루세의 아내는 지금 다른 남자와 재혼했다고 들었다.

"재혼한 남자가 자주 그랬어. '진짜 아버지는 나루세 씨고, 저는 예비예요.'"

"좋은 사람이네."

"좋은 사람은 알고 보면 의외로 재수 없거든."

엘리베이터가 멈추고 문이 열렸다. 너무 낡아서 그런지 문이 여닫힐 때 "이번이 마지막이다 하고 죽을 각오로 문을 움직였습니다"라고 말하듯 덜덜거렸다. 통로로 한 걸음 나가서 왼쪽을 보았다. '임차인 모집'이라는 종이가 붙어 있었지만 종이 자체가 누렇게 변색되어 도저히 임차인을 구하는 것 같지 않았다. 오른쪽으로 시선을 돌렸다. 약 10미터 앞 정면에 간유리가 있고 고니시 기획이라고 적혀 있었다.

"불이 꺼져 있군." 나루세가 속삭이듯 말했다. 앞을 보니 간유리 안쪽은 상당히 컴컴했다. 빛이 전혀 들어오지 않는지 대낮인데도 실내등을 켠 것처럼 보였다.

나루세는 손에 작은 전자수첩 같은 도구를 들고 있었다. "전에 말했을지도 모르는데, 이게 수신기야. 구온이 붙인 발신기에 다가가면 반응해."

"범인의 지갑에 붙어 있댔지? 반응이 있어?"

"그럴 텐데." 나루세는 그렇게 말하며 수신기를 주머니에 넣었다. "반응이 없어. 전지가 다 되었나 봐. 다나카가 사흘이 고작일 거라고 했으니."

"아쉽네." 유키코는 무표정하게 말하고 간유리에 눈을 바싹 댔다. "지금은 안에 아무도 없는 것 같은데."

"인질을 두고 모두 외출했다고 생각하긴 어려운데."

"어쩔까?"

"일단 호출해 볼까? 적을 알아야 뭐든 시작하지. 만약 누가 나오면 내가 이야기할게. 그사이에 유키코 당신은 열린 문 틈새로 이걸 던져." 나루세는 휴대전화를 유키코에게 건넸다.

"이게 뭐야?"

"전에 못 봤나? 도청기가 내장된 휴대전화야."

"아아, 그거." 유키코는 바로 이해했다. 1년 전, 유키코 일행을 속이려 했던 불쾌한 남자가 사용한 도청기였다. "나루세 씨, 이걸 가지고 있었어?"

"그 남자한테 받았지." 나루세는 끄덕거렸다. "어쨌거나 이걸로 내부 상황을 파악하고 싶어. 실내 어딘가, 가급적 들키지 않을 곳에 던져."

유키코는 그 정도는 신발을 고쳐 신는 척하며 몸을 숙이면 가능하겠다고 생각했다.

문 옆에 인터폰이 달려 있었다. 나루세가 마음을 먹었는지 턱을 살짝 숙이고 손가락을 뻗어 단추를 눌렀다. 벨 소리가 밖에도 잘 들렸다.

반응은 없다. 유키코는 나루세와 얼굴을 마주 보았다. 한 번 더, 이번에는 유키코가 인터폰을 눌렀다.

"복제 열쇠가 나설 차례인가." 나루세가 작은 목소리로 말하며 주머니에서 재빨리 열쇠를 꺼냈다. 손잡이 열쇠 구멍에 살그머니 열쇠를 가져가던 나루세의 손길이 멈췄다.

무슨 일인지 나루세의 옆얼굴을 살폈다.

나루세는 조용히 유니폼 주머니에 손을 넣어 안에서 휴대전화를 꺼냈다. 시끄러울 정도는 아니지만 전기 충격을 받은 것처럼 부르르 떨렸다. 전화가 온 모양이다. 나루세가 전화를 귀에 대며 말했다. "지금까지 한 번도 좋은 소식으로는 전화한 적 없는 친구야."

"누구?" 묻지 않아도 알 것 같았지만 물어보았다.

"교노."

"그래?" 전화 목소리에 귀를 기울인 나루세의 표정이 조금 험악해졌다. "바로 내려갈게."

끊으려는 찰나에 생각이 났는지 휴대전화에 입을 대고 덧붙였다. "자네는 무리하지 마. 거기서 기다려. 상대는 무기를 가지고 있을지도 몰라. 일이 커지면 우리도 귀찮아져. 그대로 있어."

"무슨 일이야?" 유키코는 휴대전화를 주머니에 도로 넣고 엘리베이터로 되돌아가려는 나루세에게 물었다.

"아무래도 엇갈렸나 봐. 우리가 들어간 후에 그 일당이 구온을 끌고 빌딩에서 나왔다는군. 다른 쪽 엘리베이터를 탔겠지. 왜건 차량에 태웠대."

"어느 틈에?"

"이렇게 작은 빌딩에 엘리베이터가 두 대나 있는 게 잘못이야." 나루세는 열린 엘리베이터에 올라타서 바로 1층 단추를 눌렀다. "길이 엇갈렸어."

"범인들은 이동할 생각인 걸까?"

"왜건 차량으로."

"무슨 이유로?"

"이 빌딩이 위험하다고 판단했거나, 혹은 몸값이라도 받으러 가는 것 아닐까?"

엘리베이터 하강 속도가 몹시 느리게 느껴졌다.

"교노 씨가 쫓고 있어?" 유키코는 마음에 걸려 물어보았다. 왜건 차량이 어디론가 간다면 뒤를 쫓아가야 한다. "만약 그 왜건을 놓치면 찾을 수 있는 단서가 없잖아."

"그 녀석이 급하게 운전하면 될 일도 안 돼."

엘리베이터가 1층에 도착해 밖으로 달려가는데 때마침 쿵, 하는 소리가 들렸다.

"봐."

소리가 난 쪽을 보니 교노가 운전석에 앉은 세단의 타이어가 왼쪽으로 돌아 나가는 모퉁이 배수로에 빠져 있었다.

교노 2

메모 자리에서 떠날 때나 누군가를 찾아갔는데 부재중일 때 용건을 적어서 남겨 두는 일. 또는 그 편지. 연락 사항. "후지이의 방에는 노조미라는 여자의 ○○가 있었다."

남자들이 나온 것은 나루세와 유키코가 현관으로 사라진 직후, 교노가 운전석에 앉아 좌석과 미러 위치를 조정하고 안전벨트를 매려고 손을 뻗었을 때였다.

　빌딩에서 남성용 코트를 입은 여자가 나타났다. 자세히 보니 나루세가 가져온 부하의 애인 사진과 비슷한 것도 같다. 그 바로 뒤에는 낯익은 남자가 서 있었다. 쓰쓰이 요시코보다 키가 작고 녹색 니트 모자에 선글라스를 꼈다.

　뒤이어 나온 사람이 구온이었다. 손목이 묶여 있는지 뒷짐을 진 팔이 부자연스러웠다. 그 옆에 거한이 있었다. 이쪽 역시 모자를 쓰고 있다. 오리너구리 주둥이처럼 생긴 갈색 사냥모를 깊숙이 눌러쓰고 검은 선글라스를 끼고 있다. 구온의 머리 위치와 비교해 보니 키가 190센티미터는 될 것 같았다.

　교노는 주머니에서 휴대전화를 꺼내 번호를 누르고 귀에 댔다.

눈앞의 남자들은 현관 옆에 세워 둔 왜건에 올라타고 있었다. 언제부터 저런 곳에 왜건이 있었는지 깜짝 놀랐다. 차체는 도로 갓길에 비친 그림자가 그대로 튀어나온 것처럼 새까맸다. 여자를 뒷좌석에 태우고 왜소한 남자가 헐레벌떡 운전석으로 돌아갔다. 그다지 능수능란해 보이지는 않았다.

"무슨 일이야?" 나루세의 목소리가 들렸다.

교노는 오른손으로 열쇠를 돌리며 설명했다. "지금 구온하고 여자가 나왔어. 범인이 차에 태우고 어디로 이동하려는 것 같아."

"그래? 바로 내려갈게."

시동이 걸리고 차체가 떨렸다.

"내가 먼저 범인들의 왜건을 추적해야지. 미안하지만 두 사람은 두고 갈게." 교노는 앞 유리 너머, 왜건의 움직임에서 시선을 떼지 않았다.

"자네는 무리하지 마, 거기서 기다려." 나루세가 긴장한 목소리로 말하기에 교노는 괜찮다고 단언하고 전화를 끊었다. 그 직후 왜건이 출발하는 게 보였다. 교노는 핸드브레이크를 풀고 액셀에 힘을 실었다. 자동차 추격전이라고 생각하자 지금까지 보았던 영화의 추격 장면이 차례로 머릿속을 스치고 핸들을 쥔 손에 힘이 들어갔다. 맞은편 차선을 역주행하는 장면이 처음 나온 건 어느 영화였는지 궁금했다.

"기다려라, 구온." 액셀을 힘껏 밟았다. "지금 간다."

왜건이 첫 모퉁이에서 좌회전하자 교노도 황급히 핸들을 꺾었다. 생각보다 속도가 빨랐다. 그 순간, 오른쪽에서 들어오는 빛이 눈을 찔러 비명을 질렀다. 정신을 차렸을 때는 핸들을 왼쪽으로 힘껏 꺾은 탓에 불쾌한 소리와 함께 자동차가 비스듬하게 기울더니 담벼락에 충돌했다.

"기적이야." 교노는 달려온 두 사람에게 먼저 그렇게 말했다. "그 충돌에서 상처 하나 입지 않았다니, 이게 기적이 아니고 뭐겠어."

"그래, 기적이야?" 나루세는 여전히 냉담한 목소리로 말했다. "그거 다행이네."

"생각보다 속도가 느려서 담벼락이 무너지지 않은 것 같아." 유키코가 차분한 목소리로 말했다. "교노 씨, 왜건은 놓친 거야?"

"자네가 다닌 운전 학원이 대체 어디야?" 나루세가 놀리듯 입가를 일그러뜨렸다.

"그놈들 실력이 상당해."

"일단 여기서 뜨자. 경찰이 올 거야." 나루세는 그렇게 말하고 빌딩으로 걸어갔다. 교노도 황급히 그 뒤를 따랐다. "차는 그냥 두고?"

"저 담벼락 주인한테는 미안하지만 여기서 경찰에 조사 받으면 일이 복잡해져. 애초에 저 차도 유키코가 훔쳐 온 차고."

"이제 어쩌려고?"

"아까 그 사무실로 돌아가는 수밖에."

나루세는 그렇게 말하고 빌딩 안으로 돌아갔다. 교노는 옆에 있던 유키코와 얼굴을 마주 보고 뒤를 따라갔다.

두 대의 엘리베이터 중에서 오른쪽에 올라탔다. "두 대나 있다니 짜증 나." 교노가 중얼거리자 나루세가 작게 두 손을 들었다. "유키코하고 내가 각자 다른 엘리베이터를 탔어야 했어. 실수했어."

"이미 벌어진 일은 어쩔 수 없지. 뭐, 실수에 너무 침울해하지 마." 교노는 고등학생 때부터 알고 지낸 친구를 위로하기로 했다.

4층에 도착해 통로로 나가 오른쪽 모퉁이 사무실로 갔다. 나루세는 재빨리 열쇠를 꺼내 손잡이에 넣고 돌렸다. 안에 아무도 없는 것을 확인했는지 소리에 크게 개의치 않고 벌컥 열었다.

"여기에 단서가 있어?"

"있다는 보장은 없어. 있으면 좋겠다는 거지."

안으로 들어가자 먼저 넓은 사무 공간이 나왔다. 테이블이 몇 개 놓여 있고 구석에 대형 텔레비전이 있다. 소형 텔레비전도 열 대 가까이 있고 비디오 기계와 레코더 같은 기기가 몇 개나 쌓여 있었다. 다나카의 방이 떠올랐다.

유키코는 창가로 다가가 커튼을 걷고 바깥 풍경을 확인하기 시작했다.

교노는 실내를 한 바퀴 둘러보고 구노의 〈아베마리아〉를 흥얼거리며 구석에 놓인 선반의 서랍을 하나씩 열어 보았다.

사무 용품과 케이블이 처박혀 있었다. 세 개쯤 열어 보다가 중요한 사실을 깨닫고 고개를 들었다. "그런데 대체 뭘 찾아야 해, 나루세?"

대답이 없었다. 자세히 보니 모습도 보이지 않았다. 다른 방을 보러 갔구나. 그때 나루세의 목소리가 들렸다. "어이, 교노, 이것 좀 봐."

나루세는 동쪽으로 난 안쪽 방에 있었다. 가죽 소파가 있고 모피가 걸려 있다. 자그마한 응접실 공간 같기도 했다. 벽 쪽에 간이침대가 붙어 있고 왼쪽 벽에는 또 다른 문이 있었다.

"구온은 여기 있었던 것 같아." 나루세가 그렇게 말하며 침대를 가리켰다.

"어떻게 알아?" 교노는 주의 깊게 주위를 둘러보았지만 구온의 흔적이나 발자국은 보이지 않았다. "자네가 하는 말은 역시 아리송해서 모르겠어. 등산길처럼 전모가 전혀 보이지 않아."

"자네는 1년 전에도 그런 말을 하지 않았나?" 나루세가 눈썹을 찌푸렸다.

"난 몇 번이든 말할 거야."

"그래, 자네라면 몇 번이든 말하겠지."

"자네는 뭐든 앞을 내다보는데, 정말 그래도 괜찮아? 앞날을 모르니까 인생이 즐거운 거잖아. 마술의 속임수를 알면서 쇼를 즐길 수 있어?"

"뭐, 그렇다면 그렇지. 그럼 자네는 상대가 사물의 진상을 가르쳐 주는 것보다 그냥 숨기는 게 더 좋아?"

"당연하지. 애초에 나도 대충은 꿰뚫어 보고 있어. 단지 재미가 없으니까 모르는 척하는 것뿐이지."

"자네는 시치미의 달인이군."

"암."

"여기 사람이 있었던 흔적이 있어." 유키코가 간이침대 위에 널브러진 담요를 굽어보며 말했다.

"혹시나 싶어 손을 뻗어 봤는데." 나루세는 그렇게 말하며 침대를 가리킨 다음 교노에게 종잇조각을 건넸다. "침대 밑에 이게 붙어 있었어."

전단지를 잘라 낸 조각이었다. 뒷면에 펜으로 '오후 4시 야마기시 공원 몸값'이라고 휘갈겨 쓴 글씨가 적혀 있었다.

"이건?" 교노는 뚫어져라 쳐다보던 그 메모를 유키코에게 건네며 나루세의 안색을 살폈다.

"구온이 남긴 메모야." 나루세는 그렇게 말하며 시선을 조금 돌려 간이침대 옆을 보았다. 거기에는 셀로판테이프가 굴러다니고 있었다. "일전에 범인 이름을 전할 때 쓰겠다고 말한 방법 그대로군."

"제스처가 나을 줄 알았는데." 교노는 멍하니 중얼거렸다.

구온 2

범인들은 구온에게 수갑을 채워 왜건 끝자리에 처박았다. 뒷좌석이 두 줄이었다. 차량 내부가 넓다. 바로 옆에 고니시가 앉았다. 깊게 눌러쓴 사냥모와 선글라스로 얼굴을 가리고 있다. 자세히 보면 인상을 알 수 있을 것 같았지만 예의상 요모조모 뜯어보는 행동은 삼갔다. 유난히 눈에 띄는 거대한 체격 때문에 범죄자로서는 손해겠다고 동정했다.

"형씨, 미안하지만 그대로 얌전히 있어." 럭비 선수처럼 탄탄한 체형이라 위압감은 있지만 목소리가 높고 태도도 온화하다.

"그나저나 잘될까요?" 핸들을 쥔 니트 모자의 오타가 걱정스럽게 말했다. "쓰쓰이가 돈을 가져올까요?"

"그건 가 봐야 알지." 고니시가 짜증스럽게 말했다. 그리고 동승한 요시코의 심경을 배려하듯 덧붙였다. "뭐, 아무리 쓰쓰이라도 딸을 위해서는 돈을 마련하겠지."

"아뇨, 저희 아버지는 고집이 세고 지는 걸 싫어해서 어떻게 될지 알 수 없어요." 요시코는 달관한 건지 비관하는 건지 그런 소리를 했다.

"맞아, 네 아버지라면 돈이 아까워서 너를 버릴 거야." 운전석의 오타가 말했다.

"너, 남의 부모를 나쁘게 말하면 못써."

"죄송합니다, 고니시 씨."

"어이, 이름으로 부르지 말라니까."

"죄송합니다, 고." 오타가 도중에 말을 삼키는 게 보였다.

뭐야, 이 모자란 범인들은? 구온은 한숨을 쉬며 물어보았다. "그 모자하고 안경은 역시 얼굴을 들키지 않으려고?" 입은 막지 않아서 자유롭게 떠들 수 있었다.

"당연하잖아." 오타가 의기양양하게 말했다. "이런 짓을 하는 놈들은 인질에게 얼굴을 들키면 안 돼. 만약 들키면 그 인질을 처리해야 하지."

처리라는 말에 요시코가 순간 움찔 떨었다. 구온은 "그런 말을 할 거면 서로 이름도 부르지 말아야지"라고 말해주고 싶었다.

"자고로 유괴범이 인질을 감금하려면 추적당하지 않을 무연고지에 가둬야겠지?" 구온이 말하자 오타는 약간 동요하는 기색으로 변명하듯 대답했다. "당연하지. 아까 그 사무소도 우리하곤 아무 상관 없는 곳이야."

순 거짓말. 구온은 기가 막혔다. 그 사무소에는 '고니시 기획'이라고 적혀 있었으니 누가 봐도 연고지가 틀림없다.

거북한 사실을 지적당해 그런 건 아니겠지만 오타가 "너도 너무 나불거리지 마. 원래는 바로 처리할 생각이었으니까"라고 협박했다.

"위험한 소리는 하지 마." 고니시가 재빨리 말했다. "이 아가씨는 우리한테 협력해 주는 거야. 당연히 험한 짓을 해서는 안 되고, 무엇보다 그런 비정한 짓을 하면 그야말로 쓰쓰이 드러그하고 똑같은 수준이 되는 거야."

구온은 긍지 어린 그 말투가 우스웠다. 사람을 유괴해 놓고 비정이니 뭐니 따질 때인가? 그리고 요시코의 말을 떠올렸다. "저 사람들, 나보다도 착해서 두고 볼 수가 없어요."

전날, 자기 수갑을 풀고 요시코를 찾아낸 구온은 "당신을 구하러 왔어요"라고 속삭이고 사무실에서 탈출하기만 하면 되는 상황이었다.

그런데 달아나지 않았다. 당사자인 요시코가 기다리라고 손을 잡아끌었기 때문이다.

"도망가면 안 돼요." 요시코의 눈빛이 진지해서 농담을 하는 것 같지 않았다.

"도망가면 안 된다고요?" 무슨 뜻인지 몰라 구온은 미간을 찌푸렸다.

"만약 제가 도망가면 저 범인들은 돈을 손에 넣지 못해요."

"그야 인질이 달아나면 몸값은 못 받겠죠."

"그러면 저 사람들은 큰일 난대요."

"큰일?"

"돈이 필요하다고."

"하아." 구온은 요시코가 무슨 말을 하고 싶은지 이해했다. "당신, 사장 영애라고 사람이 너무 좋은 것 아니에요? 가여운 사람을 보면 내버려 두지 못하는 타입이군요?"

"이름이 요시코良子니까요." 그녀는 웃음이 아니라 울음을 터뜨릴 것 같은 표정으로 말했다. "세상 물정 모른다는 비판에도 익숙해요."

"아, 그렇구나." 구온은 아랫입술을 비죽 내밀었다. "하지만 세상에는 돈이 궁한 사람들이 넘쳐 나니까 당신이나 당신 아버지가 이 범인들을 도울 필요는 없잖아요. 상관도 없고." 애초에 도와줘야 할 것은 사람이 아니라 사람 때문에 힘겹게 살아가는 동물들이라고 말하고 싶었다.

"아뇨, 저하고 상관은 있어요." 요시코는 촉촉한 눈으로 불끈 쥔 두 주먹을 떨고 있었다. 뭔가 귀찮은 사람이다. 구온은 조금 질려 버렸다.

"상관이 있다니 무슨 소리예요?"

"저희 아버지가 드러그스토어를 하는 건 알죠?"

"유명하다면서요. 여기저기에 체인점이 생기고 있다고 들었어요."

요시코는 고개를 숙이고 뺨을 붉혔다. "꽤 무자비하게 확장하고 있는 것 같아요. 저는 전혀 몰랐는데. 작은 약국 옆에 가게를 내서 그런 작은 가게를 자꾸 망하게 만드는 거예요. 저 고니시 씨도 피해자 중 한 사람이래요."

"그거, 저 범인들한테, 고니시 씨한테 들은 얘기예요?"

"네."

"유괴범이 인질한테 그런 얘기까지 했어요?" 구온은 믿을 수가 없어 기가 막혔다. 그런 짓을 하면 정체를 드러내는 꼴이지 않은가.

고니시는 요시코를 유괴해 "말만 잘 들으면 무사히 돌려보내 주겠다. 그러니 협력해 달라"고 말했다고 한다. "우리는 당신 아버지 때문에 지독한 꼴을 당한 녀석을 위해 돈을 손에 넣고 싶으니 협력해 줘"라고.

"그래서 협력하기로 한 거예요?"

"다른 좋은 방법이 있어요?"

그런 말을 들으니 할 말이 없었다. 실제로 그녀는 아버지 때문에 지독한 꼴을 당한 사람이 있다는 사실에 충격을 받고, 그것이 자신의 죄라도 되는 것처럼 괴로웠다고 한다. "단순한 사람이네." 구온은 무심코 그렇게 말했다. "아, 잠깐만. 당신이 유괴당한 건 대체 언제였어요?"

"그저께예요. 시내에 단골 은행이 있는데, 그저께도 거기서 돈을 찾으려 했어요. 그런데 갑자기 뒤에서 오타 씨가 칼을 들이대서."

"아, 그게 그 은행이었군요?"

"그 은행?"

"아, 실은 나도 거기 있었거든요." 구온은 의심을 살 각오로 이야기했다. "은행 강도가 나타나서 깜짝 놀랐지만요."

"오타 씨가 칼을 들이대기에 얼른 도망가려고 했는데, 그때 은행 강도가 들어와서."

"그래서 오타한테서 달아나지 못한 거군요."

"네, 그런 거예요."

"그건 미안하게 됐네요."

"왜 사과하죠?"

"하지만 그 은행 강도들 제법 쌈박했죠?"

"전 무서웠어요. 그런 비열한 범죄자는 정말 용서할 수 없어요."

"그렇겠죠."

"카운터 위에서 종알종알 떠드는 건 신선했지만."

"그건 별로 멋없던데. 다른 강도 두 사람은 괜찮았지만."

"그럴까요? 비열한 사람들이에요."

"그렇겠죠."

"맞다, 상황을 확인하고 싶은데 당신은 원래 아버지한테 걱정을 끼치려고 가출했다, 그렇죠?"

어떻게 그걸 아는지 되묻지도 않고 요시코는 고개를 끄덕였다. 애인이 말해 줬다고 판단했는지도 모른다. "그래요, 몇 주는 버텼는데, 아버지도 저를 잘 아는지 별로 효과가 없어서 슬슬 기운이 빠지던 참이었어요."

"그럴 때 유괴를 당한 거군요."

네, 하고 요시코는 고개를 끄덕였다.

방 밖에서 쿵, 하는 소리가 울렸다. 화장실에서 나오려던 오타가 열리지 않는 문을 힘껏 밀고 있으리라. 계속 쿵쿵거렸다.

"어쨌거나 당신은 저 사람들과 힘을 합쳐 아버지에게서 몸값을 뜯어내려는 거군요."

"무모한가요?"

"무모하다기보다 위험하네요."

"하지만 약속해 줬어요."

"약속? 누가요?"

"저 사람들이요."

"범인의 약속을 믿는 거예요?"

"저 사람들, 난폭한 짓도 하지 않았고 아마 좋은 사람들일 거예요."

"'아마' 말이죠."

"그러니까 저는 상관 말고 도망가세요." 요시코는 그런 말도 했다.

"싫은데, 그러면 나도 남을래요. 당신을 데려가지 않으면 혼나니까."

"누구한테요?"

강도 친구들이라고 대답할 수도 없어 역시나 "당신 애인한테"라고 대답했다. "어쨌거나 난 절대 혼자서는 돌아가지 않을 거예요."

그때 등 뒤에서 문이 벌컥 열렸다. 아차 싶었을 때는 이미 늦어 오타가 들어왔다. "이 자식, 뭐 하는 거야!" 구온의 팔을 보더니 소리를 질러 댔다. "수갑은 어떻게 풀었어!"

구온은 머리를 긁적거렸다. "갑자기 풀리더라고요. 운이 좋았어요."

오타는 구온을 걷어찼다. 위력은 세지 않았지만 구온은 요란한 비명을 지르며 그 자리에 쓰러졌다.

"이 사람은 제 아버지하고도 상관없는 것 같아요. 그냥 어슬렁거리다 잘못 들어온 사람인가 봐요." 요시코가 허둥지둥 끼어들어 설명했다.

어슬렁거린다니 고양이 같네. 구온은 그런 생각을 했다.

그리고 지금, 구온은 차에 처박혀 몸값 교환 장소로 향하고 있다. 바로 몇 시간 전에 오타가 쓰쓰이의 집에 전화를 걸어 지시했다. "오늘 오후 4시에 야마기시 공원으로 5천만 엔을 들고 와. 시계탑 밑에서 기다려. 휴대전화로 연락하겠다."

야마기시 공원은 요코하마시 남쪽 변두리에 있는 널찍한 공원으로, 백합이 가득한 화단도 있어 수수하지만 인기 있는 장소였다.

오타는 전화를 끊고 요시코에게 물었다. "당신 아버지, 경찰에 신고할까?"

"예측이 안 돼요. 아버지는 정말 상상도 못 할 생각을 하니까." 소파에 앉아 그렇게 말하는 요시코는 이미 유괴범과 한패처럼 굴었다.

무엇보다 그들은 구온을 어찌해야 할지 난처한 기색이었다. 구온을 풀어 주었다가 경찰에 달려가면 일이 복잡해지고, 그렇다고 그 자리에서 처리할 용기도 없어 우왕좌왕하고 있다.

"제발 살려 주세요. 정말 어슬렁거리다 잘못 들어온 것뿐이에요. 아무 말도 하지 않을 테니 목숨만은." 구온은 뒤로 수갑을 찬 채 무릎을 꿇고 몇 번이나 머리를 조아리며 애원했다.

고니시가 재차 물었다. "넌 우리 뒤를 캐던 게 아니었나?"

"캐요?" 구온은 실제로 무슨 뜻인지 이해하지 못했다.

"요즘 내 주변을 캐고 다니는 놈들이 있는 것 같아. 술집에서 그런 이야기를 들었어. 네가 그놈인 줄 알았는데." 고니시는 팔짱을 끼고 구온을 노려보았다.

그들은 그런 의심 때문에 구온을 사무실로 끌고 온 것 같았다. 하지만 구온이 지극히 평범한 청년으로 보인다는 점과 "이 사람은 정말 상관없는 것 같아요"라고 요시코가 뒷받침해 준 것도 있어 고니시는 "따라와. 일이 끝나면 돌려보내 주마"라고 했다. 갖고 있던 수신기를 들키면 안 될 것 같아 걱정했는데 게임기라고 설명하자 곧이곧대로 받아들였다.

어, 정말 괜찮은 거야? 구온은 고니시와 오타의 엉성함에 놀라움을 감추지 못했다. 유괴한 요시코에게 도와달라고 부탁했다는 것부터 믿기 힘들었는데 모든 게 임기응변이고 생각이 부족하다.

고니시는 차 안에서 높은 목소리로 떠들기 시작했다. "아가씨, 난 당신한테 겁을 주려는 게 아니야. 그냥 쓰쓰이 녀석한테 돈을 받아 내지 않으면 분이 안 풀려."

"아버지 가게 때문에 피해를 입은 거죠?" 요시코가 그렇게 말하자 고니시는 선글라스를 낀 콧구멍을 벌름거리며 흥분했다. "가게가 망한 수준의 피해가 아니야."

"어떤 원한이 있는 거예요?" 구온이 질문했다.

"맞혀 봐라, 바보야." 오타가 핸들을 꺾으며 말했다.

"퀴즈인 줄 알아?" 고니시가 꾸짖자 또 "죄송합니다, 고니시 씨"라고 대답했다. 절망적이네. 구온은 기가 막혔다.

고니시가 말을 이었다. "잘 들어, 한 약국이 있었다. 노부부와 둘째 아들이 근근이 꾸려 나가는 곳이었어. 그런데 쓰쓰이 놈이 근처에 가게를 내서 문을 닫았지. 더구나 노부부는 근심 때문에 연달아 세상을 떠났어."

"어." 요시코가 진심으로 놀란 얼굴로 눈을 휘둥그레 떴다. "그럴 수가."

"그게 다가 아니야." 고니시는 목소리를 더 높였다. 침이 튀었다. 앞쪽을 보니 운전석의 오타가 고개를 연방 끄덕거리고 있다. 맞습니다, 맞고말고요, 하고 동의하는 것 같았다.

"그뿐이었겠어? 그 둘째 아들도 큰일을 겪었어. 연달아 불운한 일이 생겨 정신이 없었으니까. 피로에 수면 부족까지 겹쳐서 인명 사고를 내고 말았어."

"세상에." 요시코가 난생처음 보는 비극에 직면했다는 표정을 지었다.

그렇게 놀랄 일인가? 구온은 속으로 놀랐다.

"상대는 입원했는데 그게 또 몹쓸 사람이었어. 위자료니 치료비니, 말도 안 되는 금액을 청구한 거야."

"보험이 있잖아요." 반사적으로 말한 구온의 얼굴을 고니시가 빤히 쳐다보았다. 선글라스 너머로도 그의 눈이 날카롭게 빛난 것을 알 수 있었다.

"동생은 가게 정리와 부모님 장례로 바빠서 임의보험을 갱신하지 못했어."

"세상에." 요시코가 거듭 놀랐다. 저러다 눈물까지 흘리는 것 아닐까? 구온은 그렇게 생각하면서도 지금 고니시가 말한 '동생'이라는 표현에 주목했다. 무심코 흘렸겠지만 요컨대 고니시는 그 '약국 노부부의 아들이자 사고를 낸 남자'의 형인 셈이다. 어디까지 진심인지 모르겠지만 고니시와 오타는 어쨌거나 조금 모자라다. 입을 열 때마다 신원이 탄로 나고 있다.

"결국 동생은 돈을 전부 부담하게 되었어." 고니시는 또 동생이라고 말했다. "당연히 그런 거금은 없지. 다만 잘 생각해 보면 이건 쓰쓰이 놈 때문 아니겠어? 논리적으로 생각해서 돈을 내야 할 사람은 쓰쓰이야. 그러니까 나는 돈을 받아야겠어."

"그래서 유괴하기로 결심한 거군요." 구온이 틈을 보아 묻자 고니시는 "그렇지" 하고 코를 벌름거렸다.

"대담한 생각이네요."

"술집에서 문득 떠오른 생각이야."

"술집에서?"

"우연히 같이 한잔하던 손님한테 하소연했더니 그 녀석이 유괴라는 아이디어를 말해 주더라고."

뭐 그런 손님이 다 있지? 구온은 얼굴을 찌푸렸다. 유괴를 부추기는 손님이 있는 술집에는 절대 가고 싶지 않다.

"우리만 이런 꼴을 당하고 쓰쓰이는 아무것도 잃지 않다니 이상하지 않아? 아가씨, 당신한테는 미안하지만 내 말이 틀렸어?" 고니시는 큰 소리로 말했고 핸들을 쥔 오타는 역시나 '지당하고말고요'라는 듯이 고개를 연방 끄덕거렸다. 요시코는 요시코대로 심각한 표정으로 "맞는 말이에요"라고 대답했다.

"저기." 구온은 무심코 끼어들지 않을 수 없었다. "그렇게 안일하게 유괴를 하다니, 위험하다고 생각하지는 않았어요? 몸값은 어떻게 받을 생각이에요?"

"안일하다니!" 오타가 바로 날카롭게 소리쳤다. "몸값을 어떻게 받기는, 돈을 가져오라고 해서 인질하고 교환하면 그만이지."

"아무 생각도 안 했단 말이에요?"

"생각할 필요가 있나?" 고니시가 몰랐던 사실이라는 듯이 되묻기에 구온은 흥분을 가라앉히려고 몇 번이나 심호흡을 해야만 했다. "대체 어떻게 하면 그렇게 계획 없이 행동할 수 있는 거예요?"

"용서할 수 없는 사람이 있는데 느긋하게 계획이나 짜고 있을 틈이 있겠어?" 고니시는 세상의 진리처럼 그렇게 말했다.

"당연히 그래야죠." 구온은 두 사람이 가여워졌다.

공원이 가까워지자 고니시가 높은 목소리로 말했다. "공원 옆 차도에 차를 세우자. 우리는 상황을 보러 간다. 너희는 얌전히 차 안에 있어."

구온와 요시코의 손에 수갑을 채워 두었다고 안심한 건지도 모른다.

두 사람이 문을 열고 나간 뒤에 구온은 수갑을 풀었다. 다른 사람들은 그 메모를 찾아냈을까?

나루세 4

검토 ①조사해 따지는 일. 자세히 조사해 알맞은지 가리는 일. ②실제로는 아무것도 하지 않겠다는 선언. "긍정적으로 ○○하겠습니다."

조수석에 앉아 좌우로 차선을 바꾸는 차에 몸을 맡기고 있던 나루세는 시계를 확인했다.

"아슬아슬하게 맞출 수 있을 거야." 운전석의 유키코가 속삭였다. "야마기시 공원으로 가는 경로를 자세히 조사해 본 건 아니니 장담할 수는 없지만 4시에는 아슬아슬하게 맞출 수 있을 거야."

시계를 보니 3시 30분을 지나고 있었다. 모든 신호에 걸리지 않고 통과할 수는 없었지만 그래도 순조롭게 달리고 있는 것은 틀림없다.

"몸값 교환은 그리 쉬운 일이 아닐 텐데." 뒷좌석의 교노가 아우성을 쳤다. "어이, 나루세, 대체 유괴범은 어떻게 돈을 빼앗아 갈 작정인 거야?"

"글쎄. 먼저 그 공원으로 불러낸 다음 다른 장소로 유도할지도 모르지."

"세밀한 계획을 세운 본격적인 유괴범이란 뜻인가?"

"혹은."

"혹은, 뭐야?"

"앞뒤 생각 없는 아마추어의 범죄거나."

"구온은 어떤 상황이야?"

"모든 걸 나한테 묻지 마. 뭐, 그 녀석은 몸값 교환 현장에 끌려가 있겠지."

"그 녀석도 인질이야? 아니, 구온을 위해 몸값을 내 줄 사람은 누구야? 그 녀석 부모 이야기는 들어 본 적이 없는데."

"그 녀석이 인질이 되면 뉴질랜드의 양들이 필사적으로 일본으로 달려올지도 모르지. 구해 주려고."

"재미없는 농담이네." 교노는 코웃음을 치며 말했다. "하지만 그럴 것도 같아."

유키코가 일순 브레이크를 밟나 싶더니 바로 핸들을 오른쪽으로 꺾어 추월 차선으로 뛰어들었다.

유키코의 예상보다 차량 통행이 많지 않아서 그런지, 혹은 신호 타이밍이 좋았는지, 야마기시 공원에 도착한 것은 3시 45분이었다.

공원 옆 차도에 자동차가 몇 대 서 있어 유키코도 그 옆에 차를 세웠다. 주차 금지 표지판은 없었지만 유키코가 "난 여기서 기다리는 게 좋겠어"라고 말했다. 나루세도 동의했다.

차에서 내려 교노와 함께 공원 입구로 향했다.

"이제 그만 이 이사 업체 유니폼은 벗어도 되지 않아?" 교노가 그렇게 말했다. "이런 공원에 이사 업체라니 이상하잖아."

"이사 업무를 마치고 기분 좋은 땀에 젖어 공원에서 잠시 쉬는 줄 알 거야."

동서로 길쭉한 공원은 상공에서 굽어보면 직사각형으로 보인다. 오른쪽 절반이 백합 화단이고 왼쪽 절반은 벤치가 늘어선 산책로였다. 나루세와 교노는 그 직사각형의 오른편 아래쪽에서 공원으로 들어가 그대로 아래쪽과 왼쪽 가장자리를 따라 돌기로 했다. 포장된 산책로에서는 거리 예술가들이 재주를 선보이고 있었다. 주말을 위한 연습일지도 모른다. 고리를 던지는 사람도 있고 커다란 죽마를 탄 사람도 있었지만 평일이라 그런지 공원은 한산했다. 고등학생으로 보이는 커플이 몇 명 걸어 다니거나, 20대 여성들이 벤치에 앉아 있거나, 혹은 아기를 품에 안은 부인이 아이에게 백합을 보여 주려고 몸을 숙이고 있기도 했지만 그 외에 눈에 띄는 사람은 없었다.

"여기서 교환하는 건가?"

"글쎄. 경찰도 안 보이네." 나루세는 대답했다. 만일 쓰쓰이가 유괴범에게 대항해 경찰에 연락했다면 지금쯤 이 주변 벤치에는 눈빛이 험악하고 무전기를 장착한 남자들이

대기하고 있을 터였다. 쓰쓰이는 경찰에 신고하지 않았을 지도 모른다. 딸의 안전을 고려하면 그럴 가능성이 높았다.

시계를 보았다. 4시가 다가왔다. 자, 범인은 어디에 나타 날까. 나루세는 공원을 둘러보았다. 범인들은 쓰쓰이를 어 디로 불러냈을까? '공원'이라고만 해서는 너무 막연하다. 물론 공원에서 다시 휴대전화로 다음 지령을 보낼 가능성 도 있지만 그래도 먼저 어떤 구체적인 표시가 필요하지 않 을까?

그때 벤치 옆 입간판이 눈에 들어왔다. 시계탑이라고 적 혀 있다. "이건가?"

"왜 그래, 나루세?"

"이 시계탑이 약속 장소일지도 몰라."

"어떻게 알아?"

"모르지."

"그게 무슨 소리야?"

"모르니까 수상쩍은 장소를 일일이 조사하는 수밖에 없 어."

"자네의 그 침착한 언동은 가까이 있는 사람을 불쾌하게 만들어."

"그럴지도 모르지."

"봐, 자네의 그런 침착한 언동은."

"자네를 불쾌하게 만들겠지?" 나루세는 귀찮아서 뒷말

을 가로챘다. "원하는 바야."

거리 예술가가 보였다. 나루세는 옆으로 지나가면서 화장한 그 남자의 귀와 뒤통수를 살펴보았다. 만약 변장한 경찰이라면 경찰끼리 연락을 취하기 위해 마이크나 이어폰, 골전도식 장치든 뭐든 끼고 있으리라. 하지만 커다란 고리를 돌리며 재주를 부리는 남자에게서 그런 장치는 찾아볼 수 없었다. 그 앞에 모여 있는 구경꾼들도 가족들과 유모차를 끄는 부인뿐이라 경찰로 보이지는 않았다.

앞쪽에서 시계탑 비슷한 조각상을 발견하고 저건가 싶어 눈에 힘을 주는데 그때 교노가 소매를 잡아끌었다. "어이, 나루세."

"왜?"

"저쪽에 노상 주차한 차 보이지?" 교노가 오른쪽을 가리켰다.

50미터 조금 넘게 떨어져 있었지만 백합 화단 건너편에 울타리가 있었다. 울타리 너머는 유키코가 차를 세운 갓길이 있는 도로였는데, 교노는 유키코의 차보다 훨씬 앞쪽을 가리켰다. 거기에 서 있는 왜건 차량이 흐릿하게 보였다. 검은 왜건이었다.

"나를 제친 왜건이야."

"진짜야?"

"내 말을 안 믿는 거야?"

"유감이지만 안 믿어."

"틀림없어. 구온을 태우고 간 왜건이야."

나루세는 대답보다 먼저 방향을 바꿔 오른편으로 몸을 돌렸다. 교노도 바로 따라갔다. 걸음이 절로 빨라졌다. 만약 경찰이 잠복하고 있다면 수상하게 여길 테니 달리면 위험할지도 모르지만 교노가 그때 드물게 괜찮은 소리를 했다. "나루세, 우리는 지금 이사 업체 직원이야. 달려도 다음 일 때문에 서두르는 것처럼 보일 거야."

"그럴지도 몰라." 대답과 동시에 뛰어갔다.

"벌써 몸값을 거래하고 있는 걸까?" 교노가 숨을 헐떡이면서 물었다.

"모르지. 저 차 안에서 상황을 살피면서 전화로 지시하려는 걸지도 몰라."

백합 화단을 따라 포장된 길을 최단거리로 달렸다. 울타리까지 가서 남들 눈을 피해 뛰어넘었다. 허리까지 오는 높이였지만 도움닫기로 간신히 넘을 수 있었다. 경쾌하게 뛰어오르는 교노를 보니 역시 이러니저러니 해도 운동신경은 뛰어나다.

차도에 내려서자 10미터 앞에 검은 왜건이 있었다.

"어쩔까? 강제로 차 안에 들어갈까?"

"이사 업체 직원인 척하고 창이나 두드려 볼까?" 나루세는 그렇게 말하며 걸음 속도를 늦춰서 울타리를 따라 걸어갔다.

그때 앞쪽 왜건의 문이 벌컥 열려서 걸음을 멈췄다. 무슨 일이지? 그 순간 차 안에서 사람이 튀어나오더니 갓길로 데굴데굴 굴러떨어졌다. 누가 안에서 걷어찬 것 같았다.

"구온!" 이름을 부르는데 곧이어 왜건이 발진했다. 날카로운 소리를 내며 도로 저편으로 사라져 갔다.

나루세는 교노와 함께 쓰러져 있는 구온 곁으로 다가갔다.

"왜 이렇게 늦었어요?" 구온이 눈썹을 찌푸렸다.

"요즘은 차에서 그렇게 내리는 게 유행이야?" 교노가 물었다.

유키코 3

양아치 소인배인 주제에 거물처럼 구는 사람을 비하하는 말. 뜻이 변하여 불량 청소년. "○○○들이 시비를 걸었다."

"뭐야, 그럼 갑자기 낯선 남자가 차에 들어와서 너를 강제로 떨어뜨렸다는 거야?" 교노가 뒷좌석 옆에 앉은 구온에게 물었다.

"너무했죠."

"그 남자는 누구였지?" 나루세가 물었다.

"처음 봐요. 젊고 경박해 보이는 양아치였어요."

"양아치를 사전에서 찾아보면 소인배인 주제에 거물처럼 구는 사람이라고 나와. 실로 구온 자네에게 딱 맞는 말이지." 교노가 웃었다.

"시끄러워요."

유키코는 검은 왜건이 사라진 방향으로 세단을 몰고 있었다. 하지만 차는 보이지 않았다. "아무렇게나 달려서 찾을 수 있을까?" 조수석에 앉은 나루세에게 물었다.

"일단 어렵겠지."

"이야기를 정리해 보자." 교노의 드높은 선언이 차 안에

울려 퍼졌다.

유키코는 이미 검은 왜건의 추적을 포기했지만 나루세가 조금 더 달려 보라는 눈빛으로 쳐다보기에 그 뜻을 따르기로 했다. 나루세도 이대로 차 안에서 상황을 정리하고 싶었으리라.

"자네는 쓰쓰이 요시코를 찾아냈지만 요시코는 달아나려 하지 않았어. 몸값을 그 범인들에게 주기 위해서."

"맞아요."

"그 고니시란 작자는 구온의 상상에 따르면 쓰쓰이 드러 그 때문에 망한 약국의, 사고를 낸 남자의, 형이 되는 셈인가?" 교노가 하나씩 확인하듯 말했다. "복잡하네."

"맞아요. 고니시 가쓰이치 씨, 장남."

"그 사람들 구온에게 풀네임을 알려 줬어? 너무 부주의한 것 아니야?" 유키코는 그렇게 말하지 않을 수 없었다.

"뭐, 그 사람들은 부주의의 신 같은 존재거든요. 정말 그렇게 모자란 범죄자는 오랜만에 봤어요. 기가 막힐 정도였는데. 그래도 풀네임은 내가 지갑을 몰래 훔쳐서 면허증을 봐서 안 거예요."

"수갑을 차고 있었잖아."

"화장실에 갈 때는 풀어 줬거든요. 그래서 고니시 씨의 이름을 알아냈죠."

"빌딩에서 나오는 모습을 봤는데, 유난히 덩치 큰 남자

맞지?" 교노가 물었다.

"마음은 다정한 장사, 의분에 불타오르지만 마무리가 어설픈 사람이에요. 아마 무능한 장남의 전형적인 케이스 아닐까요? 집에서 나와 자기 멋대로 사는 타입. 집안 사정을 알고 갑자기 당황해서 화를 내는 거죠. 장남이라는 사명감이 갑자기 솟아나서 주위에 폐를 끼친다는 생각도 못 하고 지금까지의 상황도 거들떠보지 않는 거예요."

"단순하네." 교노가 감탄했다.

"맞아요, 그 사람들 굉장히 단순해요."

"오타란 사람은 고니시 씨하고 한패라는 것밖에 모르지만 분명 일도 함께 했을 것 같아요."

"그러고 보니 그 고니시 기획 사무실에 이것저것 기계나 카메라가 많던데. 혹시 수상한 영상물을 만드는 사무소 아닐까?" 교노가 이제야 생각났다는 듯이 말했다.

"맞아요, 그렇지도 몰라요." 구온이 동의했다.

"그나저나 놈들을 동정해서 돕고 싶다니, 요시코 아가씨도 세상 물정을 모르네." 미간을 찌푸리는 교노의 얼굴이 룸미러 너머로 유키코에게도 보였다.

"태평하군." 나루세도 말했다.

"그런 말 지겹도록 들은 것 같더라고요. 태평한 인생이죠."

"그래서 몸값을 교환하려고 아까 그 공원에 갔는데 그때 낯선 양아치가 다가와서 구온 자네를 차 밖으로 걷어찼다, 그거야?" 교노가 물었다.

"맞아요. 느닷없이."

"누가 걷어찬 거야?"

"글쎄요." 그런 걸 어떻게 아느냐고 투덜거리면서도 구온은 "그런데"라고 말을 이었다. "그런데 그 두 사람 주변을 캐고 다니는 사람들이 있었대요. 그래서 처음에는 나도 오해를 받았던 거고요."

"캐고 다녀?" 나루세가 뭔가 생각하듯 턱을 짚었다.

"수상한 비디오를 적발하려는 건가?" 교노가 말했다.

"그러고 보니 요전에 다나카한테 들었는데." 나루세가 입을 열었다. "쓰쓰이 드러그 사장은 위험한 놈들하고도 사이가 좋다나 봐. 다나카가 그러더군. 그러니 그놈들이 독자적으로 고니시와 오타를 추적했을 가능성은 있어."

"그렇다면 그 위험한 놈들이 요시코 씨를 데리고 돌아갔다는 거예요?"

"요시코 아가씨는 지금쯤 무사히 쓰쓰이 드러그 사장 곁으로 돌아갔다는 뜻인가?" 교노가 말했다.

유키코는 나루세를 곁눈질로 보았다. 이럴 때 앞일을 내다보고 퍼즐을 짜듯 다음 행동을 결정하는 것은 나루세의 특기였다. "나루세 씨, 어쩔 거야?"

한참 말이 없던 나루세가 이윽고 입을 열었다. "구온, 그 녀석 면허증은 안 훔쳤어?"

"지금 보고 있었어요." 뒤에서 태연하게 대답하는 구온을 보고 유키코는 쓴웃음을 흘리고 말했다. "정말 훔쳤어?"

"차에서 걷어차일 때 약간 몸싸움을 했거든요."

"언제 어디서나 자네는 남의 지갑을 훔치는군. 품위가 없어."

"내년 칠석 때는 교노 씨처럼 품위 있는 사람이 되고 싶다고 소원을 빌게요."

"꼭 빌어라."

"싫어요."

"그래서 그 녀석 주소는 있어?"

"응, 있네요." 구온은 그렇게 대답하더니 바로 작게 놀랐다. "이게 본명이었나?"

"뭐가?"

"그 남자, 이름이 하나바타케 미노루예요."

"그게 누구야?" 나루세가 바로 되물었다. "아는 사람이야?"

"와다쿠라 씨를 괴롭혔던 사람이에요."

"와다쿠라 씨는 또 누구야?" 교노가 수상쩍다는 듯이 말했다.

"털을 갓 깎인 양처럼 가련한 와다쿠라 씨요. 몰라요?"

"와다쿠라 씨가 양이야? 난 몰라."

"나루세 씨 말대로 쓰쓰이 드러그가 위험한 놈들과 사이가 좋다면, 이게 그 위험한 그룹일지도 모르겠네." 구온은 혼잣말을 하다가 그런가, 그 카지노인가, 라고 중얼거렸다. "오늘 하루만 시간 좀 줄래요? 조사해 볼 테니까. 내일 다시 얘기할게요."

교노 3   하나바타케 ① 일본어로 꽃밭. 꽃과 풀을 재배하는 밭.
②카지노를 경영하는 기누가와의 부하.

이튿날, 네 사람은 국도에서 조금 떨어진 쇼핑몰에 모였다. 가게들이 늘어선 중심부에 광장이 있어 노점이나 가판대가 나와 있다. 구입한 음식을 앉아서 먹을 수 있도록 의자가 놓여 있다. 비어가든에 가까운 느낌이다.

"다나카가 조사한 바로는 딸은 아직 쓰쓰이 드러그 사장 곁으로 돌아오지 않았다는군." 나루세가 먼저 말했다.

"다나카는 그런 걸 어떻게 알아?" 교노는 너무 궁금했다.

"글쎄. 정보망이 있을지도 모르고 쓰쓰이의 집에 전화를 걸어 딸을 바꿔 달라고 했는지도 모르지. 어쩌면 전혀 조사하지 않고 감으로 대답했을지도 몰라."

"그런 아리송한 정보인데 괜찮은 거야?"

"혹시 몰라서 오늘 낮에 오쿠보에게 넌지시 물어봤는데 역시 쓰쓰이 요시코하고는 아직 연락이 되지 않는 것 같았어."

"다시 말해 그 하나바타케는 요시코 씨를 집에 돌려보내지 않았을 가능성이 높은 거군요." 구온은 어째선지 기쁜 표정으로 미소를 지었다. "내 정보가 나설 차례네요."

"자네가 어제 말한 와다쿠라라는 건 누구야?" 나루세가 다리를 꼬며 재촉했다.

"전에 어쩌다 알게 된 사람이에요. 와다쿠라 씨는 도박을 좋아해서 비합법적인 카지노에서 빚을 졌어요. 갚고 싶어도 돈은 없고 다른 대책도 없었죠. 그랬더니 결국엔 빚쟁이가 범죄를 도우라고 했다는 거예요."

"왠지 전에도 들어본 듯한 이야기로군." 나루세가 진지한 얼굴로 말하며 유키코를 힐끗 쳐다보았다.

"그러네, 어디에나 있는 이야기일지도 몰라." 유키코도 태연하게 대꾸했다. 약 1년 전, 유키코의 옛날 남자가 역시나 빚에 사로잡혀 범죄에 가담한 일이 있었다.

"나쁜 놈들 생각은 다 비슷한가 봐요." 구온이 웃었다. "그러고 보니 그때도 여기서 의논했던 것 같은데."

"그 일은 그만 잊으면 안 돼?" 유키코가 얼굴을 찌푸렸다.

"뭐, 어쨌거나 와다쿠라 씨는 그 카지노에서 돈을 빌렸어요."

"카지노를 운영하는 놈이 먹잇감을 발견하고 도박으로 억지로 빚을 지게 만든다. 그리고 범죄를 돕게 한다. 그런 흐름인가? 들을수록 1년 전 간자키하고 똑같네." 교노는 지긋지긋하다는 듯이 말했다.

"우리의 적은 항상 그런 놈들일 거예요, 분명."

"속이는 쪽도 나쁘지만 속는 쪽도 나빠. 먹잇감이 되는 녀석은 대개 타성인이야. 그때까지 타성에 젖어 살다가 결국 이러지도 저러지도 못하는 거야."

"나왔다, 타성인." 구온이 쓴웃음을 흘렸다. "전에도 타성인 얘길 했어요."

"타성인 얘기를 여러 번 하면 안 된다는 법이라도 있어? 그나저나 그 와다쿠라라는 작자는 무슨 범죄를 도왔어?"

구온은 구체적으로 설명하지는 않고 "강도의 도주를 돕는 운전수였어요"라고 가볍게 말할 뿐이었다.

"그게 뭐야?" 유키코가 의아한 듯 물었다.

그러자 구온은 그 강도 사건을 설명하려고 의기양양한 표정으로 "그게 말이죠"라고 입을 열다가 갑자기 입을 다물었다. "그만둘래요. 곁가지를 길게 떠들면 교노 씨 같잖아요."

"그게 무슨 소리야?"

"어쨌거나 와다쿠라 씨는 수상한 범죄를 도우라는 지시를 받았지만 따르지 않았어요."

"그 와다쿠라 씨가 어떻게 됐어?" 나루세가 물었다.

"네, 그 와다쿠라 씨에게 지시를 내린 카지노 쪽 사람 이름이 하나바타케 미노루였어요. 이상한 이름이라 분명 가명인 줄 알았는데 어제 훔친 면허증에 똑같이 적혀 있어서 깜짝 놀랐어요."

"동일 인물이라는 뜻?" 유키코가 실눈을 떴다.

"틀림없을 거예요. 어제 와다쿠라 씨를 만나러 가서 카지노에 대해 알아냈어요."

"자네는 카지노 정보를 어떻게 물어본 거야?"

"평범하게 물어봤죠. '가지 말고 카지노 말이에요' 하고."

"그런 말장난을 하다니 자네도 나이를 먹었군."

"젊은 남자가 말장난을 하면 안 된다는 법이라도 있어요? 어쨌거나 면허증의 사진을 보여 줬어요. 그랬더니 이 남자가 하나바타케라고 바로 알려 주더라고요. 게다가."

"게다가?"

"와다쿠라 씨 말로는 그 하나바타케라는 남자, 납치 계획을 내비친 적이 있다는 거예요. 놀랍죠?" 구온이 웃었다.

"쓰쓰이 드러그 외동딸 얘기야?" 교노가 몸을 내밀었다.

"아마도요."

"그런 얘기까지 그 와다쿠라라는 남자한테 한 거야? 하나바타케라는 놈은 입이 가볍군." 나루세가 어이없어했다.

"내 얘기 했어?"

"아니, 자네가 말 많은 건 이제 와서 지적할 필요도 없어."

퇴근하는 남자들과 학생들이 주위를 지나갔다. 노점에서 산 어묵과 캔 맥주를 들고 테이블 주변을 어슬렁거리고 있다.

"하나바타케의 보스, 카지노 사장의 이름도 물어봤어요. 뭔가 무서운 이름이었는데……."

"무서운 이름?" 유키코가 눈썹을 찌푸렸다.

"그래요, 음, 화난 귀신 같은 이름이었는데."

"기누가와鬼怒川?" 나루세가 말하자 구온이 손뼉을 쳤다. "그거다!"

"화난 귀신은 무슨, 그냥 그대로잖아." 교노는 입이 근질 거려 그렇게 지적했다.

"그대로면 안 된다는 법이 있어요?" 구온이 입을 비죽 거렸다. "어쨌거나 기누가와라는 사람이 카지노의 보스래 요."

"다나카한테도 물어봤는데 쓰쓰이 사장이 사이좋게 지 낸다는 위험한 놈들이 바로 그 기누가와인 것 같아." 나루 세가 말했다.

"잠깐만, 그 사이좋은 기누가와가 지금은 쓰쓰이 요시코 를 유괴한 거야? 이상하잖아?" 교노가 물었다.

"실제로는 그리 친한 사이는 아니라는 뜻 아니겠어?" 유 키코가 대답했다.

나루세도 끄덕거렸다. "내 상상은 이래. 먼저 사람 좋은 고니시와 오타가 쓰쓰이 요시코를 유괴했다. 사람 좋은 두 사람은 쓰쓰이 사장에게 몸값을 요구했다. 그때 반사적으로 쓰쓰이 사장은 내 부하 오쿠보의 계책으로 오해하고 전화했지만 실제로는 아니었다는 걸 알고, 범인은 자기에게 원한을 품은 사람이라는 사실을 깨닫는다."

"고니시 씨는 단순하고 직선적인 성격이라 아마 전화로도 너 때문에 지독한 꼴을 당했으니 돈을 내놓으라고 말했을 거예요."

"쓰쓰이 사장은 경찰에 신고하지는 않았다. 아마 일이 세상에 드러날까 봐 두려웠겠지. 만약 범인들이 붙잡히면 쓰쓰이 드러그의 비정한 체인점 확장도 도마 위에 오를지 모르니까."

"하지만 체인점 확장은 딱히 법에 저촉되는 것도 아니니 당당하게 굴면 되는 것 아니에요?" 구온이 물었다.

교노도 그렇다고 생각했지만 이해는 갔다. 세상을 굴리는 것은 법이 아니라 이미지다.

"그래서 쓰쓰이 드러그 사장은 경찰보다 믿음직한 무서운 이름의 기누가와 씨에게 부탁했다는 거야?" 유키코가 뒷말을 가로챘다.

"그래." 나루세가 자신 있게 말했다. "어쩌면 쓰쓰이 드러그 사장은 고니시와 오타를 처리해 달라는 부탁도 했을지 몰라."

"처리라는 말, 오타라는 남자도 입버릇처럼 말했는데."

"기누가와란 놈은 경찰보다 믿음직하다는 뜻이군." 교노는 팔짱을 바꿔 꼈다.

"그래서 기누가와 일당이 고니시와 오타를 찾아내서 요시코 씨를 가로챘다는 거야? 용케 찾아냈네."

"유유상종하고는 조금 다르겠지만 그런 뒷골목에서 사는 사람의 정보는 비교적 쉽게 구할 수 있는 것 아닐까? 기누가와 일당이라면." 나루세는 그렇게 설명했지만 교노는 받아들일 수 없었다.

"그렇게 쉽게 유괴범의 정체와 위치를 알 수 있을까?"

"어쨌거나 찾아낸 건 확실해. 야마기시 공원까지 쫓아와서 인질을 가로채 갔잖아."

"하지만 그렇다면 그다음에 쓰쓰이 사장에게 외동딸을 돌려보내 줘야 하지 않아요? 그래야 끝나잖아요." 구온이 손가락을 내밀고 하릴없이 살랑살랑 흔들었다.

"아마 외동딸을 돌려보내는 대신 돈을 더 요구하려는 거겠지, 그 기누가와라는 인간이." 유키코가 태연히 말했다.

"그러고 보니 요전에 다다시가 전화로 이런 말을 했어."

"뭐라고요?" 다다시와 친한 구온이 기쁜 표정으로 고개를 내밀었다.

"다다시는 '다른 사람이 있어요'라고 했어. 그건 어쩌면 유괴범은 따로 있다는 뜻이었을지도 몰라. 고니시나 오타가 아닌 다른 범인이."

"다다시는 역시 대단해." 구온이 감탄했다.

"그건 지나친 생각 아냐?" 교노가 끼어들었다.

"그래. 지나친 생각이겠지." 나루세는 바로 시인했다.

"그러고 보니 그 두 사람은 지금 대체 어디에 있을까? 야마기시 공원에 있나?" 교노는 의문을 던져 보았다.

"도망 다니고 있겠지." 나루세가 담담하게 말했다. "몸값을 받아 낼 수도 없고 왜건도 사라졌어. 인질도 없어. 두 사람은 계획이 탄로 나 경찰이 인질을 보호했다고 생각했을지도 몰라."

"아직도 왜건을 찾아 헤매고 있을지도 몰라요. 그 사람들 정말 어딘가 모자라니까." 구온의 말투에는 호감이 깃들어 있었다.

"그 고니시 기획 사무실로 돌아가지는 않았을까?" 유키코가 확인차 물어보았다.

"설마 그 정도로 낙관적이지는 않겠지." 나루세가 대답했다.

"우리가 해야 할 일을 생각해 보자." 교노가 드디어 마무리에 들어갈 수 있다는 듯 안도하며 손바닥을 문질렀다. 까다로운 억측이나 추리는 귀찮았다.

"우리가 해야 할 일은 유괴당한 아가씨를 구하는 거예요." 구온이 말했다. 말은 했지만 그리 열의는 보이지 않았다. "동물이라면 또 몰라도 사람을 그렇게 열심히 구할 마음은 없지만."

"그래." 나루세가 차가운 스푼처럼 냉랭하게 말했다.

"굳이 따지자면 난 고니시 씨하고 오타 씨를 도와주고 싶어요."

"유괴범인데?" 유키코가 눈을 가늘게 떴다.

"그렇게 순박하고 모자란 사람들은 도와주고 싶어요. 좋은 사람들이었고. 마음은 다정한데 힘은 장사인 북극곰 같은 사람이야. 북극곰은 요즘 온난화 때문에 멸종 직전이잖아요. 북극곰을 구하기는 어렵지만 그 두 사람은 쉬워요."

"모자란 범죄자는 그냥 내버려 둬. 그런 놈들은 의외로 목숨이 질겨." 교노는 솔직히 그들의 행방에 관심이 없었다.

"구온, 기누가와가 아직 쓰쓰이 요시코를 데리고 있다면 어디에 있을 가능성이 높은지, 짐작 가는 곳 있어?" 나루세가 물었다.

"실은 와다쿠라 씨한테 물어봤는데요." 구온이 가방을 열고 안에서 복사 용지를 꺼냈다.

"그게 뭐야?"

"카지노 도면."

"유치한 지도로군." 나루세가 말했다. 교노도 지도를 들여다보고 피식 웃음을 터뜨렸다. 평소 은행 강도 작전에 앞서 나루세가 업자로부터 입수하는 지도와 달리 누가 봐도 구온이 손으로 그린 듯한 서툰 그림이었기 때문이다. 눈금자도 쓰지 않고 손 가는 대로 그린 지도에는 '카운터', '입구', '셔터'라는 글자가 적혀 있고 잔뜩 그려 넣은 사각형과 동그라미 옆에는 '슬롯머신 스무 대쯤', '포커 테이블 다섯 명쯤 앉을 수 있음'이라는 메모도 있었다.

"핸드메이드네." 평소 무뚝뚝한 유키코도 살짝 얼굴을 누그러뜨렸다.

"신이치 여름방학 자유 과제 같아요?" 구온은 농담을 하고 나서 진지한 표정으로 돌아갔다. "와다쿠라 씨 말로는 여기에 VIP 룸이라는 게 있다는데." 종이에 그린 룰렛 게임장 안쪽을 가리켰다. "여기에 계단이 있는데 그 위쪽이래요."

"누가 VIP야?" 교노는 그렇게 말하면서 '나 말인가?'라고 묻고 싶었다.

"누군가를 감금하는 곳이래요."

"감금실이 VIP 룸이라. 재미있다고 생각하는 건가?" 나루세는 어이없다는 표정으로 말했다.

"그럼 쓰쓰이 드러그 외동딸도 거기 있는 건가?"

"그럴 가능성이 높은 것 같아요. 그리고 이 방 앞에는 항상 사람이 서 있다고 했어요."

"파수꾼처럼?" 유키코가 물었다.

"맞아요. 덩치 큰 용사 같은 남자래요. 아마 위험한 무기도 가지고 있을 거예요."

"법에 저촉되는 무기겠지?" 교노도 그 정도는 예상할 수 있었다. "그렇다면." 손뼉을 쳤다. "우리가 돌파해야 할 관문은 뭐지?"

"첫 번째." 구온이 팔을 쭉 뻗었다. "그 카지노 안으로 들어간다."

"두 번째." 유키코가 손을 슬쩍 들었다. "파수꾼을 밀어내고 VIP 룸으로 들어간다."

"세 번째." 나루세도 손바닥을 펼쳐 보였다. "유괴당한 여자를 구출한다."

"네 번째." 교노는 마지막으로 두 손을 뻗었다. "카지노에서 탈출해 외동딸을 쓰쓰이 드러그에 돌려보낸다. 뭐, 열거해 보니 그리 어려운 일은 아닌 것 같군."

"언제 할 거예요?" 구온이 소풍 가는 날을 확인하듯 물었다.

"준비를 해야 하니 하루 이틀 만에 하기는 어려워." 나루세가 고민하며 대답했다.

"준비가 필요해?" 교노는 당장이라도 카지노에 뛰어들면 어떻게든 될 것 같았다.

"내일 하루는 필요해. 모레 실행하면 어때?" 나루세가 말했다.

"그때까지 인질이 무사할까?" 유키코가 가장 중요한 질문을 했다. 빨리 구출하지 않아도 되느냐고.

"듣고 보니 그러네요." 구온이 동의했다.

그러자 나루세도 고민에 빠졌다. "그 점은 불안하군."

"그럼." 구온이 손가락을 튕겼다. "하나바타케나 기누가 와 주변을 먼저 조사해 보죠. 도청해요. 이미 요시코 씨를 풀어 주었는지, 아직 붙잡아 두고 있는지, 적어도 그것만이 라도 조사해 보는 게 좋겠어요."

"도청이라니 어떻게?" 교노가 얼굴을 찌푸렸다.

"어떻게든 되겠죠. 어제 훔친 면허증으로 하나바타케 주 소도 알고 있고."

"하나바타케는 나쁜 놈이잖아." 교노가 말했다.

"그렇죠."

"나쁜 놈이 면허증에 진짜 주소를 쓰겠어?"

"듣고 보니." 나루세가 드물게 자기 의견에 찬동하자 교 노는 조금 기뻤다.

"그럼 카지노 위치는 아니까 거기서 기다리면 아마 하나 바타케가 나올 거예요. 그러면 뒤를 쫓아가서 옷 어딘가에 도청기를 붙여 두거나, 집까지 따라가서 몰래 숨어들어 가 방에 넣어 두는 거예요."

"자네가 할 거야?"

"하나바타케는 내 얼굴을 아니까 안 돼요. 그 차에서도 몸싸움을 벌였으니까. 교노 씨가 해야죠."

"왜 내가 해?"

"괜찮다니까요. 아파트의 허술한 자물쇠 따는 법은 내가 알려 줄게요."

"허술한 자물쇠가 아니면 어쩌고?"

"그럼 차는? 자동차 문 따는 법은 유키코 씨 특기잖아요. 카지노에 온 하나바타케의 차 안에 도청기라도 넣어 두면 그만이죠. 자동차 안에서 하나바타케가 전화라도 하면 통화 내용을 훔쳐 들을 수 있어요."

"그렇게 어중간한 도청은 의미가 없어."

"아니, 만약에 정보가 들어오면 좋은 거고 아니어도 밑져야 본전이니 괜찮을지 몰라." 나루세가 냉정하게 말했다. "교노, 구온의 제안에 편승하는 건 아니지만 자네가 해 주지 않겠어? 작년에 우리가 쓴 휴대전화 타입 도청기가 있어."

"어이, 왜 내가 해야 돼? 그럼 다나카한테 부탁하면 되잖아. 그 녀석이라면 분명 카지노 안이든, 하나바타케의 휴대전화든 가리지 않고 도청기를 붙여 줄 거야. 내가 아마추어 실력으로 할 필요가 어디 있어?"

"시험 삼아 교노 씨가 해 보면 된다니까요."

"구온, 너 그렇게 무책임한 소리를."

"다나카에게 부탁해 볼 수는 있지만 기분에 따라 시간이 걸릴지도 몰라. 게다가 항상 다나카의 정보나 도구에 의존하면 또 그런다고 생각할지도 몰라." 나루세가 눈썹을 씰룩거렸다.

"누가 뭐라고 생각한다는 거야!" 교노는 무심코 목소리를 높였다.

"우리 작전이 전부 다나카에게 달려 있고, 다나카가 있으면 뭐든지 가능하다는 걸 꿰뚫어 볼지도 몰라."

"그러니까 누가 말이야!"

하지만 도청 작전은 그렇게 흐지부지 끝났다. 유키코가 교노에게 "나중에 자동차 문 따는 법 알려 줄게"라고 말하자 분위기상 그것이 교노의 역할로 결정되고 말았다.

"카지노 안에 들어가려면 어떻게 해?" 나루세가 구온에게 물었다.

"와다쿠라 씨가 그러는데 그 카지노는 처음 온 손님은 못 들어가고 소개가 필요하대요. 지하로 들어가는 입구는 자동 잠금장치가 달린 아파트처럼 이미 회원인 사람만 들어갈 수 있다고 했어요."

"그럼 그 와다쿠라 씨한테 우리를 데리고 가 달라고 하면 되겠군." 교노가 가볍게 말했다.

"아니, 와다쿠라 씨는 위험해요. 빚도 안 갚고 부탁받은 일도 내팽개쳤으니까. 어슬렁어슬렁 카지노에 가면 위험해요. 따라간 우리도 혼날 거예요."

"혼나기는 싫은데." 나루세가 농담을 했다.

"그럼 다른 사람한테 부탁하면 되잖아." 교노는 답답해서 구온을 쳐다보았다. "뭔가 아이디어가 있지?"

"있죠." 구온은 먹이를 받은 작은 동물처럼 환하게 웃으며 고개를 끄덕였다. "와다쿠라 씨가 특별한 손님을 알려줬어요."

구온 3

혹시나 ① 재차 주의를 촉구하며 확인하기 위함. ② 자기 행동에 자신이 없을 때 설명하기 위한 말. "○○○ 하고 물어본 것뿐이야. 정말 그냥 ○○○."

쇼핑몰에서 회의한 이튿날, 오전 10시, 구온은 손에 든 사진을 보고 있었다. "옛날 불량배가 그대로 자란 느낌이네. 이게 누구예요?"

"그 남자하고 친해져 보려고."

"친해져서 카지노에 소개해 달라고 하려고요?"

"그런 셈이지." 양복 차림의 나루세는 커다란 업무용 가방을 오른손에 들고 있었다.

사진에는 뱀 같은 눈매의 관록 있는 남자가 찍혀 있었는데, 구온은 문득 고니시가 떠올랐다. 어울리지 않는 사냥모와 선글라스로 필사적으로 맨 얼굴을 가리고 커다란 몸으로 뒤뚱거리며 어설픈 유괴를 저지른 고니시보다도 이 사진 속 남자가 훨씬 더 악당 같았다. 고니시 씨, 아직 야마기시 공원에서 차를 찾고 있는 건 아니겠지? 괜히 걱정스러웠다.

구온은 나루세와 함께 북적거리는 도쿄역 구내에 있었

다. 이용객들이 바삐 오가고 있다. 회사원도 있고 여행객도 있다. 조금 앞쪽에 신칸센 고속열차 전용 개찰구가 늘어서 있었다. 전광 표시가 반짝이는 시간표 앞을 지나 나루세의 뒤를 따라가자 여객 센터 앞에 도착했다.

"그런 정보는 역시 다나카 씨한테 듣는 거예요?"

나루세도 독자적으로 카지노에 연관된 남자의 정보를 구했는지 그 남자를 통해 카지노에 들어갈 계획을 세우고 있었다.

"어제 부탁했더니 바로 사진을 입수해 줬어. 게다가 타이밍 좋게 오늘 이 남자가 고속열차로 간사이에 갈 예정이라는 정보도 들어왔지."

"그래서 날 갑자기 불러낸 거예요?"

"미안해."

"나루세 씨 부탁이니 어쩔 수 없지만. 내가 와다쿠라 씨한테 손님 정보를 알아냈는데 다른 손님도 이용하다니, 뭔가 믿어 주지 않는 것 같아서 별로예요."

"그런 건 아닌데." 나루세는 쓴웃음을 지으며 둘러댔다. "그냥 보험이야. 자네가 조사한 그 손님은 여차할 때 못 써먹을지도 모르니까."

"예를 들면요?"

"사고를 당하거나 컨디션이 나쁘거나, 어쨌거나 카지노에 못 가게 될지도 몰라. 그렇지?"

"그렇긴 하죠."

"그래서 한 사람 더 친분을 쌓아 두려고. 자네가 조사한 상대를 손님 A라고 하면 이제부터 내가 접근하려는 사람은 손님 B인 셈이지. 예비는 필요하잖아?"

나루세는 가만히 웃고 있다. 거짓말을 간파하는 재주가 있는 나루세는 거짓말을 하는 재주도 뛰어난지, 구온의 눈으로는 어디까지가 농담이고 어디까지가 진담인지 알 수 없었다.

"이런 고속열차 승강장 앞까지 와 놓고 이제 와서 묻는 것도 그렇지만, 어떻게 그 손님 B하고 접촉할 생각이에요? 그 사람이 오면 슬쩍 부딪치는 척하고 인사라도 하려고?"

"그건 누가 봐도 수상한데."

"그렇죠."

"수상한 사람의 믿음을 사려면 훨씬 더 우연을 가장해야 해." 나루세는 온화하게 말했다. "누가 조종하고 있다는 생각조차 할 수 없는 방법으로."

"그게 그 가방하고 상관있는 거예요?" 구온은 나루세가 손에 들고 있는 가방을 가리켰다.

"이건 그 우연을 위한 소도구인데." 나루세가 끄덕였다. "전에 우리가 일해서 얻은 은행 돈의 일부야."

"엇."

"타이밍을 봐서 상대에게 이걸 보여 줄 거야. 내가 부자인 줄 알면 관심을 보일지도 모르지."

"부자연스럽지만 않다면요. 난 뭘 하면 돼요?"

"실은 저기 여객 센터 창구에서 그 손님 B가 고속열차표를 사려고 줄을 서고 있어."

"줄을 서서 표를 사다니 손님 B도 의외로 서민이네요."
카지노 단골 고객이라는 말을 들어서 그런지 부하를 여럿 거느린 부호를 상상하고 있었다.

"여자를 만나러 갈 때는 혼자 다닌대."

"불륜 상대를 만나러 가는 거예요?"

"그렇지. 어젯밤 갑자기 여자가 불러냈다더군. 다나카가 정보를 입수했어. 저 남자는 지금 지정석을 구입하고 있어."

"우등석이려나."

"비어 있으면 그렇겠지만 빈자리가 없으면 그냥 일반 지정석을 살지도 몰라. 담배를 싫어한다니 금연석일 거야. 그래서 말인데 구온, 자네는 지금부터 안에 들어가서 저 남자가 산 열차표를 어디에 넣는지 관찰해. 그리고 타이밍을 봐서 거기서 티켓을 훔쳐."

"훔치라고요?"

"그리고 바로 돌아와." 나루세는 언제 꺼냈는지 오른손에 고속열차표를 네 장 들고 있었다. "이건 내가 아침에 산 표야. 상대가 가진 게 우등석 표라면 이 표를, 일반 지정석이라면 일반 지정석 표를 상대 주머니 속에 넣어. 창가인지 통로석인지도 확인해 줘."

"무슨 뜻이에요?" 나루세의 손에서 표를 받아 들며 고개를 갸웃거렸다.

"나는 지금 자네한테 건넨 지정석의 옆자리 표를 전부 갖고 있어."

"오호라. 우연인 척 옆자리에 앉으려고요?"

"그래. 좌석을 까다롭게 고르는 사람이라면 몰라도 대부분의 손님은 자세히 확인하지 않아. 지정석인지, 금연석인지, 통로인지 창가인지, 그 정도만 기억하지. 설마 거기까지 조작당하고 있을 줄은 모를 거야. 나머지는 내가 시치미를 떼고 옆에 앉아 고속열차 여행을 하며 상대와 친해질 수 있도록 열심히 접촉해 볼게. 다나카에게 받은 정보도 조금은 있으니 카지노에 데려가고 싶을 만큼은 가까워질 수 있지 않을까?"

"교노 씨는 어렵겠지만 나루세 씨라면 가능할지도."

"비교 대상이 그 녀석인 건 그렇지만, 그렇게 말해 주니 영광이야."

거기까지 듣자 구온도 바로 움직일 수밖에 없었다. 나루세를 두고 여객 센터 창구로 가서 자동문 안으로 들어갔다. 일단 나루세에게 받은 사진을 보고 표를 구입하는 대기 줄을 확인했다. 그 남자를 찾기는 그리 어렵지 않았다.

고급스러운 더블슈트를 입고 있다. 매부리코에 눈썹이 굵다. 위풍당당한 사람이라고 생각하며 해야 할 작업을 머릿속에 그렸다.

남자가 표를 어디에 넣는지 확인하고, 부딪치는 척하고, 훔친다. 표를 지갑 속에 넣으면 일단 지갑을 통째로 훔치면 되겠지. 그리고 표의 종류를 확인하고 준비해 둔 표와 바꿔치기한다.

어려운 일은 아니지만 용케 이런 방법을 생각해 냈구나 싶었다.

이럴 줄 알았으면 손님 A하고 접촉할 필요는 없지 않았을까? 그런 생각도 스쳤지만 나루세 말처럼 보험은 많을수록 좋다. 게다가 손님 A는 유키코와 면식이 있는 어느 극장 오너였다. 써먹지 않으면 아까운 패다.

유키코 4

은혜 (군주 · 부모의) 은덕. 자애. 스승의 OO. OO롭다. "OO로는 죽지 않지만 정에는 죽는다." 보복을 위해 죽는 자는 별로 없지만 의리와 인정을 위해 죽는 자는 많다는 뜻.

마찬가지로 쇼핑몰에서 회의한 이튿날, 유키코는 극장 '시어터 C'를 찾았다. 이미 날이 저물어 가는 저녁 무렵이었다. 갑자기 찾아온 유키코를 보고 '시어터 C'의 오너는 가느다란 눈을 씀벅거렸다. 멋대로 뒷문으로 사무소에 들어온 유키코를 탓하지도 않고 씨익 웃었다. "오오, 전에 왔었지. 그 스톱워치 승부." 전에는 몰랐는데 이가 몇 개 없다. 한편으로는 기뻐 보이기도 하고 또 한편으로는 불쾌해 보이기도 했다. "또 승부하러 왔나?"

"아니, 부탁할 게 있어서."

"부탁이라. 좋아, 난 젊은 여자의 부탁은 뭐든 들어주고 싶거든."

"젊은 여자?" 유키코는 얼굴을 찌푸리며 상대가 농담을 하는 건지, 빈말을 하는 건지 경계했지만 오너는 전혀 개의치 않고 웃었다. "환갑을 앞둔 내 눈에는 얼마나 젊은데." 그 웃음에 천박한 구석이 없다는 사실에 감탄하며 집에 돌아가면 아들 신이치에게 이 일을 자랑해야 하나 고민했다.

"이래 봬도 옛날에는 훨씬 젊었는데."

"놀랍군. 그래서 무슨 부탁인가? 말해 보게."

"기누가와라는 사람이 운영하는 카지노에 가고 싶은데."

그러자 오너의 얼굴이 갑자기 얼어붙었다. 어떻게 그걸 아느냐는 듯이 수상쩍은 눈으로 보더니 밀고를 두려워하는 스파이처럼 얼굴을 찌푸렸다.

"무슨 소리지? 당신, 정체가 뭔가?" 유키코의 정체를 이제 와서 의심한다.

구온이 "와다쿠라 씨가 알려 준 손님인데"라면서 '시어터 C'의 오너를 입에 담았을 때는 크게 놀랐다. 이름을 들었을 때는 몰랐지만 소극장을 운영한다는 말을 듣고 극장 이름을 물어보니 감이 왔다.

"실은 어떤 사람한테 카지노 얘기를 들었는데, 내 친구가 거기 가 보고 싶다고 해서."

"어떤 사람?" 오너는 눈을 빛냈다.

"와다쿠라라는 사람이야. 카지노에 빚을 진 회사원."

"아아, 알지, 알다마다." 오너의 얼굴이 약간 누그러졌다. "그 운 없는 와다쿠라 씨 말인가."

그 시점에서 오너는 어째선지 표정이 온화해졌다. 카지노는 알지도 못한다고 시치미를 떼는 것도 잊은 눈치였다. "그러면 어쩔 수 없지. 와다쿠라 씨한테는 신세를 졌으니."

"신세?"

"못 들었나? 내가 쓰러졌을 때 구급차를 불러 주었다네. 생명의 은인이지." 오너는 음음, 하고 고개를 끄덕였다. "알겠어, 당신을 데려가 주지."

"내가 아니고 내 친구를 데려가 줘."

"친구라……."

"시끄러운 남자하고 경박한 청년이야. 소개해 주면 들어갈 수 있다면서?"

"요즘 기누가와가 예민해졌다는 소문도 있던데. 뭐, 괜찮겠지."

"예민해졌대?"

"카지노 경영은 제대로 된 일이 아니니까 항상 누군가 자기 목숨을 노릴까 봐 신경이 곤두서 있다더군. 어느 집단이 자기들을 습격하러 온다고 믿고는 해외 도피까지 궁리하고 있다는 소문도 있어."

그 도피를 위해 돈이 필요한 건지도 모른다. 유키코는 그런 상상을 해 보았다. 그래서 인질을 가로챈 게 아닐까?

"나쁜 짓을 하는 사람이 그 정도는 예민해야지." 유키코는 말을 맞추려고 그렇게 말했다.

"그런 주제에 남을 덜컥 믿는 성격이기도 하다더군."

"무슨 뜻이야?"

"술집에서 뜻이 맞으면 당장 동지라고 착각하는 구석이

있다는 게야."

"매력적이네." 유키코는 대충 맞장구를 쳤다.

"사람을 보는 자기 안목을 믿는다나."

"과신 아닐까?"

"맞아." 오너가 웃었다.

"내일이라도 괜찮아? 그 친구들 곧 해외로 떠날 예정인데 그 전에 카지노에 가 보고 싶다는데."

"아무래도 수상한데." 오너의 눈이 번득였다.

"카지노에 가는 사람치고 안 수상한 사람이 있어?" 유키코는 가볍게 응수했다.

"하긴."

유키코는 오너와 상세한 의논을 했다. 당일 오너와 교노, 구온이 만날 시간과 장소를 확인했다. 뭘 가져가야 하는지 묻자 오너는 기쁜 듯이 말했다. "지갑하고 배짱, 운이지." 그리 센스 있는 대답 같지는 않았지만 유키코는 일단 감탄하는 척했다. "역시 남다르네."

"그럼 됐지? 뒷일은 내일 만나서." 오너가 등을 돌리려 했다.

"아, 한 가지만 더."

"뭔가?"

"화재경보기 위치는 기억해?" 구온의 정보에 따르면 오너는 전에 장난으로 화재경보기를 누르려 한 적이 있었다.

'시어터 C'에서 나오자 바로 날이 저물어 거리 풍경에 어두운 막이 드리웠다. 극장 입구에는 오늘 무대를 보러 왔는지 짧은 줄이 있었다. 그 줄을 무심히 바라보며 차를 세워 둔 주차장으로 향하는데 전화가 울렸다. 귀에 대자 같은 직장에서 일하는 아유코의 목소리가 들렸다.

"유키코 씨." 아유코의 목소리는 차분했다. 느긋한 성격이 엿보이는 말투다. "연락됐어요."

"정말? 그래서 뭐래?"

"조금 놀라긴 하던데 재미있어하더라고요."

"내가 만나서 부탁해도 괜찮아?"

"네, 그렇게 전달해 놨어요. 요즘 눈코 뜰 새 없이 바쁜 것 같긴 하던데 극단 후배라면 도와줄 수 있대요."

"오쿠야 오쿠야 본인에게 도와달라고 할 생각은 없으니 괜찮아. 그나저나 미안하네."

"괜찮아요. 그 사람, 저한테 갚을 빚이 많으니까."

유키코는 덕분에 살았다고 감사를 표하고 그 소극단 연락처를 물어 메모했다.

"참고로 의상도 물어봤어?"

"아, 물어봤어요. 무대에서 썼던 의상이라면 있대요. 인원 수만큼 될지는 모르지만."

"소방대원 유니폼 같은 건?"

"물어볼까요?"

"아, 역시 내가 직접 물어볼게." 유키코는 아유코에게 고맙다고 말하고 전화를 끊었다.

교노 4

인간 ①사람이 사는 곳. 세상. 세간. 인계. ②사람. 또는 그 전체. ③인물. 인품.

○○력 ①그 사람이 지닌 인품이나 인간성이 가진 영향력. 또는 그것이 가져오는 효과. ②거리에서 모습을 감춘 공중전화를 찾을 때 필요한 힘.

마찬가지로 쇼핑몰에서 회의한 이튿날, 교노는 공중전화로 나루세에게 연락을 취했다. 저녁 7시가 지나 이미 해가 저물어 가로등 불빛이 눈에 띄기 시작했다. 교노는 도쿄의 오래된 주택가에서 기억 저편으로 사라진 유물처럼 덩그러니 남은 전화 부스 안에 들어가 있었다.

"왜 공중전화로 걸었어?" 교노가 이름을 대자 나루세가 뜻밖이라는 듯이 물었다.

"배터리가 나갔어. 믿을 수 없어. 휴대전화 배터리가 나가면 이렇게 불편해?"

"요즘 일본에서 공중전화를 찾기란 참 어려운 일인데."

"정말 힘들었어. 전부 철거되고 없어서, 돌아다니는 젊은이를 때려서 휴대전화를 빼앗을 생각을 몇 번이나 했다니까."

"바로 공중전화를 못 찾은 건 자네가 가진 인간력이 부족해서 그래."

"그건 뭐야, 평소의 행실이 어쩌고 하는 거야?"

"뭐, 그렇지. 자네 힘으로는 찾을 수 있는 공중전화도 못 찾아."

"박정한 녀석일세. 자네한테 부족한 건 기합과 정열과 친구에 대한 다정함이야."

"그래서 도청은 했어?"

"여전히 인정머리 없는 녀석이군." 교노는 어이가 없었지만 그래도 활약상을 털어놓았다. "나는 자네 요청대로 하나바타케를 도청하고 왔어."

"면허증 주소로 찾아갔어?"

"훌륭한 가짜 주소였어. 아파트에는 노부부만 살고 있더군. 헛걸음을 했어, 헛걸음. 인생은 헛걸음이야." 교노는 수화기에 대고 요란하게 한숨을 쉬었다. "어쩔 수 없이 카지노 앞에서 잠복했지."

"하나바타케가 카지노에 왔나?"

"그래, 왔어. 오늘은 이대로 실패할 줄 알았는데 몇 시간 전에 오더군. 지하로 들어갔어. 구온이 그린 몽타주는 엉망이었지만 의외로 특징은 잘 잡았더라고. 바로 알아볼 수 있었어."

카지노는 사쿠라기초역에서 그리 멀지 않은 곳에 있었다. 미술관과 전망대가 있는 곳에서 조금 동쪽으로 간 오피스 거리에 있는 훌륭한 빌딩이었다. 번화가의 너저분한 건물이나 화려한 파친코 가게의 분위기를 상상하고 있던 교노로서는 상당히 의외였다.

오피스 빌딩은 외관도 멀쩡하고 세무사나 변호사 사무소도 입주해 있었으며 정면 입구에는 세련된 로비도 있었다. 이곳 지하에 널찍한 카지노 도박장이 펼쳐져 있다고 상상하니 기분이 묘했다.

"그 빌딩 통째로 기누가와 소유야?"

"그렇겠지." 나루세가 대답했다. "정말 현명한 범죄자가 옷차림을 단정하게 가꾸는 것처럼 카지노도 평범한 건물 밑에 두고 싶었겠지. 그래서 하나바타케의 차에 도청기는 달았어?"

"어이." 교노는 긴 한숨을 내쉬었다. "차는 무슨, 하나바타케는 걸어서 카지노에 왔어. 유키코한테 자동차 문 따는 법을 죽어라 배웠는데, 걸어서 온 남자한테 어떻게 쓰라는 거야? 자네는 내 절망을 모를 거야."

나루세가 냉큼 말했다. "방금 전 위대한 인물이 인생은 헛걸음이라고 했는데. 그래서 어떻게 됐어?"

"뭐, 하나바타케가 다시 밖으로 나오길래 뒤를 쫓아갔어. 교차점 신호를 짜증스럽게 기다리고 있을 때 놈이 들고 있던 종이봉투에 그 휴대전화를 슬쩍 넣었지."

"제법이잖아?"

"제법이지."

"그래서 도청은 했어?"

"그래, 감도는 별로 좋지 않았지만 겨우 들었어. 그 하나바타케, 걸을 때나 택시를 탈 때나 전화로 계속 떠들더라고."

"분위기가 어때?"

"일단 그 요시코라는 아가씨는 아직 무사해. 카지노 VIP 룸에 있는 것도 틀림없어. 운 좋게 하나바타케가 쓰쓰이 드러그 사장에게 전화하는 것도 들었어. 몸값 거래 얘기를 했는데 뭐, 자네 예상이 맞았어."

"뭐가?"

"쓰쓰이는 딸이 유괴당하자 기누가와에게 범인을 찾아내서 처리해 달라고 부탁했어. 기누가와는 의뢰받은 대로 딸을 찾아냈지. 그런데 거기서 쓰쓰이가 보수를 아까워했나 봐."

"그래서 기누가와가 화난 거군."

"딸도 돌려주지 않고 요구 금액도 더 높였어."

"그 모자란 유괴범 고니시의 정보는?"

"전혀 없어. 그 두 사람은 엉뚱한 들러리였어. 지금은 완전히 쓰쓰이 드러그 사장과 기누가와 둘이서 거래하고 있어."

"조만간 몸값을 거래할 것 같아?"

"다음 주말이라고 하더군. 하나바타케가 딸은 극진히 대

우하고 있으니 안심하라고 몇 번이나 말했는데, 그럴수록 협박으로 들리니 굉장하지."

"쓰쓰이는 그 말을 믿고 얌전히 주말까지 기다리려는 건가?" 나루세는 보통 아버지라면 한시라도 빨리 딸을 구출하고 싶은 법 아니냐고 말했다.

"당연히 쓰쓰이는 불같이 화를 냈지. 하지만 지금 주도권은 기누가와가 가지고 있어. 어느 정도는 말을 들을지도 몰라. 믿는 것 말고 다른 방도가 없겠지."

"그런 거야?"

나루세는 아버지라는 게 고작 그 정도냐고 화난 기색이었다. 분명 나루세가 쓰쓰이의 입장이고 다다시가 인질이었다면 보통 사람은 상상도 할 수 없는 불굴의 의지로 행동하리라. 교노로서도 그런 상상은 어렵지 않았다.

"어쨌거나 우리가 카지노로 구출하러 갈 가치는 있겠군."

"단지." 교노는 우려되는 일을 말했다. 무의식적으로 손가락으로 전화선을 꼬고 있었다. "하나바타케가 한 번 기누가와하고 통화를 했는데."

"왜 그래?" 기분 탓인지 나루세가 긴장한 목소리로 물었다.

"기누가와는 경계하는 것 같았어."

"뭘?"

"잘은 모르겠지만 어디선가 불온한 정보를 입수한 것 같아. 카지노나 자기 신변에 위험이 닥쳐오고 있다고 생각하나 봐."

"감이 좋군."

"게다가 하나바타케가 쓰쓰이 드러그 사장에게 한 말인데, 몸값을 거래하기 전에 딸을 어떻게든 되찾아가더라도 바로 다시 유괴할 작정인 것 같아. 잠깐 시간을 버는 것밖에 안 된다고. 다음번에는 목숨을 보장 못 한다는 말도 했어."

"우리가 구출해도 또 유괴될지 모른다는 뜻인가."

"하나바타케의 말을 믿는다면 말이지."

"그건 곤란한데."

"정말 곤란해."

교노는 끝으로 우려되는 문제를 말해 보았다. 앞에서 달려가는 자동차 불빛을 멍하니 눈으로 좇으며. "우리가 당장 구출하러 가지 않고 능장을 부리는 바람에 막상 내일 구하러 가 보니 그 아가씨가 험한 꼴을 당했더라, 그런 일은 없겠지?"

"모르지." 나루세는 담담했다. "만약 그렇다 해도 우리가 손해 보는 게 있어?"

"자네는 의외로 독한 녀석이야."

"은행 강도는 다 그런 법이야."

"듣고 보니 그러네."

제4장

악당들은 계획대로
적진에 뛰어들지만,
돌발 상황에 당황한다

'최대의 부는 약간의 부에 만족하는 것이다'

구온 4

연막 ①물체가 탈 때 나오는 기체. 연소가 아닌 경우 유색 가스라고도 한다. ②연기 때문에 ①처럼 보이는 것.
"○○을 틈타 궁지에서 탈출하는 방법은 너무 진부하지?"

"카지노에는 들어왔어요. 첫 번째 단계는 클리어한 셈이네요." 구온은 옆에 서 있는 교노에게 말했다.

"아무래도 상관없는데, 그 복장은 뭐야?"

"카지노라고 하면 굉장히 화려한 이미지니까 조금 요란한 차림이 나을 것 같아서." 구온은 자기 복장을 새삼 살펴보았다. 원색이 뒤섞인 오픈 셔츠에 면 나팔바지를 입고 머리에는 카우보이모자를 쓰고 있었다. "게다가 알다시피 얼굴을 들키면 큰일이니까 조심하는 게 좋아요, 교노 씨."

"그렇다면 넌 위험한데. 하나바타케하고 면식이 있잖아."

"뭐, 그렇죠. 그래서 모자로 위장했는데."

"하지만 입구에서 실컷 찍혔으니 꾸며 봤자 소용없어."

"그건 예상을 못 했어요."

바로 20분 전에 구온과 교노는 '시어터 C'의 오너와 함께 카지노를 찾았다. 훌륭한 오피스 빌딩 뒤편에 지하로 통하는 계단이 있고 그 끝에 육중한 문이 있었다.

"이 계단을 내려갈 때마다 심박수가 올라가거든. 가슴이 설레는 거야. 역시 그래, 삶은 곧 승부야." 오너는 두 사람을 안내하며 흥분한 목소리로 말했다.

이상한 아저씨네. 구온은 감탄하지 않을 수 없었다. 처음 만난 구온과 교노의 정체를 궁금해하지도 않고 기쁜 듯이 이렇게 말했다. "자네들도 유별나군. 뭐, 카지노가 있다는 말을 들으면 피가 끓어오르지. 좀이 쑤시지 않으면 사람이 아니야."

입구 문 옆에는 비밀번호 입력 단추가 설치되어 있었는데 오너는 먼저 거기에 카드를 넣고 번호를 눌렀다. 잠시 후 마이크 목소리로 "뒤쪽 손님은?"이라고 사무적인 질문이 울려 퍼졌다.

구온이 고개를 들어 살펴보니 문 위쪽이 가로로 긴 검은색 패널 구조였다. 동그란 카메라 같은 장치가 그 안쪽에서 이동하고 있다. 카메라로 손님을 찍으며 어딘가 실내에서 감시하는 것이리라.

"내 일행이야." 오너가 말했다.

그러자 마이크 목소리가 지시했다. "문 위쪽, 카메라를 올려다보도록." 모자를 벗어라, 카메라를 더 똑바로 쳐다봐라, 그런 지시를 받으며 한 사람씩 체크를 받았다. 얼굴 사진을 찍은 뒤에 문이 벌컥 열렸다.

"드디어 승부의 시간이다." 오너가 흥분하며 안으로 들어갔다. 구온과 교노도 뒤를 따랐다. 그러자 의외로 커다란 테이블과 소파가 있는 호화로운 회의실 같은 공간이 나왔다.

"지하를 수상하게 여겨 경찰이 들이닥칠 때는 이곳으로 눈속임을 하는 거야. 위장용 공간이지." 오너는 자랑스럽게 말하더니 그림이 걸린 정면의 벽으로 다가가 액자를 건드렸다. 어떻게 조작했는지는 모르겠지만 평범한 벽이 옆으로 열리더니 갑자기 수상쩍은 소음이 왈칵 쏟아져 나왔다. 벽 너머에 카지노 도박장이 펼쳐졌다.

"교묘한 구조네." 구온은 진심으로 놀랐다. 밖으로 나올 때는 문 끝에 손을 대면 자동으로 문이 열리는 구조인 듯했다. "하지만 이건 누가 이런 구조입니다, 회의실은 가짜입니다, 하고 정보를 흘리면 들키겠네요."

"실제로 그런 녀석이 있었다더군." 오너가 대답했다. "카지노에서 지고 돈을 갚기 싫어서 경찰에 밀고하려 했다나."

"그래서요?"

"기누가와의 고객 중에는 경찰도 있으니 들켰지. 그 후로 그 손님의 얼굴을 본 사람은 없어."

"무서워라." 구온은 겁먹은 여고생처럼 두 손으로 뺨을 감싸는 시늉을 했다. 실제로 무서웠다.

경찰 내부에도 고객이 있다면 기누가와와 이 카지노를 적으로 돌리는 건 현명한 행동이 아니리라.

"그것 말고도 무서운 일은 많아." 오너는 유쾌하게 말했다. "카지노에서 속임수를 쓰다가 들켜서 달아난 녀석이 있다고 쳐. 그러면 여기 사람들은 쫓는 척만 하거든."

"쫓는 척만 한다고요?"

"카지노 안에서 옥신각신하다가 그 손님이 다치기라도 하면 귀찮아지잖아. 그래서 그럴 때는 위협하면서 밖으로 달아나도록 유도하는 거야."

"어, 봐주는 거예요?"

"실제로는 계단을 올라가 지상으로 나온 손님을 다른 일당들이 기다리고 있는 거야. 왜, 계단 위가 마침 빌딩 사이로 난 골목길이잖아. 양쪽에서 공격할 수 있는 구조지. 일단 밖으로 내보내고 총으로 빵. 요컨대 카지노하고는 아무 상관 없는 것처럼 꾸미는 거야."

"귀찮은 짓을 하네요."

"아무리 카지노가 경찰에 연줄이 있다고 해도 가게 안에서 시체가 나오면 덮어 줄 수 없으니까. 위험한 일은 가급적 가게 밖에서 한다더군."

"무서워라."

"사진 촬영은 뜻밖이었어. 와다쿠라 씨가 말 안 해 줬어?" 교노가 물었다. "만약 우리가 인질을 무사히 구해 내도 그 사진 때문에 추적당하는 것 아니야?"

"가능성은 있죠." 구온도 인정하지 않을 수 없었다. 이름이나 상세 정보는 속였지만 얼굴 사진이 나돌게 되면 귀찮기는 하다. "하지만 어쩔 수 없잖아요. 아니면 나루세 씨한테 의논해 볼까요?"

"'있잖아요, 사진을 찍혔는데 어쩌면 좋아요?'라고? 그 녀석은 우리 보호자가 아니야. 그보다 그 녀석도 오늘 여기 오는 것 아니었어?" 교노는 바로 눈앞에 있는 슬롯머신 코너로 다가가 코인을 넣더니 레버를 당겼다. 드럼이 돌아가자 버튼을 탁탁 눌렀다. 왼쪽부터 하나씩 그림이 멈춘다. 바나나, 바나나, 7. 코인이 나올 기미는 없다.

"나루세 씨도 와 있을 텐데 생각보다 사람이 많아서 못 알아보겠어요." 구온과 교노가 오너의 소개로 카지노에 온 것처럼 나루세도 그 고속열차에서 친해진 남자의 소개로 잠입했을 터였다.

카지노 안은 북적거렸다. "그럼 정신 바짝 차려. 건투를 빌겠네." 오너는 그런 말을 남기고 회장에 있는 손님들 사이로 사라졌다. 구온과 교노는 이미 아무래도 상관없는 것 같았다.

"큰 소리로 나루세를 불러 볼까?" 교노가 장난삼아 그런 말을 했지만 부른다고 들릴 것 같지도 않다. 대부분의 손님들은 조용했지만 카지노 전체가 몹시 시끄러웠다. 룰렛과 슬롯머신 소리, 그리고 이따금 손님들이 지르는 환성과 한탄으로 가득했다.

손님들이 슬롯머신과 트럼프, 룰렛 테이블 사이를 입식 파티처럼 종횡무진 돌아다니고 있었다. 플로어는 전체적으로 공기가 탁했다.

"아, 봐요, 저기 나루세 씨가 있어요." 구온은 제법 멀리 떨어진 대각선 끝자락 벽 앞에서 나루세의 모습을 발견했다. 낯선 남자와 이야기하고 있다. 이 카지노에서 만난 손님일지도 모른다.

"오, 잘 찾아왔군." 교노가 거만하게 말했다.

"말을 걸어 볼까요?"

"그만둬. 의심을 살지도 모르고, 뭐든지 저 녀석한테 의지하는 것 같아서 분하다고."

"난 안 그런데." 한 번 더 나루세가 있는 쪽을 바라보았다. "그나저나 무사해서 다행이에요."

카지노에는 원래 어제 오려고 했는데, 나루세의 연락으로 하루 늦어졌다. 카지노에 오기 위해 신용을 얻을 시간이 조금 더 필요하다는 것이었다. 디데이를 하루 늦추면 그만큼 쓰쓰이 요시코의 위험도 커진다고 구온은 반대했지만 나루세는 개의치 않았다. "나루세 씨는 의외로 차가운 사람이네요"라고 말하자 "몰랐어?"라는 대답이 돌아왔고 구온은 "알고는 있었어요"라고 되받아쳤다.

"하지만 내가 상상한 카지노는 더 화려하고 시끌벅적한 이미지였는데, 여기는 조금 어둡네요. 칙칙해요. 놀러 왔다기보다 다들 진지해요."

"이게 보통이겠지. 라스베이거스에 관광할 겸 가는 사람 하고는 종류도 목적도 달라. 부자들이 접대를 위해 거래처 상사를 데려올 때도 있겠지만 어쨌거나 즐거운 곳은 아니 지. 다들 진심이야." 교노는 무뚝뚝하게 말했다.

교노가 다시 슬롯머신 레버를 잡아당겼다. 왼쪽부터 단 추를 눌렀다. 강아지 마크가 일치했다. "오!" 교노의 외마디 환성에 이어 코인이 스무 개 정도 굴러떨어졌다. "이겼다!"

"잘됐네요, 교노 씨."

"내게도 뭔가 재능이 있다는 걸 어렴풋이 눈치채고는 있 었는데, 어쩌면 도박일지도 모르겠군." 교노가 진지하게 끄 덕거렸다.

"재능은 무슨, 그냥 운이에요."

"그런 말을 할 수 있는 것도 지금뿐이야. 잘 봐." 교노는 그렇게 말하더니 또 슬롯머신을 돌렸다.

둘이서 가만히 결과를 지켜보는데 허망하게 빗나갔다. 소리도 없이 멈춘 기계를 앞에 두고 구온은 한마디 했다. "보라면서요?"

"일단 그 VIP 룸이나 찾으러 가 볼까?"

"그래요." 구온은 와다쿠라의 정보를 바탕으로 그린 도 면을 떠올리며 플로어를 천천히 걸어갔다. 손목시계를 보왔다. 6시가 지났다. 여기 있는 어른들은 일도 하지 않고 이런 곳에서 밤놀이를 즐기고 있는데 대체 뭘까?

"어이, 저 음료수는 어떻게 하면 받을 수 있어?" 뒤따라온 교노가 구온의 어깨를 툭툭 쳤다.

"뭐가요?" 걸음을 멈추었다. 검은 토끼 의상을 입은 여성이 있었다. 토끼 의상이라고 해도 가짜 토끼 귀 머리띠를 끼고 레오타드 같은 검은 옷에 망사 타이츠를 신었을 뿐이라 정확히 말하자면 토끼와는 거리가 멀었다. 멋진 선글라스를 끼고 있다. 카지노 종업원인지 여기저기에 비슷한 차림의 여성들이 보였다. 저마다 쟁반을 들고 있었는데 그 위에 글라스와 컵이 있었다. 선글라스 때문에 표정이 거의 보이지 않아 신비한 분위기가 있었다.

"공짜로 주는 것 아닐까요?" 서비스로 나눠 주는 음료처럼 보였다.

"하지만 공짜인 줄 알고 다가갔다가 무슨 소리냐고 면박을 당하면 충격인데."

"그럼 그만둬요."

"그래도 마시고 싶어." 아이처럼 고민하는 교노를 상대하기 귀찮아진 구온은 먼저 움직이기로 했다. 가운데 블랙잭 코너를 왼쪽으로 끼고 돌면 룰렛 코너가 나오고 그 뒤에 그들이 찾는 계단이 있을 터였다.

어이, 기다려! 하고 교노가 쫓아왔다. "지금 떠오른 생각인데, 저 여자들이 입고 있는 옷 써먹을 수 있지 않을까?"

"무슨 소리예요?"

"인질 아가씨를 데리고 달아날 때 말이야. 저 바니걸 차림이면 위장이 되잖아."

"오호라." 구온은 그 아이디어에는 수긍했지만 중요한 점을 지적했다. "그래서 지금 어떻게 저 옷을 입수할 수 있는데요? 이 자리에서 벗어 달라고 하려고요?"

"그게 유일한 문제야." 교노가 얼굴을 찌푸렸다.

VIP 룸은 와다쿠라가 말해 준 위치에, 와다쿠라가 말한 것보다 차가운 모습으로 있었다.

룰렛 테이블 근처에는 구경꾼을 포함해 많은 손님들이 북적거리고 있었다. 손님들 사이에 묻혀서 코너 끝까지 갔다. 고급 호텔 프런트처럼 생긴 카운터가 있었다. 카지노용 코인을 바꿔 주는 곳 같았다. 그 옆에 계단이 있고 위로 연결되어 있다.

구온과 교노는 계단을 올라가기로 했다. 처음 와 봐서 길을 잃은 척했다. 쭈뼛쭈뼛 걷는 것보다 자연스럽게 지나가는 게 의심을 덜 살 거라 판단했다.

계단 위로 올라가자 카지노 전체를 굽어볼 수 있는 회랑이 있었다. 깔끔한 카펫이 깔려 있고 벽에 문이 여러 개 있었다.

"지하에 2층이 있다니 어떻게 된 일이야?" 교노가 속삭였다.

"호화롭네요." 구온은 그렇게 대답했다. "인간의 절망적인 결점 중 하나가 바로 돈을 쓸 줄 모른다는 거예요."

"동물은 아예 돈을 안 쓰잖아."

구온은 좌우를 살펴보았다. 오른쪽 벽에 달린 문에 'VIP'라는 글자가 보였다.

"VIP라고 해서 훨씬 화려할 줄 알았는데 수수하네."

"저 문, 관록이 있어요. 역시 VIP 룸이야."

"인질을 감금한 방이잖아. 악취미야."

교노가 불쾌한 표정으로 구온을 향해 혀를 내밀었다.

"어이, 너희들 거기서 뭐 해?" 그때 갑자기 옆에서 목소리가 튀어나와 구온은 몸을 움찔 떨었다. 황급히 고개를 돌리자 낯선 얼굴의 덩치 큰 남자가 서 있었다. 구온보다 머리 하나는 더 크고 덩치는 두 배나 더 커 보이는 남자였다. 입가에 수염이 있고 갈색 머리는 어중간하게 길었다.

"어쩌다 계단으로 올라왔는데." 구온은 떨리는 목소리로 대답했다.

"오늘 처음 와 봐서 그만." 교노도 어색하게 설명했다.

"관계자 외에는 출입 금지다." 남자는 무서운 표정으로 말했다.

이 녀석이 파수꾼인가? 구온은 반사적으로 상대의 허리

춤으로 시선을 돌렸다. 위험한 무기를 가지고 있는지, 허리춤이 의심스럽게 불룩했다. 교노에게 눈짓을 보냈다. 교노도 이해했는지 시선을 떨어뜨렸다.

"스태프 대기실입니까?"

"무슨 상관이야?" 파수꾼은 쌀쌀맞게 대꾸했다.

"하긴 그러네요. 어이, 돌아가자. 일하시는 데 방해되잖아." 교노는 연극적으로 말하며 구온의 팔을 잡아끌어 계단을 내려갔다.

코인 교환소 앞을 지나 룰렛 손님들 뒤로 돌아온 교노가 손목시계를 보며 말했다. "자, 그럼 슬슬 시작해 볼까? 예정 시간이야. 화재경보기 위치는 확인했어?"

"봐요, 여기 룰렛 테이블 반대편 벽에 작은 장치가 달려 있죠? 그 오너가 가르쳐 준 대로예요. 열을 감지해서 물을 뿌리는 장치예요." 그렇게 말하며 주머니에서 작은 원반형 장치를 꺼냈다.

장치를 주머니에 도로 넣고 룰렛 테이블에서 멀찌감치 떨어졌다.

가장자리 벽으로 다가갔다. 사람은 많았지만 모두들 룰렛에 집중하고 있었다. 들키지 않도록 살며시 몸을 숙여 구두끈을 묶는 척하면서 발연 장치를 벽에 붙였다. 슬림형 방향제처럼 생겨서 점착 테이프로 붙이기만 하면 되는 단순한 장치다. 케이스 끝에 달린 플라스틱 돌기를 손가락으로 꺾었다. 5분 후면 연기와 열이 분출된다.

연막이 나오는 순간은 제대로 확인하지 못했다. 처음에는 느리게 수증기처럼 피어오르다가 단계적으로 강해지는 장치인 듯했다.

구온과 교노가 시작을 감지한 것은 연기가 아니라 주위에 있던 사람들이 수런거리는 소리 때문이었다. 누가 "불이야!" 하고 큰 소리로 외쳤고 그 직후에는 잘 알아들을 수 없는 비명 소리가 뒤엉켰다. 룰렛 딜러는 눈을 휘둥그레 뜨고 주위를 두리번거렸다. 이 자리를 어떻게 해야 하나 고민하며 스태프를 찾고 있다.

구온은 교노와 얼굴을 마주 보고 고개를 끄덕였다. 계획대로 혼자 아까 올라갔던 계단으로 향했다.

"손님들은 카지노에 있는 걸 들키면 큰일이니 불이 나면 분명 패닉에 빠질 거야." 작전 회의 때 나루세는 그렇게 말했다.

실제로 그 예상이 맞아떨어졌다.

손님들이 출구로 몰려갔다. 비상벨이 울렸다. 한 곳에서 반응하면 전부 연동되는 구조인지 스프링클러가 물을 뿜기 시작했다. 천장 여기저기에서 물이 나왔고 그 물이 손님들을 더욱 혼란에 빠뜨렸다.

구온이 계단으로 올라가려는데 교노의 목소리가 들렸다. 계단 밑에서 큰 소리로 외치고 있었다. "여러분, 진정하세요. 당황하면 달아날 수 있는 것도 못 달아납니다. 조금 진정하세요!"

연기가 지하에 가득 차올랐다. 구온이 있는 계단 위도 시야가 흐렸다. 사람들이 넘어지는 소리와 서로 부딪친 사람들의 비명과 욕설이 여기저기서 들렸다.

손님들은 아직 우왕좌왕하고 있었다. 교노가 아랑곳없이 떠들어 댔다. "이쪽으로 모이세요. 출구 왼쪽입니다. 일렬로 서세요. 연기는 심하지만 불은 크지 않은 것 같습니다. 손수건으로 입을 가리고 바닥에 엎드리세요."

사전 회의 때 나루세는 판단력을 잃고 우왕좌왕할 때 누가 길을 알려 주면 모두 따르는 법이라는 말도 했다. "교노, 자네는 어차피 사람들 앞에서 연설하는 걸 좋아하지. 화재로 달아나는 손님들을 유도해 봐. 일단 그 자리에 얌전히 있게 만들어. 그사이에 구온은 VIP 룸으로 가. 파수꾼도 당황하고 있을 테니 자네는 그 틈을 타서 열쇠를 훔치면 돼."

훔치면 된다니, 말이야 쉽지. 구온은 작은 소리로 리듬 좋게 중얼거리며 계단 위로 올라갔다. 아까 확인해 둔 VIP 룸을 향해 오른쪽으로 갔다. 연기가 제법 자욱했다. 눈에 힘을 주니 사람 그림자가 보여 얼른 숨었다.

파수꾼이 회랑 난간에 기댄 채 아래쪽 카지노 회장을 살펴보고 있었다.

구온은 고민하지 않고 그 뒤로 다가갔다. 발소리를 죽이고 재빨리 거리를 좁혔다. 동시에 눈에 힘을 주고 상대가 어디에 열쇠를 넣었을까 직감을 발휘했다. 주머니의 부피, 무게중심의 위치, 그런 요소들로부터 소지품을 넣은 장소를 예측하는 것은 그의 특기였다. 손으로 연기를 재빨리 걷어 내고 뚫어져라 관찰했다. 옆을 지나면서 바지 벨트로 손을 뻗었다.

상대가 순간 움찔 떨었지만 연막에 가린 구온의 존재를 눈치채지는 못한 듯했다. 그 자리를 피하면서 구온은 손에 든 열쇠를 확인했다.

"의외로 식은 죽 먹기였네."

VIP 룸 문 앞에 도착해 바로 열쇠 구멍에 열쇠를 넣고 돌렸다. 찰칵 소리가 났다. 문을 밀어젖히고 "구하러 왔어요. 당신이 좋아하는 건 개? 고양이?" 구온은 드높이 외쳤다. 정확히는 말하려 했지만 중간에 멈추었다. 화장실과 세면실이 있어 마치 호텔 룸처럼 보이는 그 방에는 아무도 없었다. "어라?"

인질은 어디에도 보이지 않았다.

"뭔가 불길한 예감이 드는데." 무심코 그런 말이 튀어나왔다.

교노 5

덫 ① 끈을 고리로 만든 것. '그저 돌돌 감아 위에서 아래로, 고리 끈을 끼우는 게 바람직하다.'(『쓰레즈레구사』♥)
② 남을 모함하기 위한 모략. "제대로 〇에 걸렸어."
③ 완전 무료, 비밀 엄수라고 적힌 광고 혹은 뜬금없이 오는 메일.

"자, 여러분, 그대로 기어서 연기를 피해 벽에 붙으세요. 괜찮습니다. 침착하게 행동하면 아무 문제도 없습니다. 불씨는 없는 것 같습니다. 아까 스프링클러로 대강 꺼졌겠지요. 여러분의 양복은 젖었겠지만 물에 젖어 죽은 사람은 많지 않습니다. 그 대신 이 연기는 조심하십시오. 연기를 마시고 목숨을 잃은 사람은 아마도 많을 테니까요." 교노는 빠르면서도 또렷한 어조로 말했다. "소방서에는 제가 연락했습니다. 바로 출동할 테니 그 전에 멋대로 행동해서는 안 됩니다. 가장 위험한 일입니다. 카지노에서 달아날 때 가장 중요한 점은 딴 돈을 잊지 않는 것, 그리고 잃은 돈을 덮어 버리는 것, 그다음이 당황하지 않는 것입니다." 사람들이 멋대로 움직이지 못하도록 교노는 엉터리 이야기를 떠들어 댔다. 사람들은 모두 벽 근처에 모여 바닥에 기는 자세로

♥ 일본 중세 초기의 수필집. 인용구는 제208단 경문 제본에 대한 이야기.

엎드리거나 무릎을 끌어안는 등 자세를 낮추었다. 그중에는 그 소극장 오너의 모습도 있었다. 손목시계를 보았다. 슬슬 예정대로 소방대원들이 입구로 들어올 터였다.

구온은 아직인가? 카지노 안을 뒤덮은 하얀 연기 속을 응시했다. 이 혼란을 틈타 구온이 인질을 데리고 돌아올 계획이었다. 그때 마침 계단에 흐릿한 사람 그림자가 보였다. 왔구나, 하고 안도했지만 다가온 그림자는 구온 한 사람뿐이었다.

"인질은 어쨌어?"

"없어요."

"없어?"

"불길한 예감이 들죠?"

구온의 쓴웃음과 동시에 교노가 가지고 있는 휴대전화가 떨렸다. 주머니 속에서 진동하고 있다. 꺼내서 통화 버튼을 누르고 귀에 대 보니 상대는 나루세였다.

"자네 지금 어디야? 아무것도 안 돕고 뭐 하는 거야? 나하고 구온이 필사적으로."

"그보다 빨리 달아나."

"달아나? 카지노에서? 무슨 생각이야? 소방대원이 온다면서? 아니면 혹시 유키코가 안다는 연극 단원들이 여차하는 순간에 달아난 건 아니겠지?"

유키코가 아는 극단 사람들이 소방대원으로 위장해 카

지노에 뛰어들면 그 혼란을 틈타 인질과 함께 탈출할 예정이었다.

"달아나." 나루세의 목소리는 짤막했지만 칼처럼 날카로웠다. "들켰어."

"들켰다니 뭐가?"

"우리 계획이 탄로 났어. 무서운 이름을 가진 기누가와 씨는 이번 일을 알고 있어. 어쨌거나 자네들도 거기서 달아나."

"달아나라고?"

"쓰쓰이 드러그 아가씨를 데리고 지상으로 나가."

"듣고 놀라지나 마. 그 인질이 없어. 놀랐냐?"

"놀라지 말라고 하면서 바로 놀랐냐고 묻다니. 자네는 귀찮은 친구야. 하지만 괜찮아, 인질은 있어. 그 플로어에 있어. 아까 발견했어."

"플로어에?" 교노는 나루세의 말을 이해할 수 없어 서서히 연기가 걷혀 가는 주위를 둘러보았다. 머리카락에 손을 뻗으니 물이 뚝뚝 떨어졌다. 연막의 혼란도 그리 오래가지 않을 것이다.

"이 전화를 끊으면 구온에게 크게 손을 흔들라고 해. 여자가 아마 자네들을 알아보고 다가올 거야. 그리고 출구로 달려. 손님이 많으니 마구잡이로 쏘아 대지는 않을 거야."

"쏘아 대다니 무슨 소리야!" 교노가 짜증스럽게 외쳤을 때 두 가지 일이 동시에 벌어졌다.

먼저 플로어 안에 누군가의 목소리가 메아리쳤다.

이어서 나루세가 전화를 끊었다.

쩌렁쩌렁 울리는 목소리에 손님들이 깜짝 놀라 짧은 비명을 질렀다. 교노는 허둥지둥 목소리의 출처를 찾았다. "저쪽." 구온이 옆에서 가리켰다. 계단 위 회랑, 난간 쪽이었다. 연막 때문에 똑똑히 보이지는 않았지만 젊은 남자가 서 있었다. 더 자세히 보니 손에 든 총을 치켜들고 있었다.

"모두 꼼짝 마!" 큰 소리가 들렸다. 그 청년은 오른손에 권총, 왼손에 마이크를 들고 있었다. 카지노 플로어 안에 설치된 스피커를 통해 목소리가 흘러나오고 있다.

교노와 구온은 얼굴을 마주 보았다.

"두리번거리지 마. 너희 말이야, 너희."

저희 말입니까? 교노는 자기 코를 집게손가락으로 가리켰다.

"그래, 너희 말이야. 이런 화재를 꾸며 내다니. 대체 목적이 뭐야? 거기, 모자 쓴 놈은 일전에 그 녀석이지? 내가 차에서 걷어찬 놈이지? 입구에 왔을 때부터 다 알아봤어. 돈이라도 훔칠 생각이었겠지만 안됐군."

"꽃밭 총각이다." 구온이 시선을 위로 든 채 중얼거렸다.

"꽃밭이라니, 인질을 가로챘다는 하나바타케인가 하는 녀석 말이야?"

"일단 다른 손님들은 얌전히 있어. 이건 진짜 화재가 아니야. 가짜 연기야. 장난감 같은 거야. 그러니 당황하지 마. 엉뚱한 짓을 하려던 멍청이가 있는 것뿐이야." 하나바타케는 마이크로 그렇게 말했다.

교노와 구온은 동시에 혀를 찼다. 교노는 출구로 눈을 돌리며 현실 도피를 했다. 소방대원들은 정말 오지 않는 건가?

"그대로 가만히 있어. 일단 너희들에게는 묻고 싶은 게 있으니까." 하나바타케는 그렇게 말하고 마이크를 옆에 있는 남자에게 넘겼다. 어느새 하나바타케 외에도 몇 사람, 덩치 좋은 양복 차림 남자들이 있었다. 아까 그 파수꾼도 있었다. 그들이 계단을 내려왔다.

"달아날까?" 교노는 구온의 옆구리를 찔렀다. "나루세가 달아나라고 했어."

구온은 출구를 돌아보고 끄덕거렸다. "달리면 어떻게든 되겠죠? 하지만 요시코 씨는 어쩌지."

"일단 도망친 다음에 생각하는 수밖에." 교노는 빠르게 말했다. "저 녀석들이 가까이 오면 달아날 수 없어."

구온이 고개를 끄덕였다.

그때 누가 몸을 숙이고 구온의 등 뒤로 다가왔다. 교노는 흠칫 놀라 소리를 지를 뻔했지만 그것이 아까 음료를 나뉘 주던 바니걸 차림의 여성 종업원이라는 사실을 깨닫고 비명을 삼켰다.

적들의 부하가 그들을 잡으러 온 줄 알고 반사적으로 복싱 버릇이 나온 교노는 주먹을 불끈 쥐고 허리를 비틀고 있었다. 펀치를 날리기 직전에 여자가 선글라스를 내렸다.

"아, 당신은!" 구온이 외쳤다.

"아는 사람이야?" 빨리 달아나야 한다는 생각에 초조해하며 귓속말로 물었다.

"이 사람이 요시코 씨예요." 구온도 당혹스러웠는지 어안이 벙벙한 눈치였다.

교노는 여자를 쳐다보았다. "뭐라고! 기누가와의 부하였나?"

"아니, 아니에요." 요시코가 손을 저으며 부정했다. "도망칠 거죠?"

"구해 주러 왔는데." 구온은 콧등을 찡그렸다. "당신, 갇혀 있던 것 아니에요?"

"이유는 모르겠지만 오늘 이 플로어에서 일하라고 해서."

이게 어찌 된 일이지? 교노는 구온을 쳐다보았다. 구온도 어깨를 으쓱했다. 고민할 여유는 없었다. 연막은 거의 걷혔고 하나바타케 일당이 계단을 내려왔다. "꼼짝 마." 그런 말소리도 들렸다.

"일단 가요." 구온이 교노를 보고 고개를 끄덕였다. 반대할 이유는 없다. 교노는 요시코를 보고 "달려!"라고 외치고 바닥을 박찼다.

웅크리고 있던 손님들은 무슨 일이 벌어지고 있는지 몰라 어리둥절해하고 있었다. 그들과 부딪치지 않도록 주의하며 달렸다.

"네놈들 쏜다!" 하나바타케가 다가왔다.

"총을 쏠 거예요!" 요시코의 목소리가 교노의 뒤에서 들려왔다.

"사람도 많고 연기 때문에 뿌연 이런 곳에서는 못 쏴!"

말하기가 무섭게 총성이 일었다.

"쏘는데요?" 요시코가 숨을 헐떡였다.

"모든 일에는 예외가 있지."

웅크리고 있던 손님들이 상황에 의심을 품기 시작했는지 하나둘 몸을 일으켰다. 연막 효과도 떨어지자 플로어는 마술 트릭이 탄로 난 무대처럼 신비감을 잃었다.

출구 문을 열었다. 그 앞은 바로 위장용 회의실이다.

"교노 씨, 놈들이 미리 기다리고 있을지도 몰라요." 뒤에서 달려오는 구온이 그렇게 말했을 때는 이미 회의실로 들어간 후였지만 다행히 거기에 기누가와의 부하들은 보이지 않았다.

"가요." 구온이 요시코의 팔을 붙잡고 교노를 앞질러 지상으로 통하는 계단으로 달려갔다.

뒤에서 하나바타케 일당이 쫓아오는 기척이 느껴졌다.

"빨리빨리!" 교노는 그렇게 말하며 자조 어린 목소리로 중얼거렸다. "여기엔 낭만이 없군."

뜻밖이었던 점은 카지노 종업원들의 모습이 보이지 않았다는 사실이다. 입장할 때는 얼굴 사진을 찍을 정도로 예민했는데 나갈 때는 이렇게 허술해도 되는지 어이가 없었다. 다만 이것도 운이라 생각하며 계단을 올랐다.

한 걸음, 두 걸음, 계단을 뛰어 올라갔다. 그때 문득 '시어터 C' 오너의 말이 뇌리에 떠올랐다.

"시체가 나온 카지노는 다른 손님들도 싫어할 게 뻔하잖아. 그래서 밖으로 몰아낸 다음에 해치우는 거야."

이거 위험한 거 아닌가? 그렇게 생각했을 때는 이미 지상으로 나와 버린 뒤였다.

구온 5

협공 한곳에 몰아넣는 일. 상대를 양쪽에서 몰아세워 공격하는 일.

"교노 씨, 빨리 가요." 지상에 도착하자 구온 옆에서 요시코가 숨을 헐떡거리고 있었다. 거추장스러웠는지 선글라스는 벗은 듯했다. 자세히 보니 구두도 벗어 던져 맨발이었다. 웅크린 허리에 달린 하얀 꼬리가 깜찍했다.

계단을 올라 밖으로 나가니 빌딩 뒤로 난 골목길이 나왔다. 캄캄했다. 맞은편 건물이 가로막고 있어 올려다보아도 비좁은 하늘만 보였다. 가로등도 없다. 방금 전까지 있었던 카지노의 불빛과 비교하면 지하에서 나왔지만 사실은 지하로 들어온 게 아닐까 하는 착각까지 들었다.

"구온, 위험할지도 모르겠어." 교노가 좌우를 두리번거리며 경계하고 있었다.

"위험하다니, 뭐가요?"

"그 오너가 그랬잖아. 카지노 놈들은 처리하고 싶은 녀석이 있으면 일단 카지노 밖으로 몰아내서 밖에서 처리한다고."

"아." 구온도 바로 기억해 냈다. 머리에서 핏기가 싹 가셨다. 이 어둠 속 어디에서 총구가 그들을 노리고 있는 건 아닐까, 그런 공포를 느꼈다. "그러고 보니 지하에서는 더 이상 쫓아오지 않네요."

"무슨 뜻이에요?" 복장 때문에 가슴 굴곡이 돋보이는 요시코가 겨우 고개를 들어 구온을 보았다.

설마 사격수가 노리고 있을 것 같지는 않았지만 혹시 몰라 요시코를 등 뒤에 숨겼다.

"교노 씨, 어쩌죠?"

"나루세한테 전화할까?"

"나루세 씨가 없으면 아무것도 못 하는 것처럼 보일 텐데 그래도 괜찮아요?"

"그건 싫은데." 이런 상황에서도 교노는 그런 말을 했다. "어쨌거나 달려서 도망치는 수밖에 없나?"

"어느 쪽으로요?"

"좋아하는 쪽으로."

"그럼 오른쪽으로 가요." 구온은 고민할 시간도 아까워 감에 맡겼다. 요시코의 손을 붙잡고 달리기 시작했다. 교노도 따라왔다.

길이라기보다 거의 빌딩 사이의 틈새였다. 어른이 다섯 명만 나란히 서도 꽉 낄 것 같았다. 몇십 미터만 가면 큰길이 나온다.

"큰길로 나가면 택시에 올라탈까?" 교노가 말했다.

"유키코 씨가 우리 위험을 감지하고 와 주지 않았을까요?"

"만약에 와 있으면 그야말로 외계인이야."

"소방대원들은 어디 갔을까요?" 계획으로는 유키코가 의뢰한 극단 배우들이 소방대원을 가장해 카지노에 들이닥칠 예정이었다. 그 소동을 틈타 카지노에서 탈출하면 사건 해결, 그런 전개를 노리고 있었다.

"나한테 묻지 마."

"교노 씨하고 오는 게 아니었는데."

"좀 더 사려 깊게 말해야 하는 것 아니야?"

"하지만 하나도 예정대로 안 됐잖아요."

"예정대로 되는 인생이 즐거워?"

"분명 지금 상황보다는 즐거울 거예요."

농담을 하면서도 구온은 빨리 큰길로 나가야 한다는 걸 알고 있었다. 초조함 때문인지 좁은 길이 묘하게 길게 느껴졌다.

인기척을 느낀 건 바로 그때였다. 큰길을 지나는 자동차 불빛이 오른쪽에서 왼쪽으로 지나갈 때, 이쪽으로 걸어오는 그림자 두 개가 힐끔 보였다.

구온은 걸음을 멈췄다. 교노도 눈치챘는지 멈춰 섰다.

"왜 그래요?" 요시코가 눈을 깜빡거렸다.

교노가 뒤를 돌아보았다. "큰일 났네. 우리 뒤에서도 오는 것 같아."

"거짓말이죠?"

"왜 거짓말을 하겠어?"

"누가 오는데요?" 요시코의 얼굴은 창백했다.

"무서운 사람들." 구온은 그렇게 대답할 수밖에 없었다.

발소리도 숨소리도 들리지 않지만 점점 포위망을 좁혀 오는 게 느껴졌다.

"이런 곳에서 셋이나 쏘면 눈에 띌 텐데." 교노가 얼굴을 찌푸리고 앞뒤를 확인했다.

"그렇게 설득해 보면 어때요?" 틀림없이 기누가와의 부하들이리라.

"설득하는 사이에 총을 맞을 것 같아."

"교노 씨, 어쩌죠?"

"자네가 총을 맞는 사이에 내가 이 아가씨를 데리고 달아날까?"

"교노 씨는 이런 때에도 농담을 할 수 있다니 대단해요."

"내가 언제 농담을 했어?"

"저기, 권총." 그때 요시코가 거의 울먹이듯 갈라진 목소리로 말했다. 떨리는 손을 내밀고 있다. 앞쪽에 있는 사람들은 누가 보기에도 손에 총을 쥐고 있었다.

슬금슬금 조여 온다. 언제 발포해도 이상하지 않을 것

같아 구온 역시 다리가 오그라들었다.

바로 그때 힘찬 목소리가 들렸다. 여러 사람이 외치는 구령 소리 같은 함성이 뒤에서 날아들었다.

허둥지둥 몸을 돌려 눈에 힘을 주었다. 처음에는 뒤에서 다가오는 적들이 위협하려고 고함을 치는 줄 알았는데 바로 아니라는 사실을 깨달았다.

"뭐야, 뭐야?" 교노도 눈을 휘둥그레 뜨고 있다.

조금 떨어진 곳에서 "너희는 뭐야!" 하고 마찬가지로 당혹해하는 남자들의 노성이 들렸다. 그 집단은 거의 시간 차 없이 순식간에 구온 일행의 눈앞에 나타났다.

유도복을 입은 남자들이었다. 열 명은 될 것 같았다. 골목길을 막듯이 대열을 짜고 구령을 외치며 다가왔다.

어째서 유도부가 이런 곳에서 훈련하고 있지? 구온은 일단 어이가 없었다. 러닝 훈련이라고 해도 다른 길이 더 나을 텐데.

당황하는 사이에도 유도복 집단은 우르르 달려왔다. 이 좁은 골목길에 눈사태가 난 것처럼 박력이 넘쳤다.

유도부에 깔리겠다고 생각한 순간, 유도복 차림의 남자들이 구온을 들어 올렸다. "어?" 두 남자가 양쪽 겨드랑이를 붙잡았다. 아, 몸이 공중에 떴다. 멀거니 그런 생각을 했다. 남자들은 구온을 들어 올려 운반했다.

당황해서 시선을 돌리자 교노와 요시코도 그와 마찬가지로 유도복 차림의 남자들이 만들어 낸 파도를 타고 있었다. "이게 무슨 일이야?" 구온은 오른쪽으로 고개를 돌려 유도복 차림의 남자를 보았다.

"부탁을 받았습니다. 여기서 연기를 해 달라고요." 수염 난 그 남자는 얼굴은 상당히 늙어 보였지만 목소리는 젊었다.

"연기?"

"유도복 의상을 입고 달려서 세 사람을 데리고 빠져나가라고요. 어라, 못 들으셨습니까? 황당하지만 재미있겠다 싶었죠. 오쿠야 씨가 나중에 고기도 사 준다고 했고."

"그게 무슨 소리야? 당신들 유도부야?"

"아닙니다. 우리는 배우입니다. 어라, 정말 몰라요? 위에서 촬영을 하고 있다고 들었는데." 전혀 배우로 보이지 않는 남자가 그렇게 말했다. 왼쪽의 유도복 남자도 쾌활하게 말했다. "이렇게 황당한 일, 좋아하거든요."

"비켜, 비켜!" 다른 유도복 남자가 말했다.

앞을 보니 두 남자가 손에 권총을 든 채로 얼어붙어 있었다.

위험해. 구온은 반사적으로 그렇게 생각했지만 이 집단을 향해 총을 쏠 수는 없었는지, 혹은 밤에 나타난 유도복 차림의 러닝 집단에 얼이 빠졌는지, 두 남자는 멍청히 서 있다가 재빨리 길 양쪽으로 갈라졌다.

구온 일행을 들어 올린 남자들은 그 사이를 단숨에 빠져 나갔다. 운동부이기에 가능한 일사불란한 대열이었다.

"이게 어떻게 된 일이죠?" 품에 안긴 아이 같은 심정으로 뒤에 있는 교노에게 큰 소리로 물어보았다.

"나한테 묻지 마."

"이렇게 이동하는 것도 왠지 즐겁네요." 요시코가 천진하게 말했다.

유키코 5

해외 바다 너머 외국. ○○ 도피 : 갱이 나오는 픽션에서 일단은 해피 엔딩이 되는 결말.

"이런 일도 다 있네, 덕분에 살았어." 뒷좌석에서 가만히 창을 바라보고 있던 남자는 운전석에 앉은 유키코에게 그렇게 말했다. 경계심도 없이 진심으로 안도하는 기색이었다. 차창 밖으로 흘러가는 거리 풍경을 가만히 바라본다. "당신은 나리타 씨 운전사인가?"

갸름한 얼굴에 뱀 같은 눈매였다. 눈썹이 굵고 머리카락은 거의 벗어졌다. 키는 크지 않았지만 정체 모를 당당함이 감돌았다. 풍채가 훌륭한 정치가 같았다.

나루세는 기누가와 앞에서는 나리타라는 이름을 쓴 모양이다. 안일한 가명이지만 복잡한 이름보다 나을지도 모른다. 유키코는 말을 맞추었다. "그렇습니다. 기누가와 씨를 공항까지 신속하게 모시라는 지시를 받았습니다."

눈앞의 신호가 파란색으로 바뀌었다. 액셀을 지그시 밟았다. 국도는 한산하지 않았지만 차선을 변경하니 나름대로 순조롭게 달릴 수 있었다.

"처음에는 수상쩍게 여겼는데." 기누가와는 마치 친구와의 만남을 그리워하는 듯한 말투로 말했다. "이틀 전에 처음 만났거든. 우연히 나리타 씨가 고속열차에서 내 옆에 앉았지."

"그런 우연도 있군요." 그 이야기는 유키코도 나루세에게 대충 들었다. 구온이 바꿔치기한 지정석 열차표로 기누가와의 옆자리에 앉았다. 거기서 친해지면 운 좋게 카지노 정보를 입수할 수 있을지도 모른다고 기대했는데, 이야기를 나누는 사이에 기누가와가 나루세에게 호감을 느끼기 시작하자 나루세는 거기서 다른 작전을 짜냈다.

"내가 아는 사람들은 다들 나를 노리거든. 마음을 놓을 수가 없어. 동료도 부하도 믿을 수 없고, 다들 피해망상이다, 예민해서 그런다고 말하지만 나는 거듭 조심해서 나쁠 건 없다고 생각해. 나리타 씨하고는 우연히 고속열차에서 만나서 기뻤어. 좋은 사람인지 아닌지는 잠깐 얘기해 보면 알거든."

유키코는 전에 들었던 해외 마피아 영화 이야기를 떠올렸다. 보스는 비행기에 동승한 형사에게 마음을 열었다가 체포당한다.

"나리타 씨도 기누가와 씨와의 만남을 기뻐했습니다." 유키코는 말실수를 하지 않도록 주의하면서 핸들을 꺾었다. 차선을 오른쪽으로 바꿔서 앞 차량을 추월했다.

나루세는 이전에 은행 강도로 번 돈을 담은 트렁크를 들고 있었다. 우연을 가장해 그것을 기누가와에게 보여 주고 돈이 남아도는 사람이라는 믿음을 주었다. 그리고 "도쿄에서 재미있는 일은 없을까요?" 하고 이야기를 꺼냈다.

"이런 우연이 있나 싶었지. 마침 내가 카지노를 운영하고 있거든."

"나리타 씨도 놀라더군요."

"게다가 어제 갑자기 누가 나를 노린다는 정보도 알려 주는 거야."

"그랬다고 들었습니다."

나루세는 갑자기 정보를 얻은 척하며 "누가 당신 카지노를 노리는 것 같으니 조심하는 게 좋겠습니다"라고 조언했다. "카지노를 습격해 돈을 빼앗으려는 2인조 강도가 있는 것 같습니다"라고.

"하지만 용케 믿어 주셨네요." 유키코는 무심코 진심을 섞어 그렇게 말했다. 실제로 의심으로 똘똘 뭉친 기누가와가 아무리 우연한 만남을 가장했다지만 누가 카지노를 노리고 있다는 나루세의 말을 덜컥 믿다니 부자연스러웠다.

"물론 반신반의했지. 오히려 수상하게 여겼어." 일순 날카로워진 기누가와의 목소리에 유키코는 뒤에서 칼이라도 맞은 것처럼 긴장했다.

"그러셨습니까?"

"그야 그렇지. 만난 지 얼마 안 되는 남자가 나와 관련된 정보를 가지고 오다니, 타이밍이 너무 좋잖아. 이거 뭔가 있구나, 그렇게 생각하는 게 당연하지."

"그렇다면 어째서?"

"몇 가지 이유가 있어. 한 가지는 나를 속여서 뭔가를 꾸미려는 놈들은 대개 달콤한 이야기를 가져오거든. 이번처럼 위험을 알려 주는 경우는 드물어."

"그런 건가요?"

"게다가 나리타 씨의 설명이 이해하기 쉬웠어. 카지노를 습격하는 무리가 있고, 놈들이 화재를 위장할 거라고 했지. 연막이 나오는 기구를 써서 소동을 벌이고 그 틈에 돈을 훔쳐 갈 거라는 거야. 만약 그때 나리타 씨가 뭔가 보답을 바랐다면 완전히 의심했겠지만 그런 일은 없었어. 그냥 조심하라는 말뿐이었지. 믿어 볼 가치는 있었어. 그렇지?"

"그래서 실제로 화재가 났습니까?"

"방금 전에. 연막이 피어올라 플로어 안이 패닉에 빠졌어. 나리타 씨 말이 맞았지. 게다가 우리 부하가 그 범인 중 한 명을 알고 있었지 뭔가."

"그랬습니까?" 구온을 말하는 건가?

"다른 일로 한 번 봤던 청년이었다더군. 카우보이처럼 수상한 모자를 쓰고 얼굴을 가리고 있었지만 입구에서 바로 알아봤지. 그 시점에서 우리는 그놈들을 감시하기로 했어. 그랬더니 아니나 다를까." 기누가와는 마치 자기가 포획한 사냥감을 자랑하는 것 같았다. "나리타 씨 말이 맞았던 거야."

"다행이네요."

"이제 와서 하는 말이지만 만약 오늘 밤, 카지노가 습격당하지 않았다면 가짜 정보를 가져온 나리타 씨는 그냥 돌려보내지 않을 생각이었어." 기누가와는 기쁜 표정으로 껄껄 웃었다.

"그러셨습니까?"

"난 그런 허풍이 싫거든. 속는 게 무엇보다 열받아. 뭐, 거짓말이 아니라서 다행이야. 만난 지는 얼마 안 됐지만 나리타 씨를 처리하려면 마음이 아팠을 테니. 더군다나 나리타 씨가 이렇게 차도 준비해 주었고."

"예, 카지노에서 뭔가 문제가 생기면 다른 곳에 계시는 게 안전할 테니까요." 유키코는 나루세가 지시한 대로 말했다. "저도 바로 그곳을 벗어나신 건 현명한 판단이었다고 생각합니다. 그나저나 화재를 위장한 그 남자들은 어떻게 됐습니까?" 유키코는 구온과 교노의 얼굴을 떠올리며 물었다. 아마도 이야기를 듣지 못했을 두 사람은 카지노 쪽에 계획을 들켜서 상당히 당황했을 것이다.

"우리 카지노는 기본적으로 수상한 놈들은 밖으로 몰아낸 후에 처리해. 지금쯤 빌딩 앞 골목에서 다 죽어 가고 있겠지." 농담처럼 말하며 입을 쩍 벌리고 웃었다. 호방한 건지 예민한 건지 모를 성격이다. 양쪽을 다 겸비하고 있는 걸까? "이런 말은 뭐하지만 내 카지노 손님은 다양하거든. 경찰이나 정치가도 있어. 거추장스러운 놈들을 처리하는 건 일도 아니야. 뭐, 조금 휴양이 필요하던 차였어. 지금 끌어안고 있는 안건도 부하에게 맡겨 두면 어떻게든 될 테고."

기누가와가 말한 '끌어안고 있는 안건'은 틀림없이 쓰쓰이 드러그 외동딸 문제이리라. 기누가와는 나루세에게 카지노가 습격당할 거라는 이야기를 듣고 쓰쓰이가 인질을 구하러 오는 게 아닐까 의심한 것 같았다. 그래서 일부러 요시코를 VIP 룸에서 빼내 종업원들 사이에 숨기는 방법을 쓴 것이다.

"비행기 시간에는 늦지 않겠지?"

"이대로 가면 문제없습니다." 유키코의 목적지는 국제공항이었다.

"나리타 씨에게는 감사하고 있어. 내가 마침 해외에 가고 싶어 할 때 좋은 곳을 소개해 주었어."

"바로 믿어 주셔서 나리타 씨도 영광스럽게 생각하는 것 같았습니다." 유키코는 용케도 믿었네요, 하는 의미로 그렇게 말해 보았다. 실제로 이틀 전 밤, '시어터 C' 오너를 만나고 나온 유키코가 나루세에게 이 아이디어를 들었을 때는 그렇게 잘 풀릴 리 없다고 의심했다.

"이런 건 운이니까. 세상의 패배자 중 대다수는 기회가 왔을 때 달려들지 못하는 녀석이야."

"혼자 가셔도 괜찮겠습니까? 나리타 씨는 몇 사람 몫 더 준비했던 것 같은데."

"아니, 괜찮아. 한동안 혼자서 휴양할 생각이야. 어쨌거나 나리타 씨는 준비도 빠르고 지극정성이라 감사하고 있어."

"나리타 씨는 그런 일에는 빈틈이 없습니다." 유키코는 액셀을 힘껏 밟았다.

"나는 적과 아군, 가족은 있지만 친구는 없어. 나리타 씨하고는 친구가 될 수 있을지도 모르겠어."

아마 친구는 될 수 없겠지. 유키코는 조금 가슴이 아팠다. 어떻게든 무사히 기누가와를 해외로 도피시켜야 한다고 마음을 가다듬었다.

교노 6

끈질기다 ① 집요하다. 끝없이 시끄럽다. 끈질긴 설교, 끈질긴 맛, 끈질긴 복선. ② 시시한 농담을 더욱 시시하게 만드는 요소 중 하나.

교노 일행을 들어 올린 채로 사쿠라기초역 구내 자동 개찰구까지 돌파하는 게 아닐까 걱정될 만큼 유도복 남자들의 기세는 엄청났다. 하지만 카지노가 있는 곳에서 벗어나자 "그럼 이만" 하고 바람처럼 떠나갔다. 실로 무대에서 사라지는 뒷모습처럼 깔끔한 퇴장이었다.

남겨진 교노는 구온과 마주 보고 미간을 찌푸릴 수밖에 없었다. 차량 통행이 많고 거대한 영화 광고 간판이 즐비했다. 대학생들로 보이는 집단이 시끌벅적하게 옆을 지나갔다.

"교노 씨, 이게 어떻게 된 일일까요?" 구온이 물었다. 머리로 손을 뻗더니 조금 당황했다. "아, 모자가 어디로 가 버렸네."

"어떻게 된 일인지는 모르겠지만 저 유도부 녀석들이 우리를 구해 준 건 확실해." 그대로 그 골목에 있었으면 위험한 남자들에게 총을 맞고 끝장났을지도 모른다.

"유도부가 아니라 배우라던데요."

"유키코가 아는 극단 사람들인가?"

"아마 나루세 씨가 전부 알고 있을 거예요."

"그렇겠지?" 교노의 뇌리에는 뭐든 꿰뚫어 보는 차가운 눈빛을 가진 나루세의 얼굴이 떠올랐다. "지긋지긋해."

"그나저나 요시코 씨는 어째서 VIP 룸이 아니라 플로어에 있었던 거예요?" 구온이 요시코에게 물었다.

요시코는 역시 상황을 파악하지 못한 눈치였지만 "아까도 말했다시피 이유는 저도 잘 몰라요. 그런 명령을 받았을 뿐이라" 하고 대답했다.

"그럼 혼자 힘으로 달아날 수 있었던 거예요?"

"만약 달아나도 금방 찾아낼 거라고 협박했어요. 그 사람들, 아버지하고도 친한 것 같았고."

"그렇구나. 그래도 용케 절 찾았네요."

"그 플로어에 있던 어떤 손님이 알려 줬어요. 음료수를 건넬 때 몰래. '당신하고 면식이 있는 청년이 있을 테니 그 녀석을 따라서 카지노에서 달아나'라고요."

"나루세로군."

명확한 행선지가 있는 건 아니었지만 일단 역으로 가기로 했다.

"전 어쩌면 좋을까요?" 잠시 후 요시코가 그런 말을 했다. 질문이라기보다 그저 소박한 의문을 말하는 것 같았다.

"목숨을 건졌다는 건 변함없어요." 구온이 눈썹을 찡긋거렸다.

"그래." 교노도 동의했다. "집으로 돌아가서 아버지에게 무사한 모습을 보여 주는 게 낫겠지. 눈물의 재회, 좋잖아?" 작게 손뼉을 치다가 도중에 깨달은 듯 한마디 덧붙였다. "아버님께는 요즘 보기 드문 선량한 신사가 구해 줬다고 보고하는 게 낫겠어."

"하아." 요시코는 고민하는 기색이었다.

"아버님이 어떤 형태로든 은혜를 갚아야겠다고 허둥거릴 정도로 정성껏 보고해 줘."

"교노 씨는 그런 면이 끈질겨요." 구온이 웃었다.

"바보 취급하는 거야?"

"교노 씨를 바보 취급한 적은 태어나서 한 번도 없어요. 억울해요."

요시코는 금세 불안한 표정으로 중얼거렸다. "이걸로 해결된 걸까요?"

처음에는 교노도 그 말뜻을 이해하지 못했지만 바로 기억해 냈다. 며칠 전 하나바타케의 통화를 도청했을 때 들었던 협박 문구다.

"이대로 집에 돌아가도 또 유괴당할지 몰라 불안한 거야?"

"아뇨, 그게 아니라." 요시코는 눈을 크게 뜨고 고개를 저었다. "고니시 씨하고 오타 씨 얘기예요."

"아아, 그 두 사람은 지금 어쩌고 있을까?"

"돈이 필요했는데, 결국 그 문제는 해결하지 못했으니."

"그 걱정이었어?" 교노는 한숨을 쉬었다. 기가 막히긴 했지만 불쾌해지는 않았다. "인질까지 됐는데 질리지 않는달까, 사람이 좋네."

"전 세상 물정을 몰라요." 요시코는 부끄러운 듯 고개를 숙이고 얼굴을 붉혔다. "애인한테도 그런 말을 자주 들어요."

"아, 애인 자랑이구나." 구온이 손가락을 들이댔다.

"그 애인은 당신이 유괴당한 걸 알아?" 교노는 마음에 걸려 물어보았다.

"연락이 되지 않으니 걱정하고 있을 거예요." 그렇게 대답한 요시코는 문득 간절하게 그의 목소리가 듣고 싶어진 눈치였다. "저기, 전화 좀 하고 와도 될까요?"

"휴대전화 갖고 있어요?" 구온이 물었다.

"아뇨, 휴대전화는 유괴당했을 때 빼앗겨서, 어디 공중전화라도 찾아보려고요."

"요즘 일본에서 공중전화를 찾기란 하늘의 별 따기야." 교노는 며칠 전의 고생을 떠올렸다. "나도 상당히 고생했으니 그리 쉽게 찾을 수는 없을 거야. 이런 건 그 사람이 가진 인간력의 문제거든."

"아, 저기 있네요!" 요시코가 환하게 말하며 인도 옆 전화 부스로 달려갔다. 구온이 킬킬 웃어 댔다.

구온 6

니가타 ①일본 중부지방 북동부, 동해에 접한 현. 에치고, 사도 두 지방을 관할. 면적 1만 2,583평방킬로미터. 인구 238만 3천 명. 총 20개 시. ②니가타현 중부에 있는 시. 현청 소재지. "○○○의 '가타'를 한자로 쓸 줄 모르니 자네한테는 연하장 안 보내도 될까?"

"어, 당신은?" 불쑥 집을 찾아온 구온을 현관에서 맞이한 남자는 조금 당황한 기색이었다. 오래된 일본 가옥으로, 정원은 작지만 기와지붕의 푸른빛이 아름다웠다.

"갑자기 찾아와서 죄송합니다." 상대의 불안을 어떻게든 씻어 주려고 구온은 최대한 쾌활하게 인사했다. "요코하마에서 왔는데."

"일부러요?"

우연히 지나가다 들렀다고 하기에 니가타는 너무 멀다.

카지노에서 요시코를 구출해 집에 돌려보낸 게 바로 어젯밤이었는데, 오늘 아침 일찍 나루세가 전화를 해서 구온은 깜짝 놀랐다.

"무슨 일이에요?"

"줄줄이 불행을 겪은 고니시 약국을 찾아가 보겠어?"

"가 볼래요."

처음 찾은 땅이 구온은 왠지 즐거웠다. 방금 지나온 길에서 발견한, 민가 옆에 묶여 있던 잡종견의 모습도 신선했다.

"일 때문에 왔다가, 실은 부탁을 받아서요." 구온은 가져온 트렁크를 내밀었다.

선 채로 구온과 마주하고 있는 남자는 아직 30대일 텐데 새치도 많고 피부도 거칠고 생기가 없었다. 구온은 고개를 갸웃거리며 집 안을 힐끗 들여다보았지만 같이 사는 사람이 없어서 그런지 집 안에는 서늘한 고독이 가득했다. 명패로 추측하건대 고니시 가쓰지勝二라는 이름 같았다. 장남은 가쓰이치勝一였으니 참으로 알기 쉬운 작명이다.

"부탁받았다고요? 누구에게요?"

"쓰쓰이 드러그 사장에게." 구온이 미소를 짓자 남자는 눈을 껌뻑거리다가 표정을 지웠다.

"약국은 여기하고 다른 곳에 있었죠?" 구온은 거듭 질문했다.

"예." 남자가 관찰하는 눈빛으로 쳐다보았다. "상점가에 있었습니다. 지금은 없지만."

"그 사죄로." 구온은 트렁크를 상대의 발밑에 내려놓고 재빨리 열었다.

부모의 원수를 앞에 두고 더러운 것이라도 보듯 트렁크를 굽어본 남자는 내용물을 보더니 눈을 휘둥그레 떴다.

"돈으로 해결하려는 건 아닙니다. 다만 지금 당장 어려운 곳에 쓰세요."

"이게 대체, 얼마입니까?" 남자가 입을 헤벌리고 물었다.

"현금이라 죄송합니다. 쓰쓰이 드러그도 여러 사정이 있어, 일단 이건 공표할 수 없는 돈이라 생각하시고." 은행에서 훔친 돈이라고 말하고 싶어 좀이 쑤셨다. 뭐, 임의보험 대신이라고 하기에는 적은 금액이지만. 구온은 속으로 중얼거렸다.

"받을 수 없습니다." 남자가 단호하게 대답했다.

구온은 미소를 지었다. "그냥 받으세요. 솔직히 말씀드리면 저는 형님께 신세를 졌습니다. 가쓰이치 씨에게."

"형한테요?" 남자에게 고니시 가쓰이치는 미운 정과 고운 정이 뒤섞인 존재였는지, 정확히 그런 표정을 지었다.

"덩치가 크고 좋은 분이지요."

"그렇습니다. 형은 나쁜 사람은 아니지만 도쿄에서 수상한 일을 하는 모양이라."

"요즘 연락하던가요?"

아직까지 고니시 가쓰이치가 요시코 유괴로 경찰에 잡혔다는 정보는 없었다. 아직 그 오타라는 남자와 도망 다니고 있는지도 모른다.

"일주일 전에 딱 한 번 전화가 왔습니다."

"뭐라고 하던가요?"

"형은 어떻게든 돈을 마련할 테니 기다리라고 했습니다. 항상 그래요. 멋대로 일을 벌여 가족을 난처하게 만들죠.

행동이 직선적이라 앞뒤 생각을 하지 않습니다."

"그럴 줄 알았어요." 구온은 지금도 고니시와 오타가 야마기시 공원에서 왜건 차량을 찾고 있을 것만 같았다. 오타가 "그 아가씨는 이미 사라진 것 같습니다"라고 하면 "무책임한 소리 하지 마. 그 아가씨를 무사히 돌려보내지 않으면 쓰쓰이하고 똑같이 몹쓸 놈이 되잖아"라고 고니시가 반박한다. 그런 광경이 떠올랐다. 물론 그러면 오타는 "죄송합니다, 고니시 씨"라고 고개를 숙이겠지.

"어찌 되었든 이 돈은 형님 손에 들어갈 예정이었던 돈입니다. 이걸로 빚이든 뭐든 갚으세요. 사고 보험에 쓰든지."

그것도 알고 있느냐는 듯 남자는 조금 놀란 표정을 지었다. "하지만 어찌 된 건지 요즘 그 피해자한테서 연락이 없습니다. 전에는 위자료니 치료비니 시끄러웠는데."

"어라, 무슨 일일까?" 친구를 대하듯 편한 말투가 튀어나왔다. "뭐, 무슨 상관이겠어요. 어쨌거나 이 돈은 마음대로 쓰세요."

"저기."

"그럼 이만. 싫으면 몰래 버리세요." 구온은 그렇게 말하고 걸음을 돌리려다가 마지막으로 한마디 덧붙였다. "형님들한테 안부 전해 주세요."

상황을 파악하지 못한 남자는 하늘을 둥둥 떠다니는 표

정이었다.

"공포 신문 판매원이라고 하면 알 거예요."

"어땠어?" 집을 뒤로하고 온 길로 되돌아가자 어디선가
나루세가 튀어나왔다.

"억지로 두고 오긴 했는데 수상하게 여겼을지도 몰라요."
그렇게 말하며 고니시 가쓰지와 나눈 대화를 들려주었다.

"전부는 아니지만 모처럼 훔친 돈을 아무 상관 없는 남
자한테 주다니, 우리도 참 별난 놈들이지."

"요즘 교통사고 위자료를 내놓으란 말이 없대요."

"오호라." 나루세가 생각에 잠겼다. "여기 오는 고속열차
안에서 문득 떠오른 생각인데, 어쩌면 그 고니시 가쓰지와
사고를 낸 피해자라는 것부터 기누가와의 부하가 저지른
소행이었을지도 모르겠어."

"어, 무슨 말이에요?"

"기누가와는 쓰쓰이 드러그와 사이가 좋았어. 그러니 기
누가와는 니가타에서 최근에 가게 문을 닫은 고니시의 존
재를 알았을지도 몰라. 약자의 빈틈을 파고드는 건 그런 놈
들의 상습 수단이니까. 고니시 형제의 부모가 사망한 걸 알
아내고 그 유산까지 노렸을지도 몰라. 그래서 사고에 끌어
들인 거지. 시비를 걸며 돈을 빼앗을 작정이었을 거야."

"하지만 보험은 들지 않았잖아요."

"그건 기누가와도 예상하지 못했을 거야. 기대와 달리 자산도 거의 없었지. 이래서야 돈을 못 뜯어내겠다고 당황했을 거야. 다만 거기서 기누가와 일당은 고니시 가쓰이치의 존재에 주목했어. 수상한 장사를 하니 따지자면 기누가와 일당과는 같은 세상 사람이지. 요전에 자네가 고니시 일당은 술집에서 유괴를 결심했다고 했잖아. 기누가와 일당이 자연스럽게 접촉해 유괴를 부추겼을지도 몰라. 기누가와는 그 몸값을 빼앗아도 되고, 쓰쓰이에게 딸을 구출해 달라는 의뢰를 받아 돈을 챙겨도 된다고 생각했겠지."

"나루세 씨가 그렇게 말하면 전부 진짜처럼 들린단 말이에요." 구온은 곤혹스러운 마음으로 그렇게 말했다.

역으로 가는 버스 정류장에 도착했다. 시간표를 확인하니 버스 도착까지 30분이나 더 기다려야 했다.

"어쩌지, 걸을까요?"

"어느 쪽이든 상관없어." 나루세는 정말 어느 쪽이든 상관없어 보였다.

"그럼 기다릴까요?" 한참 둘이서 말없이 서 있었다. 자전거를 탄 소년들이 눈앞을 지나갔다. "다다시는 잘 있어요?"

"그래……. 다다시가 가끔 전화를 해."

"다음에 또 만나고 싶다. 다다시하고 함께 있으면 마음이 편해요."

"그래?" 나루세가 입가를 누그러뜨렸다.

"있잖아요, 요전에 교노 씨하고 떠들다 생각났는데 나루세 씨는 어째서 이혼한 거예요?"

"갑자기 한다는 게 그런 질문이야?"

"갑자기는 무슨, 예고하고 질문할 일도 아니잖아요. 네? 왜 이혼한 거예요?"

"이혼당한 사람한테 그런 건 묻지 마."

"그렇게 바로 말을 돌린다니까."

"그럼 교노한테 알려 달라고 해."

"교노 씨가 제대로 알려 줄 리 없잖아요. 말 많은 사람일수록 아무것도 모른다는 격언 알아요?"

나루세는 관자놀이를 긁적거리며 잠시 고민했다. 말을 돌리려 한 건 아니지만 "슬슬 오겠네" 하고 손목시계를 확인하고 휴대전화를 꺼냈다.

"전화? 설마 헤어진 부인한테요?"

"아니야." 나루세는 쓴웃음을 흘리며 대답했다. "교노야."

"교노 씨요?"

전화를 받은 교노는 대뜸 "자네, 어제 그건 어떻게 된 일이야!" 하고 아우성쳤다. "계획하고 너무 다르잖아! 그 유도부는 뭐야?"

"적을 속이려면 실제로 카지노를 습격하는 척해야 했어. 자네들을 미끼로 써서 기누가와를 속였어. 계획도 조금 바뀠고."

"기누가와? 무슨 소리야. 설명을 해, 설명을."

"설명은 다음에 천천히 할게. 그보다 부탁이 있어."

"뭔데?"

"자네가 아는 어느 술집 주인이 남미 언어를 할 줄 안다고 했지?"

"남미?" 약간 뜸이 있었지만 교노는 곧 기억해 냈다. "'구로이소' 마스터가 말했던 그건가? 마약에 유난히 엄격한 나라 말이지?"

"맞아, 거기야."

"거기가 왜?"

"기누가와가 곧 그 나라에 도착할 시간이야." 다시 시계를 확인했다. 옆에 있던 구온이 무슨 얘기인가 하고 흥미진진하게 귀를 기울였다.

"뭐? 기누가와가 왜 그 나라에 가?"

"내가 권했거든. 한동안 해외에 몸을 숨기고 느긋하게 보양이나 하는 게 좋겠다고. 준비도 해 줬어."

"자네는 대체 누구 편이야?"

"기누가와의 가방에 몰래 약물을 넣어 두었어."

"기본적으로 짐 검사는 출국하는 쪽보다 입국하는 쪽이 더 엄격한 법이지."

"그렇지? 아마 그쪽 입국 심사에서 걸릴 테지만, 조심해서 나쁠 건 없으니까. 자네가 아는 그 마스터한테 부탁해서 그쪽 공항에 전달해 줘. 약물을 가진 남자가 입국하니 단속 잘하라고."

"그게 무슨 소리야?"

"그 나라에서 기누가와를 체포하게 만들 거야."

"그러니까 그게 무슨 뜻이냐고!"

"엄격한 나라라면서? 그 나라에서 기누가와를 한동안 맡아 줘야겠어. 쓰쓰이 드러그 외동딸 유괴는 잊을 때까지. 금방 다시 만나긴 싫잖아? 아마 보스가 사라지면 이쪽 카지노 일당도 우리를 찾을 경황이 없을 거야."

교노는 석연치 않았는지 한참을 침묵했지만 이윽고 입을 열었다. "그렇게 된 거군. 뭐, '구로이소' 마스터의 약점을 쥐고 있으니 이 정도 부탁은 들어주겠지."

"그렇게 됐으니 부탁해."

"하나만 물어도 돼?" 교노가 말했다. "어째서 자네는 우리한테 그런 작전을 미리 말해 주지 않은 거야?"

"'마술의 속임수를 알면서 쇼를 즐길 수 있어?'라고 말한 건 자네였잖아." 나루세는 오른손으로 머리를 긁적이며 짧게 대답했다.

교노가 혀를 차는 소리가 들렸다.

"게다가." 나루세는 말을 이었다. "자네는 전부 꿰뚫어 보았을 줄 알았거든."

"내가? 내 어디가 그렇게 보였어? 거짓말하지 마, 정말이지."

"그래? 자네는 모르는 척하는 시늉이 뛰어나니까."

문득 시선을 들어 옆을 보니 어느 틈에 버스 정류장으로 이동해 몸을 웅크리고 길고양이를 어루만지는 구온의 모습이 보였다.

보너스 트랙

'바다에는 놓친 것만큼이나
훌륭한 물고기가 있다'

오늘 1

이소하라는 멍하니 손을 바라보고 있었다. 눈앞에 놓인 컵을 보고 고개를 들자 쇼코가 미소를 짓고 있었다. 펼치고 있던 지도를 접었다.

"전 리필 주문하지 않았는데요."

"서비스, 서비스." 그녀가 가볍게 말했다. "아, 그거 무슨 지도예요?"

"아아." 이소하라는 무의식적으로 한숨을 쉬었다. "손님 집 주소하고 지도예요. 이제부터 사과하러 가야 하거든요."

"사과하러? 이소하라 씨는 이사 전문 회사에 다니지 않았나요?" 이사 업체는 사과하는 게 일이냐고 묻고 싶은 표정이다.

"손님이 화를 내면 이사 업체도 사과하죠. 상자를 회수하러 오지 않는다거나, 운반하는 데 성의가 없었다거나, 이쪽 실수로 혼나는 건 어쩔 수 없지만 이번에는 멋대로 화를 내는 거예요. 엉뚱한 시비를 거는 거죠. 이사가 끝난 뒤에 고타쓰에 흠집이 났다고 클레임을 넣었어요."

"그건 사과해야 할 일이잖아요."

"하지만 이사할 때 운반한 고타쓰가 아니라는 거예요. 견적을 냈을 때는 자그마한 다른 고타쓰였고 운반한 것도 그거였다고 하더라고요. 그러니 아마 나중에 새로 산 고타 쓰일 거예요. 은근슬쩍 저희한테 수리비를 받아 내려는 거죠."

"그건 너무하네." 쇼코는 진심으로 동정한다는 표정을 지었다. 그런 반응을 볼 때마다 이소하라는 예전에 학자 친구가 했던 "식물은 악의가 없으니 방에 두면 마음이 편해 집니다"라는 비과학적인 말을 떠올리며 쇼코 씨야말로 악의가 없는 사람이라고 생각했다.

"하지만 무작정 거절하는 것도 문제가 되니 사정을 들어 보러 가는 거예요. 말이 안 되는 상황이라도. 손님을 상대 하는 장사가 그런 법이죠."

"이소하라 씨는 체격이 좋아서 손님하고도 잘 맞설 것 같으니 다들 의지하는구나."

이소하라는 초등학생 때부터 야구만 바라보며 훈련한 탓인지 키도 크고 덩치도 좋았다. 스스로도 유일한 장점이 튼튼한 몸이라고 생각했는데, 그것도 며칠 전에 감기로 앓

아누운 후로 자신감을 잃었다. "역시 스트레스 때문에 병에 걸린다는 말은 사실이네요. 약국에 처음 가 봤어요." 이소하라는 그렇게 한탄했다.

"20대 후반에 약국에 처음 가 보다니, 그게 더 이상해 요." 쇼코가 웃었다. "그래서 어땠어요? 처음 가 본 약국 은?"

"가 봤더니 약국 카운터 직원이 저보다 더 큰 마스크를 쓰고 훨씬 두꺼운 옷을 입고 있어서 웃을 뻔했어요." 이소하라는 그렇게 대답했다. "약국 직원이 그러니 약을 먹기도 전에 효과가 의심스럽더라고요."

쇼코는 너무 재미있다는 듯이 입가를 누그러뜨리더니 그렇게 웃을 일도 아닌데 왜 저러나 싶을 정도로 웃었다.

"겨우 나았는데 오늘은 화난 손님 집에 가야 하는 거군 요. 몇 시?"

"4시 약속이에요." 이소하라는 반사적으로 손목시계로 시선을 떨어뜨렸다. 한 시간이 남았는데 그 집은 이 카페에 서 그리 멀지 않아 20분이면 충분히 갈 수 있었다.

이소하라는 컵에 입을 대고 커피를 마셨다. 어째서 이 가게에서는 마스터인 교노가 끓이는 것보다 그 아내 쇼코 가 끓이는 커피가 몇 배나 더 맛있는 걸까, 의문이 스쳤다. 그보다 교노가 끓이면 어째서 그렇게 맛이 없는지, 그런 그 가 어째서 카페를 열었는지, 그것부터 수수께끼였다.

"아, 이소하라 씨 지금 커피 마셨죠? 공짜로 마셨으니까 나한테 알려 줘야 해요." 갑자기 쇼코가 그런 말을 했다.

"예?"

"커피값은 됐으니까 그 대신 이소하라 씨가 애인한테 어떻게 차였는지 이야기해 줘요." 쇼코가 활짝 웃었다. 마치 여고생처럼 상쾌한 웃음이었다.

"아까 서비스라고 하지 않았어요? 게다가 헤어진 애인이라니 갑자기 그게 무슨 말이에요?"

"전에 말했잖아요, 학창 시절 때부터 오래 사귀어 온 애인한테 차여서 슬픈 나머지 이나와시로 호수에 뛰어들려고 했다는 이야기."

"그거 벌써 3년도 더 됐어요. 겨우 잊어 가던 마음의 상처를 일부러 후비지 말아 주세요. 아니, 그런데 제가 그 얘기를 쇼코 씨한테 했다고요?"

"처음 이 가게에 왔을 때 우리 남편한테 말했잖아요."

이소하라의 뇌리에 시끄러운 마스터의 얼굴이 떠올랐다. 확실히 3년 전, 처음 이 카페를 찾았을 때는 애인에게 이별 통보를 들은 직후라 마스터인 교노에게 하소연을 했을지도 모른다.

"교노 씨가 쇼코 씨한테 그걸 말했어요? 입이 가볍네."

"자기가 얼마나 입이 가벼운 사람인가 하는 주제로 두 시간은 떠들 수 있는 사람이니까요." 쇼코가 기가 막힌다는 표정으로 어깨를 들썩였다. "그래서 이나와시로 호수에서 귀환한 이야기 말인데."

"그건 오해예요, 딱히 호수에 뛰어들려고 했던 게 아니라 그냥 기분 전환 삼아 이나와시로 호수에 갔던 것뿐이라고요."

말은 그렇지만 사실 당시의 그는 평정심을 잃고 꼴불견이었다는 걸 기억한다. 그때 왜 헤어져야 하냐고 따지는 이소하라에게 그녀는 계속 같은 말만 되풀이했다. "더는 못 믿겠어. 그러니까 헤어져."

"그 말은 이소하라 씨가 바람을 피웠다고 의심했다는 거예요?" 쇼코가 물었다.

"다른 여자하고 걸어가는 제 모습을 우연히 보고 오해한 것 같아요."

"그것만으로?"

"전과가 있었으니까요." 그녀와 교제한 지 1년째 되던 해, 이소하라는 야구 시합을 보러 온 전문대 여학생에게 손을 댄 적이 있었다.

"재범이네."

"아니에요, 그 이후로는 절대 한눈팔지 않았어요."

"입으로 말하긴 쉽죠."

"입만 산 남편을 둔 쇼코 씨가 그렇게 말하니 설득력이 있네요."

"그렇죠?"

"하지만 정말 저는 바람피우지 않았어요. 그런데 그녀가 의심을 풀지 않아서. 물론 다른 일에서도 제가 칠칠치 못했으니 그런 이유도 있었을 거예요."

"칠칠치 못하다니?"

"작은 예를 들자면, 몇 번이나 주의를 받아도 손수건을 들고 다니지 않는다거나 식기를 정리하지 않는다거나."

"커다란 예를 들자면?"

"말을 꺼내기가 귀찮아서 결혼 이야기를 한 번도 하지 않았다거나."

"아아." 쇼코가 크게 끄덕거렸다. "그건 칠칠치 못하네."

"전 상당히 낙관적인 성격이라, 노력도 인내도 하지 않았으면서 그녀하고 계속 함께 있을 줄 알았어요."

"근거도 없이?"

"근거는 없었죠." 이소하라는 그렇게 말하며 스스로도 웃음이 나왔다. 실제로 근거라 부를 만한 것은 없었다.

"이소하라 씨는 바람을 피웠다는 누명을 쓰고 화 안 냈어요?"

"당연히 화냈죠. 그녀도 저도 이성을 잃었어요. 마지막에는 욕설을 퍼부으며 헤어졌어요." 생각할수록 우울해진다. 오랫동안 교제하고 나름대로 즐거운 추억도 많았는데 어째서 마지막은 그랬을까, 서운함이 밀려들었다.

"너보다 좋은 여자는 얼마든지 있어', 이런 식으로?"

"예. 서로 '바다에는 놓친 것만큼이나 훌륭한 물고기가 얼마든지 있다'느니, 그런 격언 같은 말을 끄집어내면서."

"그건 너무 섭섭한 말이네."

"그렇죠."

커피를 많이 마셔서 그런지 소변이 마려워 화장실에 갔다. 가게 제일 안쪽 문을 열고 변기 앞에서 소변을 보고 세면대 거울로 얼굴을 보았다. 차분히 얼굴을 볼 일이 없어서 몰랐는데 이마와 뺨에 주름이 눈에 띄었다.

3년 전에 헤어진 애인의 얼굴이 문득 떠올랐다. 의외로 기억이 선명해서 오히려 당황했다.

같은 나이였지만 어딘가 연상처럼 느껴질 정도로 그녀는 고집이 세고 잔소리가 많았다. 하지만 그것도 이소하라를 염려한다는 반증이라는 것을 알았기에 오히려 든든하기도 했다. 헤어질 때 그녀는 억누르고 있던 근심이 폭발했던 걸까? 그 정도로 그때의 그녀는 흥분했고 이소하라도 오는 말에 가는 말로 응수했다. 그 결과가 이나와시로 호수로 홀로 떠난 여행이었다.

수도꼭지에서 흐르는 물에 손을 내밀고 벅벅 문질렀다. 페이퍼 타월도 건조기도 없다는 사실을 깨닫고 손바닥을 흔들어 물방울을 털었다. 여전히 손수건을 들고 다니지 않는 자신의 성장하지 않은 모습에 한숨이 나왔다.

화장실에서 나와 카운터로 돌아가자 낯선 남자가 앉아서 쇼코와 인사를 나누고 있었다.

어제

"그럼 당신이 그 사람하고 재회한 건 우연이었군요."

유리에 옆에 선 점원 쇼코가 미소를 지었다. 손에 든 커피 잔을 가만히 옆에 내려놓는다. 김이 모락모락 피어오르고 있었다.

유리에는 고개를 끄덕였다. "맞아요. 3년 전에 헤어졌는데, 설마 다시 만날 줄은 몰랐어요."

"우연일까, 운명일까?" 카운터 안으로 돌아가면서 박자를 맞춰 그런 말을 하는 쇼코는 유리에보다 분명히 연상일 텐데 어딘가 동급생하고 이야기하는 기분이었다.

"단순한 우연이에요. 게다가 상대방은 아마 저하고 만난 것도 몰랐을 테고."

"어머나, 그건 당신이 그 사람하고 사귈 때하고 외모가 달라졌다는 뜻인가요?"

"그것보다는." 그렇게 말하고 유리에는 옆에 내려놓은 가방에 손을 넣어 안에서 커다란 마스크를 꺼냈다. "제가 이걸 쓰고 있어서 못 알아봤을 거예요."

"감기?"

"약국 점원이 감기에 걸려서 커다란 마스크를 쓰고 있다니 기가 막힌 일이지만요." 유리에는 웃었다. "점원 교대 시간이 안 맞아서 계산대에 설 수밖에 없었어요."

어떤 손님보다도 두껍게 껴입고 마스크를 쓴 점원에게 감기약을 사는 손님은 과연 어떤 기분일까, 미안한 마음도 들었다.

"당신은 그 손님이 바로 이소하라 씨라는 걸 알아봤어요?"

"처음에는 전혀. 그야 이 주변에 산다는 것도 몰랐고, 무엇보다 그 사람은 감기를 모르는 사람이라." 야구로 단련했다고 호언한 대로 질병과는 인연이 없었다.

쇼코가 재미있다는 듯이 실눈을 떴다. "확실히 튼튼해 보이긴 해요."

"맞아요. 칠칠맞지도 않고 섬세함도 모자라지만 그 대신 몸 하나는 튼튼했어요."

"그런데 지금은 칠칠맞지도 않고 섬세함도 모자라고 몸도 튼튼하지 않은 거군요."

그러네요, 하고 유리에도 웃음을 터뜨렸다. 큰마음 먹고 이 카페에 오길 잘했다고 생각했다. 약국에서 우연히 이소하라를 만난 유리에는 그가 우연히 들른 건지, 아니면 근처에 사는 건지 알 수가 없어 "이런 타이밍에 재회한 것도 재미있네" 하고 감탄한 게 전부였다. 그런데 그저께, 약국 앞

일방통행 골목길에서 이소하라의 커다란 뒷모습을 발견했다. 양복 차림으로 카페로 들어가는 그의 모습을 확인하고 마지막으로 진실이 궁금해졌다. 그리고 때마침 어제, 아마 퇴근하는 길이었겠지만 역시나 카페에 들르는 그를 목격하고 분명 단골손님일 거라 예상하고 오늘은 직접 카페에 가 보았다. 마침 다른 손님도 없어 카운터에 있는 가게 여성에게 밑져야 본전이라는 생각으로 물어보았다. "여기 오는 손님 중에 이소하라 씨라는 사람이 있나요?"

"이소하라 씨?" 연상의 그 여성은 고개를 갸웃거리다 눈을 크게 떴다. "아아, 혹시 당신, 옛날에 이소하라 씨하고 헤어진 여자 친구?" 유리에는 넘겨짚는 것도 유분수라고 생각했지만 맞는 말이었기 때문에 예, 하고 얼굴을 붉혔다. "어떻게 아셨어요?"

"감이랄까?" 그녀는 그렇게 대답하며 쇼코라는 이름을 알려 주었다.

"그래서 당신은 이제 와서 이소하라 씨가 정말 바람을 피웠던 건지 궁금해진 거예요?" 쇼코가 물었다. 싱크대에 물을 틀고 컵을 정성스레 씻고 있다.

그 말투에 빈정거리는 기색이나 필요 이상의 관심이 없다는 사실에 유리에는 안도했다. "3년 전에는 분명 그 사람이 바람을 피우고 있다고 생각했는데, 요전에 오랜만에 만났더니 역시 오해했던 게 아닐까 하는 생각이 들어서."

"만약 오해였다면 다시 만나고 싶다거나?" 쇼코가 눈길을 들고 미소를 지었다.

"천만에요." 유리에는 그렇게 말하고 나서 자기가 너무 강하게 부정했다는 사실 자체에 놀랐다. "그런 게 아니에요. 그저 억울한 오해였다면 미안해서. 게다가 그때는 너무 화가 나서 버럭버럭 고함을 지르고 대판 싸우고 뛰쳐나갔거든요. 지금 생각하면 좀 더 원만하게 헤어졌어야 했는데."

"당신하고 이소하라 씨가 이 근처에 사는 건 정말 우연이었군요."

유리에는 강하게 끄덕거렸다. 유리에는 이소하라와 헤어진 뒤에 다니던 회사를 그만두고 일단 니가타시에 있는 부모님 집으로 돌아갔다. 하지만 2년 후에 다시 상경해 일자리를 찾으며 약국에서 아르바이트를 시작했다. 요코하마시의 이 동네를 고른 특별한 이유는 없었다. 이소하라도 전에는 도쿄의 싸구려 맨션에 살고 있었으니 이 동네에서 만난 것은 실로 신기한 우연일 뿐이었다.

"운명일지도."

"우연이에요." 유리에는 웃었다.

"그나저나 어째서 날 찾아왔죠?" 쇼코가 눈을 껌뻑거렸다. "이소하라 씨도 이 근처에 사니까 조만간 만나서 느긋하게 대화해 보면 어때요? 3년이나 지났으니 무엇이 진실이었는지, 이제는 말할 수 있지 않을까요?"

맞아요, 그렇긴 한데. 유리에는 그렇게 말하며 입술을 꾹 오므렸다 힘을 풀며 말했다. "타이밍이 좋다고 해야 할지 나쁘다고 해야 할지, 저, 내일 이사 가요."

"이사?"

"재취직 자리가 정해져서 내일부터 간사이 연수 센터에 가게 되었어요. 벌써 짐도 부쳐서."

"그럼 약국 일은?"

"때마침 그날이 마지막이었어요."

"다시 돌아오진 않아요?"

"연수가 끝나면 어떻게 될지 모르지만, 듣기로는 2년 동안 해외 근무를 한대요."

"어머나, 정신없겠네요."

"약제사 자격을 유효하게 쓸 수 있는 일자리를 겨우 찾았는데 굉장히 바쁜 직장 같아요. 하지만 일단 더 이상 고를 수 있는 처지도 아니고."

"그렇지만 미련이 남은 거군요."

"이소하라를 봤더니 갑자기 마음에 걸려서요. 만약 그 사람이 결백하다면 사과하고 싶어요."

"결백하다니, '바람을 피우지 않았다면'이라는 뜻?"

"네. 그러니 만약 언젠가 이소하라의 결백이 밝혀지면

'유리에가 오해해서 미안하다고 사과했다'고 전해 주실 수 없을까요?" 너무 억지스러운 부탁이었지만 쇼코는 화도 내지 않고 그저 "결백하다는 표현이 왠지 재미있네요"라고 다정하게 미소를 지을 뿐이었다. 그러고는 관자놀이를 긁적였다. "내가 과연 이소라 씨한테서 그런 이야기를 끌어낼 수 있을지 자신은 없지만."

"괜찮아요, 무리하지 않는 선에서 부탁드릴게요." 유리에는 고개를 숙였다.

그리고 한동안 유리에는 쇼코와 잡담을 즐겼다. 서로 고향이나 일 이야기를 생각나는 대로 떠들었다. 유리에는 재취직을 위한 힘겨웠던 여정을 전부 털어놓았고, 쇼코는 조카가 최근 갑자기 어른스러워져서 밥 딜런하고 똑같은 목소리로 노래를 해 주는데 이게 또 눈물이 날 정도로 훌륭하다는 이야기를 해 주었다. 온화한 말투였지만 쇼코의 이야기는 무척 매력적이었다.

"그나저나 당신이 우리 남편이 없을 때 와서 정말 다행이에요." 계산을 하려는데 쇼코가 그런 말을 했다.

"남편분이 오너이신가요?"

"일단은요. 만약 그 사람이 있었으면 시끄러워서 냉큼 해외로 달아나고 싶었을 거예요."

"그건 그것대로 고마울 것 같은데요."

거스름돈을 받아 지갑을 닫고 수상한 부탁을 귀담아들

어 줘서 고맙다고 인사했다.

"하지만 실제로 3년 전에 이소하라 씨가 바람을 피우지 않았다면 어땠을까요? 당신, 아직도 사귀고 있었을 것 같아요?" 쇼코가 그런 질문을 했다.

유리에는 크게 고민하지 않고 대답했다. "미묘한 문제네요. 그 사람은 한 번도 결혼 이야기를 꺼내지 않았고, 그런 상태로 제가 쭉 기다렸을 것 같지도 않고."

"그런 건 미묘한 문제죠." 쇼코는 활짝 웃으며 고개를 끄덕이더니 마지막으로 한 마디만 더 묻겠다는 듯이 입을 열었다. "만약 내일 안에 이소하라 씨가 이 가게에 와서, 바람을 피우지 않았다는 게 밝혀지면 어쩔 거예요?"

"네?"

"만약 당신이 간사이로 떠나기 전에 이소하라 씨의 결백이 밝혀지면 마지막으로 만나 보는 건 어때요?"

"부탁해 놓고 이런 말씀을 드리기는 뭐하지만 이소하라한테 갑자기 바람 피웠어? 하고 물어도 진실을 말해 줄 거라는 보장은 없어요. 오늘내일 안에 밝혀질 것 같지는 않네요."

"남들 거짓말을 꿰뚫어 보는 사람이 있는데, 그걸 믿어 볼 마음은 있어요?"

"무슨 말씀이세요?"

오늘 2

"그럼 문을 닫아, 출발할 테니까." 운전석에 올라탄 여성이 백미러 너머로 이소하라를 보며 말했다.

이소하라는 그 차가운 말투에 주눅이 들어 예, 하고 얌전히 대답하고 문을 닫았다. 유리 너머에서 즐겁게 손을 흔드는 쇼코가 보였다.

"대체 이게 무슨 상황입니까?" 처음 보는 운전사에게 이소하라가 묻자 대답을 대신하듯 경차가 출발했다.

겨우 10분 전의 일이었다. 화장실에서 나와서 손수건이 없어 손을 털고 카운터로 돌아가자 다른 손님이 있었다. 눈매가 날카롭고 차분한 인상의 남자로 쇼코가 "우리 남편의 고등학교 동창생"이라고 소개해 주었다. 이름은 나루세라고 했다.

"허." 이소하라는 탄성을 흘리며 솔직한 감상을 말했다. "마스터하고는 분위기가 다르네요." 나루세가 얼굴을 찌푸렸다. "그 녀석하고 같으면 큰일 나게."

시간을 확인하고 슬슬 계산할까 고민하던 이소하라에게 쇼코가 갑자기 "있지, 아까 그 얘기 말인데, 이소하라 씨는 정말 바람피운 게 아니었어요?"라고 물어서 깜짝 놀랐다. 옆자리의 나루세를 의식하며 쭈뼛거렸다. "그 얘기는 끝난 것 아니었어요?"

"신경 쓰지 말고 질문에 대답해 줘요. 그러니까 먼저 유리에 씨하고 사귈 때 한 번 바람을 피운 건 사실이에요?"

웃고는 있지만 쇼코의 목소리가 날카로웠고, 이소하라도 슬슬 가게에서 나가야 해서 솔직하게 대답하기로 했다. "예, 사실입니다."

"그럼 유리에 씨하고 헤어질 때는 바람을 피우고 있었어요?"

"아니요, 그건 아닙니다. 오해예요. 아까도 말씀드렸잖아요. 바람피웠던 건 딱 한 번뿐이었어요."

그러자 쇼코는 말없이 나루세의 얼굴을 살폈다. 나루세는 쇼코를 보며 살짝 턱을 내렸다. 고개를 끄덕인 것처럼 보이기도 했다.

"대체 뭡니까?"

"좋았어." 쇼코가 손뼉을 쳤다. "이소하라 씨는 혐의를 벗었어요. 유리에 씨 착각이었군요."

"그러니까 대체 무슨 말씀이냐고요." 지금 상황이 이해가 가지 않아 이소하라는 미간을 찌푸렸다. "그보다 제가 쇼코 씨한테 유리에라는 이름을 말했던가요?"

"잘 들어요, 유리에 씨는 오늘 고속열차로 간사이로 떠난대요. 한동안 여기로는 돌아오지 않을 거예요. 이소하라 씨하고는 어쩌면 평생 못 만날지도 몰라요." 쇼코가 평소보다 또렷한 어조로 매끄럽게 말했다.

이소하라는 그 말을 들으면서도 여전히 안개 속에 있는 기분이었다. "대체 무슨 말씀입니까?" 같은 말을 반복했다. 어째서 여기서 유리에 이야기가 나오는 건지 이해할 수 없었다. "평생 못 만나고 자시고, 저희는 3년 전에 헤어졌다고요."

"유리에 씨는 오해했던 걸 미안하게 생각하고 있어요. 그런 오해는 섭섭하잖아요. 그러니까 마지막으로 다시 한번 만나서 제대로 헤어져요."

"헤어지기 위해서 다시 한번 만나다니 이상하지 않나요?"

"괜찮아요, 괜찮아." 쇼코는 가게의 시계를 보았다. "자, 시간이 아슬아슬해요. 지금 바로 신요코하마역으로 가지 않으면 늦어요."

쇼코가 유리에가 탄 고속열차 출발 시간을 알려 줬지만 아무리 생각해도 지금 가 봤자 늦을 것 같았다. 그렇게 말하자 쇼코는 고개를 저었다. "괜찮아요. 빨리 가면 어떻게든 될 거야."

"불가능합니다. 도저히 못 맞춰요."

그러자 옆에서 조용히 있던 나루세가 끼어들었다. "도저히 못 맞춘다는 말을 들으면 더 불타오르는 운전사가 지금 밖에 있어."

이소하라는 무슨 뜻인지 모르겠다고 또 한탄하며 컵에 남은 커피를 비우고 말했다. "게다가 전 지금부터 일을 하러 가야 한단 말입니다. 클레임을 넣은 손님을 만나러 가야 해요."

"그건 내가 알아서 처리할게요." 쇼코는 웃으며 그런 소리까지 했다.

"쇼코 씨는 아무 상관 없잖아요."

"잘 들어요, 이소하라 씨, 중요한 걸 가르쳐 줄게요." 쇼코가 눈을 크게 뜨고 미소를 지으며 얼굴을 바싹 들이댔다. "지금 유리에 씨를 만나지 않으면 평생 못 만날지도 몰라요. 하지만 진상 고객은 오늘 만나지 않아도 또 금방 만날 수 있다고요. 아마 오늘 안 가면 내일 당장 화를 내며 전화할 테니까."

"그러니까 안 되는 거라고요." 이소하라는 힘없이 대꾸했지만 그 시점에서 될 대로 되라는 마음이 들기 시작한 것은 분명했다.

그리고 지금, 이소하라는 엄청난 속도로 도로를 달리는 자동차 뒷좌석에 앉아 있었다. 농구 선수가 적을 피하려고 좌우로 스텝을 밟으며 방향을 바꾸듯 경차는 정신없이 차선을 바꾸며 좌회전, 우회전을 반복했다.

"사고 내면 안 됩니다." 이소하라가 등받이에 파묻히며 그렇게 말하자 운전사는 "이거"라고 하면서 한 손을 뻗어 지도를 건네주었다.

들여다보니 역 구내 도면이었다. "이게 뭡니까?"

"지금 가는 역 구내 지도야. 시간이 아슬아슬하니 거기 그려 놓은 선을 따라서 플랫폼으로 가."

고속열차 플랫폼으로 이어지는 경로를 손으로 그린 그림이었다. "중간에 있는 이 동그라미는?"

"거기서 젊은 남자가 기다리고 있을 테니 입장권을 받아."

"대체 누굽니까?" 지금 앞에서 운전하고 있는 그녀에 대한 질문이었지만 당사자는 그렇게 받아들이지 않았는지 엉뚱한 대답을 했다. "동물을 좋아하고 사람을 싫어하는 이상한 청년."

대체 이게 무슨 장난이지? 그 순간, 차체가 예각으로 방향을 틀어 이소하라는 자리에서 쓰러질 뻔했다.

오늘 3

"자, 달려." 역에 도착하자마자 운전사가 호령했다. 이소하라는 시키는 대로 차에서 내려 머릿속에 담은 경로로 달렸다. 개찰구 앞에 도착하자 근처에 서 있던 젊은 남자가 그를 불렀다. "이소하라 씨?" 천진함과 민첩함을 겸비한 인상이었다. "늦지 않을 거예요, 힘내요." 그렇게 말하며 입장권을 냅다 내밀었다.

이쯤 되자 이미 질문보다 지시를 따르는 게 그의 사명이라는 생각이 들었다. "최선을 다하겠습니다." 반사적으로 그렇게 대답하고 입장권을 받아 자동 개찰구를 통과했다.

평일 오후, 구내를 오가는 적잖은 인파가 이소하라의 진로를 방해했지만 간신히 피해 가며 전진했다. 걸음이 점점 빨라져 어느새 달리고 있었다. 나는 대체 뭘 하고 있는 걸까? 순간 제정신으로 돌아온 것처럼 걸음을 멈췄지만 바로 종종걸음으로 바뀌었다. 정신을 차리고 보면 또 달리고 있었다.

플랫폼은 바로 찾았다. 전광판에 유리에가 탈 고속열차 정보가 떠 있었다. 계단을 오르는데 고동이 빨라졌다. 달려서 숨이 찬 것과는 또 다른, 긴장감과 고양감이 뒤섞인 반응이었다. 유리에가 정말 저기 있을까? 그런 생각을 하며 만나서 무슨 이야기를 할지 고민했다.

플랫폼에 도착해 허둥지둥 앞뒤를 확인했다. 운전사에게 받은 구내 지도에 적힌 고속열차 탑승 정보를 보았다. 2호 차량이다. 앞쪽으로 향했다. 사실은 호흡을 가다듬고 욱신거리는 옆구리를 문지르고 싶었지만 시간에 여유가 없어 이소하라는 앞으로 걸음을 뗐다.

"아." 유리에가 외쳤다.

멀리서 달려오는 이소하라를 본 유리에는 처음에는 수상한 사람이 접근하는 줄 알았는지 피하려 했다. 하지만 그것이 이소하라임을 알아차린 듯 눈을 동그랗게 뜨고 입을 헤벌렸다. 멈춰 선 이소하라는 달리던 기세 때문에 앞으로 쓰러질 뻔했지만 몸을 굽히고 거친 숨을 몰아쉬었다. 허리에 손을 짚고 숨을 토해 냈다.

"오랜만이야." 유리에가 말했다.

이소하라는 겨우 똑바로 섰다. 힘들어서 얼굴을 찡그리면서도 간신히 미소를 지었다. "오랜만이야."

"굉장한 우연이네. 여기서 만나다니." 유리에가 농담처럼 말했다.

"카페의 쇼코 씨가." 이소하라가 힘겹게 말을 잇자 유리에는 모든 것을 이해했다는 표정으로 입가를 누그러뜨렸다. "당신 결백이 밝혀졌구나? 빈말인 줄 알았는데."

"믿어 주지 않을지도 모르지만." 이소하라는 우선 해야 할 말을 했다. "그때, 바람 같은 건 안 피웠어."

유리에는 계속 웃고 있었다.

"정말이라니까."

"나도 지금은 믿어." 유리에는 쾌활하게 수긍했다. "그때는 절대로 믿지 않았지만."

"이사하는 거야?"

"응. 다시 취직해서."

"축하해."

"당신은 아직 그 회사에서 열심히 일하고 있어?"

그 순간, 이소하라의 머릿속에 클레임을 쏟아 내는 온갖 고객들의 얼굴과 그들을 응대하며 하염없이 사죄하는 자기 모습이 떠올랐다. 도저히 유리에에게 자랑할 만한 상황은 아니라는 것을 자각하고 이렇게 대답했다. "이제부터 열심히 일해 보려고 생각하는 참이야."

"나도 열심히 일하려고." 유리에는 그렇게 말하며 억지로 웃었다. 그리고 손목시계를 보더니 "그럼, 자리가 무르익어 가는 가운데 아쉽지만 이만" 하고 농담을 했다. 출발 시간이 가까웠다.

다시 만나자는 말도 꺼내지 않고, 추억담에 이야기꽃을 피울 여유도 없는 정말로 찰나의 시간, 그저 재회한 것뿐이지만 그걸로 충분했다.

"그래. 건강히 지내." 이소하라는 그렇게 대답했다.

"당신도 이젠 감기에 걸리니 건강 잘 챙겨."

"그걸 어떻게 알았어?" 혹시 쇼코가 알려 줬나? 이소하라는 그런 생각을 하면서 "잘 가" 하고 손을 흔들었다.

"잘 있어." 그렇게 말하며 끄덕이는 유리에의 눈가에 눈물이 맺혀 있는 것을 깨달았다.

이소하라가 말하기도 전에 자기가 먼저 그 눈물에 동요

하더니 더 크게 울었다.

"울지 마." 이소하라가 장난치듯 말하자 유리에도 "이게 울 일도 아닌데" 하고 난처한 기색으로 대꾸했다.

감동이나 그리움이 아니라 아마 그녀도 분명 이 갑작스러운 재회에 놀라고 당황해 눈물이 나왔으리라.

플랫폼을 오가는 승객들이 힐끔힐끔 쳐다보았다. 호기심 어린 눈빛도 있었지만 대부분은 장거리 연애를 하는 커플의 이별을 동정하는 다정한 눈빛이었다. 이게 단순히 3년 전 이별의 마무리에 지나지 않는다는 것을 안다면 다들 낙담할까?

좀처럼 울음을 그치지 않는 유리에를 보며 이소하라는 양복 주머니에 손을 넣었다. 있을 리 없는 손수건을 찾고 말았다. 지금 울고 있는 유리에게 손수건을 건네주는 게 그의 사명 같아서, 손수건을 갖고 다니는 습관을 들이지 못한 것을 후회했다.

이제 열차 시간이 된 것 같아서 이소하라는 유리에의 이름을 부르려 했지만, 헤어진 애인의 이름을 막 부르는 것에 거부감이 있었다. 그렇다고 경칭을 쓰기도 망설여져 뭐라고 불러야 할지 고민했다.

그때 갑자기 누가 그의 어깨를 툭 쳐서 깜짝 놀랐다. 정면에서 걸어오던 사람이 이소하라와 부딪칠 뻔해 충돌을 피하려고 가볍게 손을 댄 것이었다. "아, 죄송합니다." 짧은 사죄의 말과 함께 상대가 멀어져 갔다.

어라? 뒤를 돌아보았다. 뒷모습뿐이었지만 이소하라의 눈에는 방금 스쳐 지나간 남자가 아까 입장권을 준 청년처럼 보였다. 그는 이소하라를 알아보는 기색도 없이 그대로 멀어졌다. 비슷하게 생긴 다른 사람인가?

유리에는 아직도 울고 있었다.

어쩌지. 이소하라는 고민하면서 무심코 주머니에 다시 손을 넣었다. 그때 손끝에 헝겊이 만져져 깜짝 놀랐다. 황급히 꺼내 보니 깔끔하게 접힌 손수건이었다.

어? 이게 왜 주머니에? 이소하라는 갑작스러운 일에 동요했다. 주위를 두리번두리번 살폈다. 방금 스쳐 지나간 그 청년이 넣어 주고 간 걸까? 그런 의심도 들었지만 설마 그런 일이 있을까 싶었다.

다만 이소하라는 그 이상 고민하지 않고 손에 든 손수건을 유리에에게 내밀기로 했다. "이거."

유리에는 천천히 고개를 들어 그 손수건을 보더니 눈물을 그렁거리며 미소를 지었다. "손수건, 이젠 들고 다니네." 그렇게 말하며 손가락으로 이소하라를 가리켰다. "성장했어."

"그런 셈이지." 이소하라는 편의상 그렇게 대답했다.

유리에는 받아 든 손수건을 소중히 펼쳐서 얼굴에 댔다.

"서로 힘내자." 이소하라가 말했다. "그리고 서로 놓친 것만큼이나 좋은 물고기를 바다에서 발견하자."

"그러자." 유리에가 강하게 동의했다.

이틀 후

"그럼 딱히 다시 사귀기로 한 것도 아니고, 다시 만날 약속도 하지 않고 정말 헤어진 거예요?" 카운터 안쪽에서 쇼코가 조금 아쉽다는 듯이 말했다.

"뭐, 그렇죠." 이소하라는 그렇게 대답했다. 확실히 서로 격려를 나눈 게 전부였다.

"하지만 훈훈해요."

그렇게 전하자 쇼코는 "음, 그런 건가?" 하고 상냥한 미소를 보여 주었다.

"그나저나 다들 왜 그렇게까지 저를 도와준 겁니까?" 어지간히 심심하냐고 묻고 싶은 것을 꾹 참았다.

"그 사람들은 모두 평소에 나쁜 짓만 하니까, 때때로 그렇게 아무 상관도 없는 사람을 돕고 싶어지는 거예요."

"나쁜 짓만 하다니, 범죄자도 아닐 텐데."

쇼코가 맞아요, 범죄자들이야, 라고 말했다.

"그런 것보다." 이소하라는 몸을 내밀었다. "그때 진상 고객 집에는 쇼코 씨가 저 대신 가셨나요?" 진상 고객은 알아서 처리하겠다던 쇼코에게 과연 어떻게 되었는지 확인한다는 게 깜빡 잊고 있었다.

"내가 아니라 우리 남편."

"역시."

"문제라도 있었어요?" 쇼코가 장난꾸러기처럼 눈을 빛
냈다. 문제가 있다는 걸 뻔히 아는 표정이다.

"오늘 손님이 전화를 했어요. 고타쓰 문제는 그만 됐으
니 그 시끄러운 사원만은 보내지 말아 달라고."

쇼코가 눈썹을 치켜올리며 놀란 표정을 지었다. "어머
나."

"교노 씨는 대체 무슨 얘기를 했을까요?"

"우리 남편도 도움이 될 때가 있네." 쇼코가 눈을 동그랗
게 뜨고 감탄했다.

이 책은『명랑한 갱이 지구를 돌린다』(쇼덴샤 문고)의 속편입니다. 반드시 전작부터 읽어야 한다고 주장할 수 없는 게 아쉽지만, 전작이 바탕에 깔린 부분도 적잖이 있고, 어쩌면 전작의 중요한 부분을 이쪽에서 은근슬쩍 드러냈을 가능성도 있으니 가능하면 순서대로 읽어 주시면 고맙겠습니다.

이번 속편은 처음에 네 명의 은행 강도를 중심으로 매번 주인공을 바꿔 가며 단편을 써 보자는 생각으로 시작해, 전부 여덟 편을《소설 NON》(쇼덴샤 간행)에 게재할 예정이었습니다.

하지만 네 편 정도 게재했을 즈음 갑자기 단순히 여덟 개의 단편을 늘어놓는 것에 의문이 들기 시작했습니다.

넷이서 시끌벅적 떠들면서 소동에 휘말리는 게 이 은행 강도들의 본질 같았고, 짧은 이야기 속에서 그러기에는 한계가 있었기 때문입니다.

그런 이유로 조금 억지를 부려 처음 네 편의 단편을 독

립된 단편이 아니라 장편의 제1장으로 넣고, 제2장부터는 은행을 습격한 뒤의 이야기로 써 내려갔습니다.

단편 역시 장편의 일부로 기능하도록 상당히 손을 봤습니다. 잡지 게재 당시 단편으로 한 번 읽어 보신 분도 다시 읽어 보지 않으면 전체의 의미를 알 수 없습니다. 죄송합니다.

이 속편의 첫 계기를 만들어 주신 서점 직원 시모쿠보 다마미 씨, 정말 고맙습니다. 덕분에 한 권의 책이 되었습니다. 또한 잡지 게재 당시 삽화를 그려 주신 다카기 사쿠라코 씨께도 감사드립니다.

전작과 마찬가지로 각 챕터의 첫머리에는 '고지엔' 사전의 내용을 인용, 변형하여 실었습니다. 거짓말도 제법 섞여 있으니 그 점 양해 부탁드립니다.

이사카 고타로

옮긴이 김선영

한국외국어대학교 일본어과를 졸업했다. 다양한 매체에서 전문 번역가로 활동했으며 특히 일본 문학을 소개하는 일에 힘쓰고 있다. 옮긴 책으로는 이사카 고타로의 『러시 라이프』 『목 부러뜨리는 남자를 위한 협주곡』 『종말의 바보』를 비롯하여, 「소시민 시리즈」 『야경』 『왕과 서커스』 『책과 열쇠의 계절』 『꿀벌과 천둥』 『고백』 『쌍두의 악마』 『완전연애』 『경관의 피』 『자물쇠 잠긴 남자』 등이 있다.

명랑한 갱의 일상과 습격

지은이 이사카 고타로
옮긴이 김선영
펴낸이 김영정

초판 1쇄 펴낸날 2020년 11월 23일

펴낸곳 (주)현대문학
등록번호 제1-452호
주소 06532 서울시 서초구 신반포로 321(잠원동, 미래엔)
전화 02-2017-0280
팩스 02-516-5433
홈페이지 www.hdmh.co.kr

© 2020, 현대문학

ISBN 979-11-90885-40-9 04830
       979-11-90885-38-6 (세트)

* 책값은 뒤표지에 있습니다.